AF540561

शिक्षा, समाज और भविष्य

शिक्षा, समाज और भविष्य

श्यामाचरण दुबे

राधाकृष्ण प्रकाशन

ISBN : 978-81-7119-545-9

शिक्षा, समाज और भविष्य

पहला संस्करण : 1994
चौथा संस्करण : 2019
This book is printed on **Print on Demand** Technology : 2025

मूल्य : ₹595

प्रकाशक
राधाकृष्ण प्रकाशन प्राइवेट लिमिटेड
जी-17, जगतपुरी, दिल्ली-110 051
शाखाएँ : अशोक राजपथ, साइंस कॉलेज के सामने, पटना-800 006
पहली मंजिल, दरबारी बिल्डिंग, महात्मा गांधी मार्ग, प्रयागराज-211 001
1, अनमोल सोराबजी संतुक लेन, धोबी तलाव, मरीन लाइंस, मुम्बई-400 002
वेबसाइट : www.radhakrishnaprakashan.com
ई-मेल : info@radhakrishnaprakashan.com

SHIKSHA, SAMAJ AUR BHAVISHYA
by Shyamcharan Dube

भूमिका

शिक्षा और समाज में गहरा संबंध है। एक ओर शिक्षा परंपरा की धरोहर को एक पीढ़ी से दूसरी तक पहुँचाती है और इस तरह संस्कृति की निरंतरता बनाए रखने में सहायक होती है। दूसरी ओर पारिस्थितिक परिवर्तन उसे अनुकूलन का साधन बनने की प्रेरणा देते हैं। अपने इस पक्ष में शिक्षा परिवर्तन का माध्यम बनती है। वह परिवर्तन की दिशा निर्धारित कर उसके वैकल्पिक प्रतिरूप प्रस्तुत करती है, प्रावधिक साधन जुटाती है, और नवाचारों के लिए भाव-भूमि निर्मित करती है। शिक्षा के ये दोनों प्रकार्य महत्त्वपूर्ण हैं, क्योंकि परंपरा की उपेक्षा यदि समाज को धुरीहीन बनाती है तो परिवर्तन की अस्वीकृति या मंदगति सांस्कृतिक पक्षाघात प्रमाणित हो सकती है। वैकल्पिक भविष्य की परिकल्पनाओं को साकार करने के लिए इन दोनों प्रकार्यों की भूमिका महत्त्वपूर्ण है।

आज की भारतीय शिक्षा-प्रणाली अनेक अंतर्विरोधों और अंतर्द्वंद्वों से ग्रस्त है। एक साथ कई विपरीत और विरोधी लक्ष्यों की प्राप्ति के प्रयत्नों में वह स्वयं लक्ष्यहीन बन गयी है। बाहरी और भीतरी दबावों से उत्पन्न द्वंद्वों ने उसकी निर्णय-शक्ति को क्षीण कर दिया है। ये दबाव निरंतर बढ़ रहे हैं और समस्या की पेचीदगियों और उलझाव को बढ़ा रहे हैं। समाज के प्रत्येक वर्ग और शिक्षा-प्रणाली के प्रत्येक अंश द्वारा की गयी सम्मिलित आलोचना से शिक्षाशास्त्रियों का मनोबल गिर गया है। औषधि और उपचार के प्रयत्नों की बहुलता ने समूची प्रणाली को दिग्भ्रमित कर दिया है। शिक्षा का पर्यावरण इतना विषाक्त हो चुका है कि उसमें सुधार के पौधे पनप भी नहीं सकते। क्रांतिकारी विकल्प के लिए न हमारे पास दूरगामी और रचनात्मक कल्पनाशक्ति है और न वह सामाजिक अनुशासन।

आज के भारत की मूलभूत समस्याओं की जड़ शिक्षा की विकृतियों में है—वह तथ्य स्वीकार तो सरलता से कर लिया जाता है, परंतु नीति-निर्धारण में प्रतिफलित नहीं होता। हमारे परिवेश में परंपरा का राजनीतिकरण संभव और सरल है, क्योंकि शिक्षा ने हमें सच्चा इतिहास-बोध नहीं दिया और न हममें सांस्कृतिक विवेक उत्पन्न किया। समस्याओं को हल करने की दिशा में शिक्षा का योगदान नगण्य रहा है; व्यवस्था में

न प्रतिबद्धता है, न विराट कल्पना। वैकल्पिक भविष्य के बारे में उसमें एक विचित्र अनिवार्य की स्थिति और समझ में न आनेवाली उदासीनता है। शिक्षा पर खर्च बहुत हो रहा है, परंतु उसके परिणाम संतोषजनक नहीं हैं। शिक्षा-व्यवस्था स्वयं एक समस्या बन गयी है, जो अपना लक्ष्य और मार्ग खोज सकने में असमर्थ है। यह स्थिति अधिक समय तक नहीं चल सकती। शिक्षा में व्यापक सामाजिक उद्देश्यों का पुनर्निवेश आवश्यक है। निर्धारित लक्ष्यों की प्राप्ति के लिए हमें कुशल और कारगर रणनीति भी बनानी होगी। शिक्षा को भविष्योन्मुख करना जरूरी है क्योंकि आज की राजनीतिक और सांस्कृतिक अराजकता हमें मानव की नियति के संबंध में आश्वस्त नहीं करती। हम आज किंकर्तव्यविमूढ़ता की विचित्र-सी स्थिति में हैं। इस स्थिति से उबरने के तरीके और रास्ते हमें ही खोजने हैं।

इस संग्रह में समय-समय पर लिखे मेरे चौदह भाषण और लेख संकलित हैं। इनमें से कुछ युनेस्को द्वारा विदेशों में संयोजित संगोष्ठियों में प्रस्तुत किए गए थे, कुछ शिक्षा संबंधी राष्ट्रीय विचार-विमर्श के अंग थे और अंतिम दो निबंध मूल रूप से हिंदी में लिखे गए हैं। मेरा परिप्रेक्ष्य समाजशास्त्रीय है, शिक्षाशास्त्री होने का दावा मैं नहीं करता। मुझे संतोष है कि विश्व के शिक्षाविदों ने भी मेरे विचारों को सराहा है। बहस जारी रखने और उसे व्यापक फलक देने के लिए मैंने इन आलेखों का हिंदी में प्रकाशन जरूरी समझा।

इस विषय पर मेरे चिंतन से परिचित कुछ मित्रों का खयाल है कि मेरा दृष्टिकोण कुछ निराशावादी है। बात ऐसी नहीं है। रोग-परीक्षण की प्रक्रिया में तटस्थता आवश्यक होती है। यदि इस परीक्षण में कुछ निर्मम तथ्य उजागर भी होते हैं तो हमें उनसे घबराना नहीं चाहिए। वे उपचार का मार्ग प्रशस्त ही करते हैं।

शिक्षा और समाज के अंतर्संबंधों पर विचार करने में मुझे दो शिक्षाशास्त्री सहयोगियों से प्रत्यक्ष और अप्रत्यक्ष प्रेरणा मिली है। वे हैं सुरेशचंद्र शुक्ल और कृष्णकुमार। सुरेशजी का योगदान मौखिक अधिक रहा है, लिखित कम, किंतु उनके विचारों की ऊर्जा और ऊष्मा ने मुझे प्रभावित किया है। कृष्णकुमार में खोजी दृष्टि और वैचारिक साहस है। बिना उनकी अनुमति के—यह पुस्तक इन दो सहभागियों के नाम। मेरे विचारों से उनकी सहमति आवश्यक नहीं है।

– श्यामाचरण दुबे

क्रम

1

मानव, समाज और शिक्षा
वैकल्पिक भविष्य से संबंधित कुछ प्रश्न

शिक्षा के चरम लक्ष्य

शिक्षा में आए वर्तमान संकट की जड़ें समकालीन संस्कृति के संकट में निहित हैं। यह संक़ट उन प्रतिरूपों और संकल्पनाओं के अंतर्विरोधों से उभरता है, जिनसे शिक्षा के चरम लक्ष्य, सिद्धांत और नीति प्रभावित होते हैं। शिक्षा के लक्ष्यों और उनके कार्यान्वयन तथा उभरती हुई सामाजिक वास्तविकताओं की माँगों और बाध्यताओं, शिक्षा द्वारा किए गए दावों और अपेक्षित परिणाम प्रस्तुत करने में उसकी अक्षमता तथा शिक्षा के व्यक्त-अव्यक्त उद्देश्यों और उनके परिणामों के बीच बढ़ता वियोजन—आज की शिक्षा-प्रणाली के प्रति व्यग्रता और मोहभंग के मुख्य कारण हैं। शिक्षा का जीवन की आवश्यकताओं के साथ कोई सहज संबंध नहीं रह गया है और वह समकालीन सामाजिक वास्तविकताओं की चुनौतियों को स्वीकार करने में भी असमर्थ रही है। ये सब ऐसी समस्याएँ हैं, जिन पर किसी तरह के संदेह की गुंजाइश नहीं है। इन समस्याओं पर विविध दृष्टियों से किए गए विचार इस बात के प्रमाण हैं कि नए शैक्षिक चिंतन के पीछे कितनी बौद्धिक उत्तेजना रही है। विचार के दौरान निरंतर गरमागरम बहसें हुई हैं। यह सच है कि यदि शिक्षा को सामाजिक दृष्टि से संगत और सार्थक बनाना है तो उसे व्यक्तियों, उनके समुदायों और समाज की आवश्यकताओं तथा समस्याओं से जुड़ना होगा और एक ऐसी न्यायपूर्ण और संतुलित विश्व-व्यवस्था के निर्माण के प्रश्न पर भी विचार करना होगा, जिसमें मानवता अपनी इच्छा के अनुरूप एक वैकल्पिक भविष्य का निर्माण कर सके।

शिक्षा के लक्ष्यों के संबंध में दिए गए औपचारिक वक्तव्यों में उसके तात्त्विक तथा साधन-मूल्यों पर बल दिया जाता है। इस सामान्य वक्तव्य से किसी को कोई गंभीर

मतभेद नहीं हो सकता कि कुछ क्रियाकलाप—नैतिक, सौंदर्यपरक, बौद्धिक और शारीरिक—ऐसे हैं जिनका अपना महत्त्व है और उनके औचित्य-स्थापना की अधिक आवश्यकता भी नहीं है; किंतु इनमें से प्रत्येक क्रिया का उसकी सामाजिक प्रासंगिकता के संदर्भ में मूल्यांकन किया जाना चाहिए और उसे आवश्यकतानुसार अधिक या कम प्राथमिकता दी जानी चाहिए। विभिन्न क्षेत्रों से संबंधित क्रियाकलाप किस प्रकार एक-दूसरे से संबद्ध हैं और व्यक्ति तथा समाज के हित के लिए उसका आदर्श मिश्रण किस प्रकार होना चाहिए—ये ऐसे प्रश्न हैं जिनके हमारे पास समाधानकारक तो क्या, ऐसे उत्तर भी नहीं हैं जो सरसरी तौर पर ही संतोषजनक लगें। अतः शिक्षा का यथार्थ मूल्य उस क्रियाकलाप के स्तर पर निर्भर होता है, जिसको वह प्रोत्साहित करती है और आगे बढ़ाती है। साथ ही वह समाज पर पड़नेवाले उसके प्रभाव पर भी निर्भर होता है, फिर चाहे वह प्रभाव प्रकट हो अथवा प्रच्छन्न, अभिव्यक्त हो या अनभिव्यक्त। मतलब यह कि तात्त्विक और साधन-मूल्यों की विभाजक रेखा बहुत महीन है और व्यवहार में दोनों मिलकर एकाकार हो जाते हैं, यद्यपि संकल्पात्मक दृष्टि से उन दोनों को अलग माना जा सकता है। संभवतः शिक्षा की साधन भूमिका पर जो बल दिया जाता है, उसका यही औचित्य है, क्योंकि जीवन के पृथक् तथा अभिज्ञेय क्षेत्रों और उपक्षेत्रों में तथा संपूर्ण जीवन में भी, विशिष्ट उद्देश्यों की पूर्ति के साधन के रूप में इसके प्रयोग से ही इसकी सार्थकता सिद्ध होती है।

शिक्षा से यह आशा की जाती है कि वह अतीत, वर्तमान और भविष्य के बीच के अंतराल को दूर करेगी। वह ज्ञान के प्रसार द्वारा यह कार्य संपन्न करती भी है। एक ओर यदि उपलब्ध ज्ञान का प्रसार शिक्षा का एक महत्त्वपूर्ण कार्य है तो नये ज्ञान की सर्जना भी उसका उतना ही महत्त्वपूर्ण उत्तरदायित्व है। वास्तव में ऐसे विरले ही दर्शन और ज्ञान-उपागम होंगे जो शिक्षा को एक अवरुद्ध और आबद्ध प्रणाली मानते हों, इसे तो दरअसल परिमाण और प्रभाव—दोनों दृष्टियों से निरंतर बढ़ते रहना चाहिए। इन सामान्यतः स्वीकार्य प्रस्थापनाओं में ज्ञान के स्वरूप तथा उसकी सामाजिक भूमिका के बारे में बहुत कुछ अनकहा रह गया है। दूसरे, शिक्षा-प्रक्रिया से अपेक्षा की जाती है कि वह उन सबके व्यक्तित्व के सर्वतोमुखी विकास की व्यवस्था करे जो इसमें प्रवेश लेते हैं। शिक्षा को मनुष्य को अधिक पूर्ण मनुष्य बनाने में सहायक होना चाहिए। इस परिभाषा में भी व्यक्तित्व के रूप और आकार की जो परिभाषा दी गयी है, वह कुछ अस्पष्ट-सी है। किसी व्यक्ति के अपने व्यक्तित्व और समाज के संदर्भ में उसके व्यक्तित्व के बीच जो रिश्ता है, उससे संबंधित महत्त्वपूर्ण प्रश्नों का कोई संतोषजनक उत्तर नहीं मिल पाता। तीसरे, शिक्षा से यह अपेक्षा भी की जाती है कि वह समाज के विकासात्मक उद्देश्यों को पूरा करे। शिक्षा-दर्शन के आरंभिक प्रतिपादन में इस कार्य का स्पष्ट उल्लेख नहीं था या उसे कर दिखाया गया था, किंतु प्रच्छन्न रूप से यह सदा विद्यमान रहा है। शिक्षा पहले ही से निपुणता तथा व्यवसायीकरण का मुख्य साधन रही है और आज भी

है। यद्यपि यह दावा किया जाता है कि ये योग्यताएँ और क्षमताएँ सामाजिक विकास के बृहत्तर लक्ष्य के लिए प्रयोग में लायी जाती हैं, किंतु व्यावहारिक रूप से इनका घनिष्ठ संबंध वैयक्तिक हित-साधन या समाज के संकुचित तथा विशेषाधिकारप्राप्त वर्गों के हितों के साथ ही बना हुआ है। इस बात से इनकार नहीं किया जा सकता कि शिक्षा से सामूहिक अथवा लोकव्यापी कल्याण तो अवश्य हुआ है, लेकिन वैयक्तिक और वर्गविशेष के कल्याण को सार्वजनिक कल्याण की अपेक्षा प्राथमिकता दी जाती रही है। कुल मिलाकर यह कहा जा सकता है कि शिक्षा को अब एक नए उद्देश्य के साथ जोड़ा जाने लगा है। इससे सामाजिक परिवर्तन के एक साधन के रूप में कार्य करने की अपेक्षा की जाती है—ऐसे परिवर्तन की जो वांछित दिशा में किया जाए और जिसका प्रयोजन पूर्वनिश्चित सामाजिक उद्देश्यों की प्राप्ति हो। इससे यह अपेक्षा भी है कि यह एक ऐसा साधन बने जो समस्याओं का समाधान कर सके, जिसकी सहायता से मानवजाति अज्ञात भविष्य की अनिश्चितताओं और झटकों को सहन करने योग्य बन सके।

शिक्षा के चरम लक्ष्यों से संबंधित कुछ प्रश्नों के आंशिक उत्तर तो दिए जा चुके है, लेकिन कुछ महत्त्वपूर्ण प्रश्न ऐसे भी हैं जिनके उत्तर दिए ही नहीं गए। उदाहरणार्थ, शिक्षा का उद्देश्य क्या हो—जीने के लिए सीखना ? जीवन में कुछ बनने के लिए सीखना ? या जीना, सीखना और कुछ बनना ?

मानव, समाज और ज्ञान

शिक्षा-दर्शन तथा उसके लक्ष्यों के संबंध में—विशेषतः व्यक्ति तथा समाज के संदर्भ में—यदि गंभीरता से विचार किया जाना है तो हमें मानव, समाज और ज्ञान के स्वरूप तथा उनके परस्पर संबंधों के बारे में कुछ अवधारणाओं को आधार बनाना होगा। अधिकांश शिक्षा-दर्शनों के अनुसार शिक्षा का चरम लक्ष्य मानव-व्यक्तित्व का बहुमुखी विकास ही रहा है। सुकराती परंपरा ने, जिसका शैक्षिक चिंतन पर बड़ा प्रभाव पड़ा है, पूर्वाग्रहों और सामाजिक बंधनों के विरुद्ध मानव व्यक्तित्व की स्वतंत्रता और स्वाधीनता पर बल दिया है। सुकरात ने जीवित रहने की अपेक्षा मृत्यु को गले लगाकर यही किया था, किंतु उसकी अतिवादी दृष्टि और सर्वोच्च बलिदान ने भी व्यक्ति और समाज के बीच आदर्श संबंधों की स्पष्ट परिभाषा नहीं दी और न ही इन दोनों के संदर्भ में ज्ञान की भूमिका का ही कोई उल्लेख किया। मसीही मत में इस संसार के सबल लोगों के शासन के प्रति वफादार रहने के बजाय 'क्रॉस' तथा उस उद्देश्य के प्रति जिसका वह प्रतीक है, अडिग वफादारी का समर्थन किया गया है। आत्मा की पराधीनता की अपेक्षा दरिद्रता, यहाँ तक कि शहादत, को तरजीह देने की बात कही गयी है। बल वास्तविकता के साथ समझौते पर नहीं, बल्कि किसी आदर्श के लिए कुछ करने पर दिया गया है। इस उपागम की प्रतिध्वनि कुछ संशोधित रूप में रूसो के चिंतन में भी पायी जा सकती है। इन सभी उपागमों

में बल व्यक्ति की आस्था और विश्वास, उसके अंतःकरण और स्वतंत्रता पर दिया गया था। पृष्ठभूमि में कहीं समाज भी था, किंतु इस विचारधारा से तो यह धारणा बनती है कि व्यक्ति और समाज के बीच सदा ही टक्कर होती रही है। व्यक्ति और समाज के बीच मुकाबले की संभावना सदा बनी रहती है, बल्कि कुछ परिस्थितियों में तो वह अवश्यंभावी हो जाती है। प्राचीन काल में इस प्रकार का मुकाबला सामाजिक दृष्टिकोणों, मूल्यों और सामाजिक ढाँचे में अपेक्षित तथा वांछित परिवर्तन का मुख्य स्रोत सिद्ध हुआ था। फिर हम इस प्रश्न को किन शब्दों में प्रस्तुत करें : मानव समाज का विरोधी है ? या मानव समाज में अपने लिए न्यायपूर्ण स्थान प्राप्त करने के संघर्ष में रत है ?

आइए, मनुष्य-प्रकृति-ज्ञान के परस्पर संबंधों के कुछ प्रमुख प्रतिरूपों पर विचार करें, जिन्होंने पश्चिम में शैक्षिक-चिंतन का निर्माण किया है और साथ ही संसार के शेष भागों में भी शिक्षा के सिद्धांत और व्यवहार को सशक्त रूप से प्रभावित किया है।

प्लेटो के आदर्श में मानव को असमान माना गया है। उनके अनुसार इस असमानता के अधिकांश कारक आनुवंशिक हैं। अरस्तू के आदर्श में भी मानव असमान ही हैं। मुक्त होना सभी की नियति नहीं है, उनमें से कुछ के भाग्य में निम्न श्रेणी के दास होना ही लिखा है। बुद्धिमानी केवल मुक्त मानव की विशेषता होती है। सर्वज्ञानार्जनवादी—एनसाइक्लोपीडियिस्ट—आदर्श में मानव की असमानता संबंधी अभिधारणा को आंशिक रूप में ही स्वीकार किया गया है। सर्वज्ञानार्जनवादियों के मतानुसार सभी मनुष्यों में विवेक होता है, जिसके कारण वे अपना विकास कर सकने में समर्थ होते हैं। इन मतों के विपरीत मार्क्सवादी आदर्श का विश्वास मानव की समानता में है। मानव की उपलब्धियों में अंतर तो हर कोई देख सकता है, लेकिन यह जरूरी नहीं है कि वंशागत योग्यताओं के अंतर को ही इन उपलब्धियों का स्रोत मान लिया जाए। परिणामवादी आदर्श, जिससे अमरीकी और अन्य पाश्चात्य शिक्षा-प्रणालियाँ प्रभावित हैं, यद्यपि यह मानता है कि मानव अपनी जन्मजात योग्यताओं की दृष्टि से असमान होते हैं किंतु वह उनकी इस असमानता की सुस्पष्ट व्याख्या नहीं करता। फिर भी उसका यह मत है कि सभी मानवों में बुद्धिमत्ता होती है और इसी कारण वे सामूहिक रूप से अपनी समस्याओं का समाधान करने में सक्षम हैं।

प्लेटो का आदर्श समाज स्थायी और अपरिवर्तनशील था; उसकी दृष्टि में व्यक्ति और उनके समूहों के लिए यह आवश्यक था कि वे अपनी-अपनी स्थिति को जानें, उसे स्वीकार करें और उन्हें जो विशिष्ट कर्तव्य सौंपे जाएँ, उनका निर्वाह करें। अरस्तू के आदर्श में सामाजिक कार्य-कलाप में जनसामान्य की अंशभागिता केवल मुक्त मानवों तक सीमित थी। निर्णय करने की प्रक्रिया में उनकी अंशभागिता को एक पुनीत दायित्व माना गया था और उनकी बुद्धिमत्ता ही सामाजिक क्रिया की कुंजी मानी गयी थी। सर्वज्ञानार्जनवादी आदर्श में यद्यपि मानव को असमान माना गया था, किंतु फिर भी कानून की दृष्टि में वे सभी समान थे। नेतृत्व वही मनुष्य करते थे, जिनमें सहज गुण

हों अर्थात् गुणी होना भी अभिजात वर्ग का ही लक्षण था। लोकतांत्रिक लोकाचार को समाज में व्याप्त होना चाहिए और उसे विवेक की कसौटी पर उत्तरोत्तर कसा जाना चाहिए। मार्क्सवादी आदर्श के अनुसार आदर्श समाज शोषण के हर रूप से मुक्त होना चाहिए। इसी कारण उत्पादन संबंधी रिश्तों का पूर्णतः संशोधन होना चाहिए। इस प्रकार के समाज में समाजवादी तत्त्व होने चाहिए और उसे मानव-समस्याओं के समाधान के लिए विज्ञान और प्रौद्योगिकी का अधिकाधिक उपयोग करना चाहिए। परिणामवादी आदर्श में एक अच्छे समाज की कल्पना लोकतांत्रिक और परिवर्तनशील समाज के रूप में की गयी। उसमें कानून के सामने सब समान होते हैं और व्यक्तियों को मानवीय भाईचारे की बुनियाद नष्ट किए बिना एक-दूसरे से होड़ करने की स्वतंत्रता सुनिश्चित होती है।

प्लेटो के अनुसार ज्ञान का कार्य न्यायपूर्ण समाज का मार्गदर्शन करना है। केवल कुछ गिने-चुने व्यक्तियों, दार्शनिक राजाओं (फिलॉसफर किंग्स) की पहुँच वहाँ तक हो सकती है, इसलिए समाज का नेतृत्व बहुत लोगों या सभी लोगों को नहीं दिया जा सकता। ज्ञान स्थायी विचारों का ही दूसरा नाम है और वह सहज बुद्धि के द्वारा अर्जित किया जाता है। अरस्तू का मत था कि ज्ञान में अंतर्वर्ती विचार और तत्त्व शामिल होते हैं। सभी मुक्त मानव तर्क की सही पद्धति और आगमनात्मक सामान्यीकरण का अनुसरण करके उसे प्राप्त कर सकते हैं। सर्वज्ञानार्जनवादियों ने केवल सनातन विचारों और तत्त्वों पर ही बल नहीं दिया, उनकी दृष्टि में ज्ञान कैसा भी क्यों न हो, सार्थक होता है। वैज्ञानिक अनुशासन और व्यावहारिक विषय उतने ही मूल्यवान होते हैं जितने कि शास्त्रीय विद्या के मान्य क्षेत्र। मार्क्सवादी आदर्श में द्वंद्वात्मक भौतिकवाद ही अन्वेषण की प्रमुख पद्धति है। यदि कोई व्यक्ति सामाजिक विकास की प्रक्रिया को समझना चाहता है तो उसे न केवल भौतिक परिस्थितियों को जानना होगा, वरन उन आर्थिक शक्तियों का भी पता लगाना होगा जो समाज को प्रभावित करती हैं। इस दृष्टि से नया ज्ञान समाज के वांछित दिशा में विकास और प्रगति के लिए अपेक्षित निवेश माना जाता है। उसकी शोषण या विशेषाधिकार का साधन नहीं बनना चाहिए। मार्क्स ने ज्ञान की कल्पना समाज में आमूल परिवर्तन के साधन के रूप में की थी। इस क्षेत्र में उसका निरूपण सर्वविदित है : "दार्शनिकों ने विश्व की विभिन्न प्रकार से व्याख्या की है, किंतु असल काम उसे बदलना है।" परिणामवादियों के मतानुसार सभी प्रकार का ज्ञान सापेक्ष, आकस्मिक और संदर्भ विशेष पर आधारित होता है। मुख्य रूप से यह अनुभवाश्रित अन्वेषण तथा साक्ष्य और समस्या-समाधान के अनुभव के माध्यम से अर्जित किया जाता है।

मानव-समाज-ज्ञान संबंधी रिश्तों के हिंदू, चीनी और इसलामी आदर्श बना लेना सहज है किंतु इस प्रकार के कार्य में अनेक कठिनाइयाँ आती हैं। उनकी परंपराओं का जटिल ताना-बाना, मूल विषयों पर भी विविध प्रकार का बल और मूल तत्त्व के निर्वचन की विविधता ऐसी बातें हैं जो इस कार्य की जटिलताओं में वृद्धि करती हैं। उनमें अनेक

ऐसी निरपेक्ष तथा अंतिम धारणाएँ निहित हैं जिनका समसामयिक यथार्थ से दूर का भी रिश्ता नहीं है। इसमें संदेह नहीं कि उनके कुछ मूल्य शिक्षा की विषयवस्तु में सम्मिलित कर लिए गए हैं, किंतु उन्होंने शिक्षा संबंधी लक्ष्यों और सिद्धांतों के सार्वभौम ढाँचे को कोई निश्चयात्मक रूप नहीं दिया है।

इन प्रतिरूपों ने किसी न किसी प्रकार से शैक्षिक चिंतन को प्रभावित किया है और आज भी कर रहे हैं, किंतु जीवन के बदले हुए संदर्भ और नयी समस्याएँ तथा शक्तियाँ ऐसी हैं जिनसे वे भली प्रकार नहीं निपट सकते। समानता बनाम पद सोपान, स्वतंत्रता बनाम दायित्व, 'है' बनाम 'होना चाहिए' और भाव बनाम संभवन ऐसे मूलभूत उभ्यतः पाश हैं, जिनका उन्होंने कोई समाधान प्रस्तुत नहीं किया है। ऐसे अनेक महत्त्वपूर्ण समस्यामूलक प्रश्न हैं जिनका अब तक उत्तर नहीं दिया गया है। यह भी नहीं मालूम कि कौन निर्णय करता है और किसके लिए ? क्या शोषण और प्रभुत्व की समस्याओं का शिक्षा के पास कोई समाधान है ? अब तक तो शिक्षा में शारीरिक श्रम और बौद्धिक श्रम के बीच की खाई को बढ़ाने की प्रवृत्ति ही रही है। क्या अब वह इस प्रक्रिया को उलट सकती है और यह सुनिश्चित कर सकती है कि श्रम-विभेदीकरण की प्रकृति पदानुक्रमिक नहीं होगी ? इसके अलावा समाज में अन्यताभाव उत्पन्न करने की भी भारी समस्या है, जिसमें शिक्षा का निश्चय ही योगदान रहा है। क्या शिक्षा अब तक हुए अन्याय को दूर करने और मानव को श्रम तथा समाज से जोड़ने के लिए अपने में परिवर्तन ला सकती है ?

अनुत्तरित प्रश्न तथा समस्यात्मक क्षेत्र

पर्याप्त शिक्षा-दर्शन के लिए अच्छा मानव और न्यायपूर्ण समाज—दोनों ऐसी संकल्पनाएँ हैं जिनकी व्याख्या आवश्यक है, किंतु इन दोनों के संबंध में मतैक्य नहीं है। यद्यपि मानव ने अहंकारपूर्वक स्वयं को 'होमा सेपियन'—बुद्धिमान मानव, चिंतनशील मानव—घोषित किया है; किंतु वर्तमान संवाद में इस समस्या के प्रति उनकी दृष्टि में काफी विनम्रता दीख पड़ती है। अब वह अपने को विश्व का केंद्र या सभी वस्तुओं का मानदंड समझने की हठधर्मिता नहीं दिखाता। अब वह अपने को विजेता के रूप में प्रस्तुत नहीं करता, बल्कि उसे यह कहने में भी काफी संकोच है कि उसका मस्तिष्क अविजेय है। मानव को अपनी उपलब्धियों पर गर्व है, किंतु उसे अपनी सीमाओं का भी अहसास है। अपनी स्थिति और दुर्दशा को समझने के लिए वह अब अपने को प्रकृति और समाज के एक अंग के रूप में देखने लगा है। वह स्वयं को पहचानने के लिए अब अपने अंदर झाँककर भी देख रहा है। पशु के रूप में मानव ने अपनी विकासात्मक दायरे से बहुत कुछ ग्रहण किया है। हाल में उभरा एक अनुशासन इथालॉजी हमें बताता है कि मानव की प्रवृत्तियों—आक्रमण, प्रादेशिक व्यवहार, परोपकारिता और करुणा—की

जड़ें उसके विकासात्मक अतीत के उन अवस्थानों में तलाश की जा सकती हैं जब वह पूर्ण मानव नहीं था। मानव एक पशु के रूप में कुछ निश्चित आनुवंशिक संभावनाओं और सीमाओं के साथ जन्म लेता है। प्रकृति के अंग-रूप में वह न केवल प्रकृति का प्रभाव ग्रहण करता है, बल्कि उसको प्रभावित भी करता है। मानव को समाज के एक अंग और एक सदस्य के रूप में प्रकृति का एक अंग समझकर अपनी पशु-सुलभ स्थिति को मान्यता देनी चाहिए। किंतु यदि उसे अपने अहम् की या अस्मिता की खोज करनी है तो वह उसे समाज के भीतर ही प्राप्त हो सकती है।

इतिहास के विभिन्न कालों में जो विचार समुच्चय और परिस्थितियाँ विद्यमान रही हैं, उन्होंने मानव और समाज की विविध छवियों को जन्म दिया है और इन्हीं विचारों और परिस्थितियों ने उसके क्रियाकलाप के साथ ही सामाजिक और राजनीतिक कार्य-व्यवहार में उसके निर्णयों और रुचियों को न केवल परिभाषित किया है, बल्कि उनकी सीमाओं को भी तोड़ा है। मानव सदा ही एक सीखने और सिखानेवाला पशु रहा है। प्रचलित सिद्धांतों के अनुसार कभी वह दूसरों का प्रभाव ग्रहण करके उसके अनुरूप स्वयं को ढाल लेता है और कभी दूसरों को प्रभावित करता है। मानव की संकल्पना के संबंध में हमें जो सार्वभौम सत्य प्राप्त होते हैं, वे हैं : जीवन के प्रश्न को भारी महत्त्व देना, जिसके फलस्वरूप उसके लोभ और आक्रमण की वृत्ति उत्पन्न हुई, साथ ही उसमें दूसरों के लिए परोपकारी और करुणा के भाव विद्यमान रहे; अच्छे मानव और अच्छे समाज की धारणाओं का प्रकटीकरण, जिसमें वैयक्तिक तथा सार्वजनिक मूल्यों की व्याख्या भी शामिल है ; जीवन-यापन के कुछ नियत नियमों का पालन और निरंतर सीखने, स्वयं को परिस्थिति के अनुकूल बनाने और परिवर्तन करने की प्रवृत्ति। इसके अतिरिक्त मानव में स्वयं को सतत परिवर्तनशील वास्तविकता के अनुकूल बनाने की क्षमता भी है; वह अपनी सीमाओं के बावजूद प्रकृति, सामाजिक-आर्थिक पर्यावरण और अपनी स्वतः की प्रेरणाओं और महत्त्वाकांक्षाओं से उत्पन्न चुनौतियों से जूझने का प्रयत्न करता है।

ऐसे अनेक मुद्दे अब भी बने हुए हैं, जो सभी की चिंता का कारण हैं। उन सबका संबंध एक ही मुख्य प्रश्न से है : मानव का भविष्य क्या होगा ? इसका निर्णय कौन करेगा ?

समसामयिक समाज के संदर्भ में इस प्रस्थापना पर कोई गंभीरता से प्रश्नचिह्न नहीं लगा सकता कि मानव को मुक्त और एक-दूसरे के बराबर होना चाहिए। यह सर्वस्वीकृत है कि उसे स्वतंत्रता और समता तथा मान-मर्यादा और न्याय प्राप्त करने का अधिकार है, किंतु इस दृष्टिकोण की औपचारिक मान्यता से समस्या का समाधान नहीं होता, क्योंकि स्वतंत्रता और समता के स्वरूप और सीमाओं की कोई स्पष्ट परिभाषा नहीं की गयी है और न ही न्याय तथा मान-मर्यादा के परिमाण के संबंध में कोई मतैक्य है। मानव-इतिहास साक्षी है कि मानव की स्वतंत्रता पर कुछ-न-कुछ बंधन हमेशा लगाए गए हैं और वह उन्हें सहन करता आया है। सैद्धांतिक अभिधारणाओं और उनके वास्तविक कार्यान्वयन

में सदा एक अंतराल रहा है। व्यावहारिक समायोजनों और समझौतों, आदर्शों के सुविधानुसार निर्वचनों और कानूनों के छलयोजन के कारण स्वतंत्रता और क्षमता की धारणाएँ अस्पष्ट और अव्यवस्थित बनी रही हैं। आज उन्हें स्वयंसिद्ध धारणाओं के रूप में स्वीकार नहीं किया जाता, बल्कि वे एक गंभीर बौद्धिक वाद-विवाद का विषय बन गयी हैं। स्वायत्त मानव की संकल्पना पर भी संदेह किया जाता है। वास्तव में अब यह भय व्यक्त किया जाता है कि मानव का संहार किया जा रहा है। देखने से तो लगता है कि मानव फल-फूल रहा है, कम-से-कम संख्या की दृष्टि से तो वह बढ़ ही रहा है। यदि संदिग्ध है तो केवल उसकी स्वायत्तता। स्वायत्तता से संबंधित धारणाएँ चेतना में रहती हैं और अब यह तथ्य उत्तरोत्तर स्वीकार किया जा रहा है कि चेतना एक सामाजिक परिणति है। यह सुझाव दिया गया है कि स्वतंत्रता और समता की जड़ें 'मानवप्रकृति' या 'आनुवंशिक प्रतिभा' में नहीं, वरन् पर्यावरण में खोजी जानी चाहिए। पर्यावरणवाद का धर्ममत बन जाना आवश्यक नहीं है, परंतु उसकी चुनौती को सहज टाला भी नहीं जा सकता।

मानव को प्रायः 'सीखनेवाले पशु' के रूप में परिभाषित किया गया है; और यह निर्विवाद है कि उसे नए प्रतिमानों में ढाला जा सकता है। यह ज्ञान का प्रवर्तन कर सकता है और उसे उत्तराधिकारी के रूप में प्राप्त भी कर सकता है। इसमें संदेह नहीं है कि मानव सदा किसी-न-किसी अंश में ढाला जाता रहा है। पर्यावरण की अनिवार्यताएँ और नए ज्ञान का उदय उसके मूल-संरूपों की नए सिरे से रचना करता है और उसकी जीवन-पद्धति को परिवर्तित करता है। लगभग सभी युगों में नए मानव और नए समाज की अपनी-अपनी संकल्पनाएँ प्रस्तुत की गयी हैं। उनमें से प्रत्येक युग ने कुछ ऐसे मानव उत्पन्न किए हैं, जिन्होंने मसीही उत्साह के साथ दूसरों को उस सीमा तक ढालने का प्रयत्न किया है जहाँ वे उनकी नए मानव की छवि के अनुरूप दिखने लगें। प्रश्न यह है कि मानव को किस सीमा तक ढाला जा सकता है ? एक छोर पर तो वाट्सन जैसे कुछ व्यवहारवादी हैं जो किसी प्रकार की सीमाओं को नहीं मानते। वे बड़े साहस के साथ यह दावा करते हैं कि किसी भी बालक को, चाहे उसे कहीं से भी क्यों न उठाया गया हो, किसी भी प्रकार का विशेषज्ञ—डॉक्टर, वकील, कलाकार— बनाया जा सकता है, और भिखारी या चोर को भी, चाहे उसमें कुछ भी गुण, अभिरुचियाँ, प्रवृत्तियाँ, योग्यताएँ हों और चाहे उसके पूर्वजों का कैसा भी आनुवंशिक इतिहास हो, बदला जा सकता है।[1]

दूसरों को अपनी ऐसी क्षमताओं में कुछ कम विश्वास है। उदाहरण के लिए स्किनर 'व्यवहार की प्रौद्योगिकी' बनाने का आग्रह करता है किंतु, साथ ही वह यह भी स्वीकार करता है कि व्यवहारगत प्रौद्योगिकी शक्ति और शुद्धता की दृष्टि से शारीरिक और जैविक

1. वाट्सन, जे. बी. : बिहेवियरिज्म (1930), पृ. 82-85

प्रौद्योगिकी से कहीं पीछे है···। ढाई हजार वर्ष पहले यह कहा जा सकता था कि मानव न केवल स्वयं को वरन् अपने संसार के प्रत्येक भाग को जानता-समझता है। आज यह स्थिति है कि वह स्वयं को भी नहीं समझ पाता।[1] अपनी पुस्तक में उसने स्वीकार किया है कि ऐसे विरले ही व्यवहारवादी होंगे जो यह दावा करें कि व्यवहार निरंतर परिवर्तनीय[2] रहा है। दूसरे छोर पर अनेक वैज्ञानिक दावे, जो सर्वथा भिन्न प्रकार के हैं, किए गए हैं कि मानव कुछ निश्चित आनुवंशिक संभावनाओं और सीमाओं को लेकर जन्म लेता है। मानव का व्यक्तित्व पहले पाँच या छह वर्षों में निर्मित होता है। मानव में ऐसी अनेक दृढ़ विशेषताएँ होती हैं जो शिक्षण और अनुकूल के सभी प्रकार के प्रयासों को निष्फल कर देती हैं। सत्य शायद इन दोनों के बीच कहीं है : मानव को सिखाया जा सकता है। वह आजीवन सीखता रहता है, किंतु उसे स्वेच्छा से सभी दिशाओं में और कुछ निश्चित सीमा से आगे खींचा, ताना या ढाला नहीं जा सकता। इस समस्या का एक महत्त्वपूर्ण नैतिक पहलू भी है। ढालने की दिशा और सीमा का—चाहे वह आनुवंशिक खींचतान या शैक्षिक नवीनीकरण हो—निर्णय कौन करेगा ?

तीसरे प्रकार के प्रश्नों का संबंध विशेष रूप से आधुनिक समाज के कुछ मानवीय परिणामों से है, खास कर उन माँगों से जो प्रौद्योगिकी और 'संगठन मानव' से जुड़े होने का दावा करते हैं। बढ़ते हुए अलगाव और स्वायत्तता की क्षति को सामान्यतः प्रौद्योगिकी के ताने-बाने और उससे संबद्ध संगठनात्मक रूपों का ही परिणाम माना गया है। क्या मानव की यही अपरिवर्तनीय नियति है ? क्या उसे एक दिशात्मक बनना चाहिए ? या, ऐसी भी आशा है कि वह अपनी वैयक्तिक स्वायत्तता को सुरक्षित रखने और अपने व्यक्तित्व की बहुदिशात्मकता को सुनिश्चित करने के लिए प्रौद्योगिकी और उसके संगठन के स्वरूप और कार्य की प्रकृति को बदलने और उसमें सुधार लाने के लिए कारगर ढंग से हस्तक्षेप कर पाएगा ? प्रौद्योगिकी का वर्तमान स्वरूप इतिहास का एक संयोग मात्र है। यदि सोच-समझकर हस्तक्षेप किया जाए तो इसे बदला जा सकता है और हम उत्पादन और रहन-सहन के स्वरूप को नए आधार पर व्यवस्थित कर सकते हैं। प्रबुद्ध वर्ग के एक बड़े भाग का विश्वास है कि तात्कालिक आवश्यकता अवश्यंभाविता की किसी अवधारणा पर वर्तमान प्रवृत्तियों को देखते हुए भविष्य को प्रस्तुत करने की नहीं, बल्कि उसका निर्माण करने की है। परंतु ऐसा उस संभावना की परिधि के भीतर ही किया जा सकता है जो हमारे सामने मौजूद वास्तविकता के अनुभवाश्रित अध्ययन से ज्ञात हुई हो।[3] भविष्य के बारे में नीति-निर्धारण को रुचि तथा इच्छा पर आधारित क्रियानिष्ठ प्रतिरूपों की कसौटी पर परखना होगा।[4] मानव द्वारा इतिहास में और विशेष रूप से

1. स्किनर, बी. एफ. : बियांड फ्रीडम एंड डिगनिटी (1975), पृ. 5
2. वही : एबाउट बिहेवियरिज्म (1975)
3. कोठारी, रजनी : 'पॉलिसी इन कल्चर' शीर्षक लेख, 'टूवड्‌र्स ए कल्चरल पॉलिसी' में प्रकाशित, 1975, पृ. 27
4. वही।

प्रौद्योगिकी और सामाजिक संगठन की पुनर्निर्मिति में हस्तक्षेप के लिए कल्पनाशील, साहसपूर्ण और भारी शैक्षिक प्रयास आवश्यक होगा।

अंत में, विमर्शी और आदर्शक प्रयोगों के अतिरिक्त आवश्यकता इस बात की भी है कि प्राकृतिक और मानवीय पर्यावरण में हुए परिवर्तनों के फलस्वरूप जो वास्तविकताएँ उभरती हैं, मानव स्वयं को उनके अनुकूल बनाए। मानव को प्राकृतिक संसार, सामाजिक पर्यावरण और उसकी अपनी प्रेरणा तथा आकांक्षाओं द्वारा दी गयी चुनौतियों का निर्णयात्मक तथा रचनात्मक ढंग से सामना करना सीखना होगा। इन चुनौतियों से जूझने की अक्षमता बार-बार आनेवाले संकटों की जड़ में है, जिनके भविष्य में और भी गहरे होने और बार-बार आने की संभावना है और जो अंततः मानवजीवन के लिए ही खतरा पैदा कर सकते हैं।

शिक्षा के प्रकार्य

आइए, इन प्रश्नों के संदर्भ में आज और आनेवाले कल की आवश्यकताओं के लिए शिक्षा के प्रकार्यों पर विचार करें।

शिक्षा का पहला प्रकार्य है कि वह व्यक्तियों और उनके समूहों में अधिकतम जागरूकता उत्पन्न करे, ज्ञान का प्रसार करे तथा ऐसे कौशल सिखाए जिससे वे अपना वैयक्तिक तथा सामूहिक जीवन-यापन करने योग्य बन सकें और उसमें गुणात्मक सुधार ला सकें।

दूसरा प्रकार्य है सांस्कृतिक तथा आर्थिक जीवन में भाग लेने और उसमें अपना योगदान करने के अवसर सभी वर्गों और श्रेणियों के नागरिकों को सुलभ कराना।

तीसरा, सभी संस्कृतियों को इसकी स्वतंत्रता हो और अवसर दिए जाएँ कि वे अपनी विरासत को समृद्ध बना सकें, उसकी अभिवृद्धि कर सकें, परंतु इसका अर्थ यह कदापि नहीं है कि वे सजातीयता के संकीर्ण और दुर्भेद्य खाँचों में फँसकर रह जाएँ। मानव की नियति के सामान्य और सार्वभौम स्वरूप को देखते हुए विभिन्न संस्कृतियों और समाजों के बीच सद्भाव के सेतु बनाए जाने चाहिए, ताकि उनके बीच सहअस्तित्व और सहयोग के सार्थक प्रतिमान स्थापित किए जा सकें और उन्हें सुदृढ़ बनाया जा सके। इन सब कार्यों में शिक्षा की भूमिका प्रधान है।

चौथा, मानवजाति के जीवन और प्रगति संबंधी आवश्यकताएँ शैक्षिक प्रयासों में सबसे आगे होनी चाहिए। समसामयिक संदर्भ में जीवन का अर्थ है समस्याओं का पूर्वानुमान और उनका समाधान करने की सामर्थ्य। प्रगति का अर्थ है जीवन की गुणवत्ता को समृद्ध बनाना। जीवित रहने की उत्कट अभिलाषा—हालाँकि इससे विकट समस्याएँ भी उत्पन्न होती हैं—परिवर्तन के लिए सबसे बड़ी प्रेरणा हो सकती है। जीवन की गुणवत्ता का प्रश्न इस शती का सबसे महत्त्वपूर्ण प्रश्न बनकर सामने आ रहा है, किंतु लगता है बँधी-ढँकी

जीवन-पद्धति और सुसंस्थापित स्वार्थ, सोद्देश्य विचार एवं उस दिशा में किए गए कार्य-व्यापार के मार्ग में बाधक बने हुए हैं।

शिक्षा-दर्शन और शिक्षा-सिद्धांत का केंद्र मानव ही है। उसे भाग्य-निर्माता मानव के रूप में, साथ ही मननशील और विविध रुचियों के मानव-रूप में देखना होगा। रूसो के प्रख्यात प्रश्न—**मानव** उत्पन्न किया जाए या **नागरिक** ?—का उत्तर होना चाहिए—दोनों, क्योंकि व्यक्ति.और नागरिक अविभाज्य और अवियोज्य होते हैं। शिक्षा-प्रणाली समाज का ही एक अंग होती है और उसकी एक महत्त्वपूर्ण सामाजिक भूमिका होती है। ज्ञानार्जन और स्वतंत्र अन्वेषण के आदर्श यद्यपि प्रशंसनीय हैं, उनमें सार्थकता और सोद्देश्यता तभी आती है जब वे समाज की आवश्यकताओं की पूर्ति के व्यापक लक्ष्य की ओर उन्मुख हों। उन्हें इस दिशा में प्रेरित करना शिक्षा का दायित्व है।

आगामी कार्य

प्राचीन काल में अधिकांश शैक्षिक चिंतन पराभौतिक परिकल्पनाओं और इंद्रियातीत विचारों तथा आदर्शों की खोज में उलझा रहता था। यह आवश्यक तो था किंतु पर्याप्त नहीं। इस प्रक्रिया में वह खोखली समृद्धि का दर्शन बन गया था और उसने प्रत्यक्ष लक्ष्यों और शिक्षा के वास्तविक व्यवहार के बीच अंतराल पैदा कर दिया। यही प्रवृत्ति आज भी जारी है; ऐसे अनेक व्यक्ति हैं जो मनुष्य को उसकी विकट स्थिति से उबारने के सत्कार्य में संलग्न हैं और एक शैक्षिक युटोपिया बनाना चाहते हैं। शैक्षिक लक्ष्य दार्शनिक परिकल्पनाओं का विषय मात्र नहीं बन सकते, उनका निर्माण तो जीवन के अनुभव और आवश्यकताएँ करती हैं। अमूर्त परिकल्पना संगत सामाजिक संदर्भ, सांस्कृतिक पर्यावरण और उनके द्वारा उठायी गयी ठोस समस्याओं की अनदेखी करना सिखाती है। इसके विपरीत यदि केवल निकट दृष्टि अपनायी जाए तो शिक्षा की गतिशील संभावनाएँ धूमिल पड़ सकती हैं और उन्हें समय विशेष की सामान्य चिंताओं में बाँध दिया जाता है। शिक्षा के लक्ष्य मानव-जीवन से उत्पन्न होते हैं और उसमें उसके समस्त विकास को शामिल करना चाहिए। वर्तमान पर ध्यान तो केंद्रित करना ही चाहिए, साथ ही भविष्य के प्रति एकदम निश्चिंत भी नहीं हो जाना चाहिए। अतः शैक्षिक लक्ष्य निर्धारित करते समय सार्वभौम और सार्वकालिक मूल्यों और यथार्थ के विश्लेषण—दोनों को दृष्टिगत रखना चाहिए। उन्हें वर्तमान और भविष्य—दोनों पर ध्यान देना चाहिए।

समसामयिक जगत में, जो अंतर्विरोधों, शंकाओं और विरोधाभासों से ग्रस्त है, शिक्षा को कई जटिल और अत्यावश्यक समस्याओं के समाधान में लगना है। इन समस्याओं में कुछ तो विश्वव्यापी हैं, किंतु कुछ ऐसी भी हैं जो किसी प्रदेश या राष्ट्र तक ही सीमित हैं।

परिवर्तनशील जीव-मंडल में उठे ख़तरे विश्व-भर में व्याप्त हैं। पर्यावरण प्रदूषण,

पारिस्थितिक असंतुलन और संसाधनों की समाप्ति मानव-जीवन के लिए संकट उत्पन्न कर रहे हैं। उनसे कुशलतापूर्वक निपटने और उन्हें नियंत्रित करने के लिए इच्छाशक्ति और कौशल दोनों की आवश्यकता है। लगता है कि मानव जाति को यदि अपना अस्तित्व बचाए रखना है, तो उसे जीवन-यापन के ढंग नए सिरे से सीखने होंगे। इस प्रक्रिया में शिक्षा एक सुनिश्चित और रचनात्मक भूमिका अदा कर सकती है।

आज का अस्त-व्यस्त संसार अपने असंतुलित मूल्यों के कारण दिशाबोध खो बैठा है। सोच-विचार के ढंग, संगठन के तरीके और कार्यनीतियाँ जो अतीत में विकसित हुई थीं, समकालीन परिस्थितियों के लिए उपयुक्त प्रतीत नहीं होतीं ! ऐसे संसार का जो असमान और बँटा हुआ भी है, तनाव, असामंजस्य और विरोध का स्रोत बन जाना निश्चित है। इसलिए यदि मानवजाति को अपना अस्तित्व बनाए रखना है तो उसके लिए एक न्यायपूर्ण विश्वव्यवस्था आवश्यक है। ऐसी व्यवस्था का विकास और संचालन केवल प्रशिक्षित मस्तिष्क ही कर सकते हैं। इस प्रकार की व्यवस्था के सुचारु संचालन और स्थायित्व का आधार केवल अच्छा नेतृत्व ही नहीं है, उसके लिए अच्छे नागरिकों का होना भी उतना ही आवश्यक है जो नेताओं पर समीचीन प्रभाव डाल सकें। अतः शिक्षा को नेताओं और नागरिकों का निर्माण करने की भूमिका स्वीकार करनी होगी। अंतर्राष्ट्रीय सद्‌भाव और सहयोग में भी शिक्षा-प्रणाली विशेष योगदान दे सकती है।

सबसे बड़ी आवश्यकता इस बात की है कि समाज-व्यवस्था तथा उत्पादन और वितरण के ढाँचे और प्रक्रियाओं की कायापलट की जाए। कहना न होगा कि पद-सोपानात्मक और सत्तावादी प्रणाली जीर्ण-शीर्ण हो रही है। नयी समाज-व्यवस्था के लिए समतावादी लोकाचार और सेवाभाव आवश्यक है। संसार के संसाधनों और उत्पादों में जनता और देशों को बराबर का हिस्सा मिलना चाहिए, उन्हें महत्त्वपूर्ण निर्णय-प्रक्रियाओं में भी साझीदार होना चाहिए। इस महत्कार्य को शिक्षा अकेले ही संपन्न नहीं कर सकती, वह उसके लिए अनुकूल वातावरण तैयार करने में सहायता जरूर कर सकती है। शिक्षा सामाजिक क्रिया का विकल्प नहीं है, परंतु वह उसके गुण-दोष परखने और उसे सुविधाजनक बनाने में सहायक होती है। सामाजिक व्यवस्था में परिवर्तन लाने के लिए हमें जिसकी आवश्यकता है, वह है कल्पनाशील सामाजिक क्रिया।

विज्ञान और प्रौद्योगिक की व्यवस्था का पुनर्निर्माण किया जा सकता है और उसे उद्देश्यपूर्ण सामाजिक दिशा प्रदान की जा सकती है। साथ ही उनके अलगाववादी पहलुओं को भी समाप्त किया जा सकता है। विज्ञान और प्रौद्योगिकी आज जिस रूप में हमारे सामने हैं, वे एक ऐतिहासिक प्रक्रिया की उपज हैं; उनका वर्तमान रूप विशेष प्रकार की सामाजिक, आर्थिक और सांस्कृतिक परिस्थितियों में हुए उनके विकास का ही परिणाम है। उनके साथ हम जिस समाज-व्यवस्था को संबद्ध देखते हैं, वह कोई अनिवार्यता नहीं है। यदि इनका मौलिक और प्रवर्तनकारी ढंग से संचालन किया जाए तो उन्हें अधिक मानवीय बनाया जा सकता है और वे बेहतर ढंग से मानवजाति की सेवा कर सकते

हैं। लोकोन्मुख विज्ञान और प्रौद्योगिकी निश्चय ही संभव हैं और ऐसा होना सुदूर भविष्य की भी बात नहीं है। उत्पादन और वितरण की व्यवस्थाओं का भी क्रम बदला जाना चाहिए। वर्तमान व्यवस्थाओं में किसी प्रकार की अलंघनीयता अथवा अनिवार्यता नहीं है, बल्कि उसके ऐसे नए रूप विकसित किए जा सकते हैं, जिनमें मानव अपने काम और उसके लाभों से अधिक निकट का संबंध स्थापित कर सके। इससे वर्तमान व्यवस्था की बहुत-सी असंगतियों, विशेषतः स्वायत्तता की क्षति और उसके कारण होनेवाले पृथक्करण को समाप्त किया जा सकेगा।

आज के संदर्भ में समानता के प्रश्न का महत्त्व बहुत बढ़ गया है और यही आनेवाले दशकों में मानव-संबंधों के संगठन की मूल समस्या का रूप धारण कर लेगा। दूसरे के मूलभूत गुणों को पहचानने के लिए यह आवश्यक है कि लोगों को समान स्तर पर कार्य करने का प्रशिक्षण दिया जाए। लेकिन इसके लिए एक विशेष प्रकार की मनोवैज्ञानिक और मानसिक तैयारी भी आवश्यक है। मानव-समानता की संकल्पना को वास्तविकता से युक्त करने की दिशा में शिक्षा एक निश्चित योगदान कर सकती है।

अंतिम विश्लेषण में हमें फिर समानता के प्रश्न की ओर लौटना होगा। संसार की दो-तिहाई जनसंख्या की अन्न, वस्त्र, निवास, स्वास्थ्य, शिक्षा और संस्कृति से संबंधित न्यूनतम आवश्यकताओं की पूर्ति को प्राथमिकता देना जरूरी है। इससे उपभोक्तावाद का अंत होगा और प्रचुर तथा बहुविध सामाजिक सेवाओं की माँगें पूरी होंगी। यह संभव है, क्योंकि परोपकारिता मानवजाति के विकासात्मक दास का ही अंग है, किंतु साथ ही हमें बिरादरी और मिलनसारी के प्राचीन सद्‌गुणों का परित्याग करने में जल्दबाजी नहीं करनी चाहिए, क्योंकि उनके बल पर मानव-समूह अब तक जीवित रहे हैं। जीवन की सामान्य खुशियों का उतना ही महत्त्व है, जितना उच्च्व बौद्धिक उपलब्धियों का। यह निश्चय ही एक बेतुकी माँग प्रतीत हो सकती है—ऐसी माँग जो एक कल्पनालोक को साकार करने के लिए सामाजिक प्रबंधन के असंभव करतब के लिए उठायी गयी हो। लेकिन हमें यह नहीं भूलना चाहिए कि मेक्सिकोवासियों और मिस्रियों ने अपने भव्य पिरामिड अपने उन्मूलन के भय से नहीं बनाए थे। उनकी प्रौद्योगिकी भले ही आदिम श्रेणी की रही हो, उनमें निर्माण की उत्कट आकांक्षा थी। हमारी स्थिति अपेक्षाकृत अधिक सुविधाजनक और उन्नत है; हमारे पास अधिक विकसित शिल्प हैं और हम मृत्यु की छाया में जीवित हैं। यदि हम जीवित रहना चाहते हैं तो हमें अपने जीवन को फिर से व्यवस्थित करना होगा, नए पिरामिड जीवन के सामाजिक, सांस्कृतिक और आर्थिक पहलुओं को संचालित करेंगे। यह सही है कि अकेले शिक्षा ही से नयी व्यवस्था नहीं आ जाएगी, लेकिन यह भी सत्य है कि शिक्षा के बिना इस संबंध में आरंभिक कार्य भी संपन्न नहीं हो सकते। शिक्षा में चिंतन तथा क्रिया दोनों की ही व्यवस्था होनी चाहिए और उसे ऐसे शिल्प और क्षमताएँ विकसित करनी चाहिए जो इस क्रिया को सार्थक बना सकें।

शिक्षा-प्रणाली की न्यूनताएँ

शिक्षा-जगत के सामने जो कार्य-सूची है उसका विस्तार और जटिलता अपरिमेय है। क्या आज की शिक्षा-प्रणाली आनेवाले कल की समस्याओं का अनुमान लगा सकती है ? क्या वह भावी चुनौतियों का सामना करने लिए पर्याप्त रूप से समर्थ है ? कौन नहीं चाहेगा कि इन प्रश्नों के उत्तर सकारात्मक हों, किंतु शिक्षा-प्रणाली की न्यूनताएँ स्पष्टतः उभरती आ रही हैं और हमारे मन में यही चिंता बनी रहती है कि यह परिवर्तन की चुनौतियों से जूझने में असफल है। हम बहुधा शिक्षा की कल्पना एक स्वायत्त व्यवस्था के रूप में करते हैं, जबकि वास्तव में यह एक ऐसी व्यवस्था है जो समाज की परिवर्तनशील आर्थिक, राजनीतिक और सामाजिक शक्तियों के अधीन है। हम जानते हैं कि पूर्वनिश्चित दिशा में परिवर्तन करने के संबंध में शिक्षा की क्षमता सीमित है। सोद्देश्य सामाजिक क्रिया की सर्वदा प्रधानता रहती है, शिक्षा तो अधिक से अधिक एक समर्थक साधन का काम करती है। दूसरे शब्दों में, शिक्षा परिवर्तन के लिए आवश्यक तो है किंतु उनकी अनिवार्य शर्त नहीं है। शिक्षा की विषयवस्तु और दिशा पर उन सामाजिक शक्तियों का प्रभाव अनिवार्य रूप से पड़ता है जो किसी समय-विशेष में क्रियाशील रहती हैं। यदि शिक्षा प्रगति का साधन हो सकती है तो वह रूढ़िवादिता का साधन भी बन सकती है। यदि शिक्षा समाज में शक्ति के आधारों को आमूल परिवर्तित करने और आर्थिक बुनियादों तथा सामाजिक लोकाचार के मूलभूत परिवर्तन के उद्देश्य से संचालित सबल आंदोलनों के साथ नहीं चलती तो उससे एक नयी समाज-व्यवस्था की अपेक्षा करना बेकार है।

परिवर्तन की आवश्यकता अपरिहार्य है, किंतु शिक्षा-प्रणाली यथापूर्वस्थिति की ओर प्रवृत्त है। शिक्षा समाजीकरण, मुख्यतः सामाजिक ढाँचे को बनाए रखने की व्यवस्था करती है। यह सच है कि उसमें कुछ क्रियाशीलता और परिवर्तनशीलता की गुंजाइश भी होती है, किंतु समाज-व्यवस्था के मूलभूत ढाँचे को प्रायः यथावत् बना रहने दिया जाता है। परिवर्तन के प्राचलों का सीमांकन हो चुका है, यद्यपि उनकी सीमाएँ बिल्कुल स्पष्ट नहीं दिखाई देतीं। आर्थिक और राजनीतिक शक्तियाँ, जो शिक्षा-प्रणाली का समर्थन और नियंत्रण करती हैं, उससे यह अपेक्षा करती हैं कि वह एक विशेष ढंग से कार्य करे और कुछ विशेष परिणाम प्रस्तुत करे। यह स्पष्ट ही है कि वे किसी ऐसे कार्य में धन नहीं लगाना चाहतीं, जो अंततोगत्वा उन्हीं के लिए घातक सिद्ध हो। शिक्षा एक महँगा सौदा है और उसका खर्च वर्ष-प्रतिवर्ष बढ़ता जा रहा है। जब तक इसमें अपार धन-निवेश न किया जाए, यह जीवित नहीं रह सकती। यह निवेश किया तो जा रहा है; किंतु उसके साथ कुछ प्रत्यक्ष और प्रच्छन्न प्रतिबंध अवश्य रहते हैं। शिक्षा-प्रणाली की राज्य पर बढ़ती हुई निर्भरता उसकी स्वायत्तता और लक्ष्यों के संबंध में उनकी चयन-स्वतंत्रता को संकीर्ण बनाती है। उसे उन लोगों का हित-साधन करना पड़ता है जो उसका समर्थन करते हैं। जो कुछ भी वे करते हैं, उसका औचित्य-स्थापन और वैधीकरण शिक्षा को

करना पड़ता है। इस प्रकार शिक्षा-उद्योग ऐसी सामग्री का व्यापक पैमाने पर उत्पादन करता है जो सुस्थापित योजना के अनुरूप हो और उससे मेल खाती हो। यह बात अलग है कि शिक्षा से मिली उच्च आलोचनात्मक जागरूकता आमूल परिवर्तन के लिए कुछ प्रेरणाएँ भी उत्प्रेरित करती है, किंतु अंतिम विश्लेषण में शिक्षा-प्रणाली को उन व्यापक सामाजिक उद्देश्यों को भी स्वीकार करना पड़ता है जो आर्थिक और राजनीतिक शक्तियों ने उसके लिए नियत किए हैं और जिनका उस पर नियंत्रण है। यदि वे शक्तियाँ लोकोन्मुखी हों या यदि वे आम जनता की आवश्यकताओं को पूरा करने के लिए बाध्य हों तो शिक्षा-प्रणाली उन लक्ष्यों की प्राप्ति की दिशा में, जो जनसामान्य के लिए लाभकर हैं, कुछ दूर तक अवश्य जा सकती है।

इस बात पर ध्यान देना आवश्यक है कि शिक्षा मुख्यतः एक साधन है, किंतु इसकी कुछ तात्त्विक विशेषताएँ हैं। इस बात पर बहुत कुछ निर्भर है कि इस साधन का प्रयोग किस प्रकार किया जाता है। उदाहरण के लिए सांस्कृतिक धरोहर का संरक्षण और प्रसार शिक्षा के प्रमुख प्रकार्यों में से एक है। यह निस्संदेह एक महत्त्वपूर्ण प्रकार्य है, क्योंकि यह समाज को निरंतरता-बोध प्रदान करता है और उसकी जड़ें मजबूत करता है। एक शैली-विशेष में इसके संचालन से इसका प्रयोग न केवल परंपरा को बनाए रखने, वरन् अविवेकी और अतीतोन्मुखी प्रवृत्तियों को बढ़ावा देने के लिए भी किया जा सकता है। दूसरी ओर एक नयी अस्मिता विकसित करने हेतु सांस्कृतिक धरोहर की भर्त्सना करने के लिए भी इसका उपयोग किया जा सकता है। तीसरी दृष्टि, न केवल परंपरा का प्रसार करती है, बल्कि उसे गतिशील बनाती है। अतीत की विरासत का विस्तार करने के साथ ही वह ऐसी विवेचनात्मक दृष्टि भी विकसित करती है जो लोगों को अपनी विरासत का मूल्यांकन करने में सक्षम बनाती है। वह उन्हें उन तत्त्वों —जो समाज को शक्ति प्रदान करते हैं और उसकी सर्जनात्मक शक्तियों को जीवित रखते हैं, तथा उन तत्त्वों के जो सामाजिक जड़ता को पोषित करते हैं तथा सांस्कृतिक विकास में बाधक हैं—के अंतर को समझने के लिए प्रोत्साहित करती है। इसी प्रकार शिक्षा के बारे में यह भी धारणा है कि यह दृष्टि को व्यापकता प्रदान करती है और मानव के मानसिक क्षितिजों का विस्तार करती है। शिक्षा और जनसंचार यदि एकसाथ चलें तो उसका मस्तिष्क पर जबर्दस्त प्रभाव पड़ता है। उनका यह प्रभाव मुक्तिकारक हो सकता है। किंतु साथ ही वह लोगों के मस्तिष्क को इस ढंग से प्रतिबंधित भी कर सकता है जिसके ऐसे परिणाम निकलते हैं जो आगे चलकर समाज के सामान्य स्वास्थ्य के लिए हितकर सिद्ध नहीं होते। शिक्षा के असमान और अनियमित प्रसार से समाज के विभिन्न वर्गों में असंगत मनोवेग, छवियाँ और विचार उत्पन्न हो सकते हैं। तादात्म्य के आधारों में अक्सर ऐसे हेरफेर होते रहते हैं जो उस खाई को और चौड़ा कर देते हैं जो विशिष्ट वर्गों को सामान्य जन से अलग करती है। शिक्षा के नए दृष्टिकोण और मूल्य सामाजिक विकास में सहायक ही हों, यह जरूरी नहीं है। कुछ निषेधात्मक प्रवृत्तियों और पूर्वाग्रहों का अंत करने

और लुप्तप्राय दृष्टि तथा नकारात्मक मूल्यों को बदलने का प्रयास करने में यह संभव है कि शिक्षा उसके बदले दूसरे प्रकार की निषेधात्मक प्रवृत्तियों, पूर्वाग्रहों, लुप्तप्राय दृष्टि और नकारात्मक मूल्यों को जन्म दे दे। दरअसल, बहुत कुछ इस पर निर्भर होगा कि शिक्षा-प्रणाली दृष्टि-विकार को किस प्रकार दूर करती है। शिक्षा ने मानव की समस्या-समाधान विषयक क्षमताओं को प्रबल बनाने में निस्संदेह अपना योगदान किया है, किंतु पहले से गढ़ी हुई शिक्षा इन्हीं प्रयत्नों को एक विशेष दिशा में भी मोड़ सकती है। प्रौद्योगिकी के वर्तमान स्वरूप की वृद्धि पर विचार कीजिए, जो एक नयी वैकल्पिक प्रौद्योगिकी की खोज और विकास का निषेध करती है। विशेष दिशा में समाज के एकपक्षीय विकास पर भी विचार कीजिए, क्यों हमारी जनसंख्या का बहुत बड़ा भाग विकास के अधिकांश लाभ नहीं पा सकता ? शिक्षा-प्रणाली की न्यूनताएँ और असंगतियाँ सर्वविदित हैं, किंतु जब विकल्प खोजने के प्रयास किए जाते हैं तो शिक्षा-प्रक्रिया से प्रतिबंधित मानस उसके द्वारा बनाए गए घेरों के बाहर आने में कठिनाई का अनुभव करते हैं। इस प्रकार शिक्षा मानसिक शक्ति को बढ़ाती तो है, लेकिन साथ ही उसकी दिशा का पूर्वनिर्धारण भी करती है और उसके प्रयत्नों की कुछ सीमाएँ निश्चित कर देती है।

समकालीन विश्व में शिक्षा-प्रणालियों का सर्वत्र विस्तार हो रहा है। इस प्रकार की विस्मयकारी वृद्धि का एक परिणाम यह होता है कि गुणवत्ता की बलि देकर परिमाण पर अधिक बल दिया जाने लगता है। यह प्रणाली, ऐसा लगता है कि अपने ही बोझ तले दब गयी है। इसके विस्तृत आकार से जड़ता उत्पन्न होती है और उसका स्वरूप के प्रति आग्रह यदि नवाचार की प्रवृत्ति को कुंठित नहीं करता, तो कम-से-कम उस पर प्रतिबंध अवश्य लगा देता है। इसका अनिवार्य परिणाम यह होता है कि शिक्षा वास्तविक न रहकर नाम मात्र की रह जाती है। ज्ञान की फैलती हुई सीमाओं तक पहुँचने के लिए शिक्षा-काल में कुछ वर्ष और जोड़ दिए जाते हैं। असंख्य विद्यार्थियों को विभिन्न प्रकार की शिक्षण-संस्थाओं में अब अधिक समय लगाना पड़ता है। इससे शिक्षा का खर्च बढ़ता है। इसका भार अपेक्षाकृत संपन्न देश भी महसूस करते हैं, लेकिन दरिद्रताग्रस्त देशों में तो यह माँग उनके सीमित साधनों को देखते हुए उनकी पहुँच से परे सिद्ध होती है। शिक्षा के क्षेत्र में उनके लक्ष्य अक्सर पावन उद्देश्यों की घोषणाओं के अलावा कुछ नहीं होते—ये ऐसे उद्देश्यों की घोषणाएँ होती हैं, जो वांछनीय तो हैं किंतु अलभ्य भी हैं। अपेक्षाकृत कम महत्त्वाकांक्षी उद्देश्यों की पूर्ति—जैसे लोकव्यापी साक्षरता के लिए निर्धारित अंतिम तिथियाँ पीछे छूटती जाती हैं। इसी बीच शिक्षा संबंधी नए युटोपिया निरंतर प्रस्तुत किए जाते रहे हैं और ऐसी महत्त्वाकांक्षी योजनाएँ बनाई जाती रही हैं, जिनका संपादन-क्षमता से दूर का भी संबंध नहीं है।

शिक्षा-प्रणाली के प्रबुद्ध आलोचकों को शिक्षा में किए जा रहे धन, प्रयास और समय के भारी निवेश के परिणामों के बारे में भी संदेह है। यद्यपि उनके दावे तो कुछ और हैं, किंतु शिक्षा आज भी कुछ गिने-चुने लोगों का—समाज के एक अल्पसंख्यक

वर्ग का—विशेषाधिकार बनी हुई है। सिद्धांततः शिक्षा सभी के लिए सुलभ मानी जाती है, किंतु व्यवहारतः केवल विशेषाधिकार प्राप्त वर्ग ही उच्चतर स्तरों पर इसका लाभ उठा पाता है। जब सामान्य शिक्षा सभी के लिए सुलभ कर दी गयी तो विशिष्ट वर्ग ने उच्च श्रेणी की ऐसी शिक्षण-संस्थाओं का विस्तार किया, जिनमें उनके बच्चों को वह शिक्षा दी जाए, जिसे पश्चिम के धनी देशों में श्रेष्ठ माना जाता है। यह शिक्षा वास्तव में श्रेष्ठ है या नहीं, इस प्रश्न का उत्तर अभी नहीं दिया गया, किंतु यह निर्विवाद है कि यह अच्छे वेतनवाली और अधिक प्रतिष्ठित नौकरियों का माध्यम है। विश्व के अनेक भागों में और विशेष रूप से तीसरी दुनिया के देशों में दो समानांतर प्रणालियाँ चल रही हैं; एक विशिष्ट वर्ग के लिए और दूसरी आम जनता के लिए। यह द्विभाजन भारी तनाव का स्रोत बन गया है, क्योंकि आम लोगों को तो घटिया किस्म की शिक्षा मिलती है जिसका उद्देश्य न तो उनमें अन्वेषण की भावना जगाना है और न ही समस्या-समाधान की क्षमताओं का परिष्कार करना है।

शिक्षा-प्रणाली के वर्तमान प्रचलित ढाँचे में शिक्षा विशेषाधिकार युक्त प्रतिष्ठा-पदों में प्रवेश का एक साधन बन गयी है। बौद्धिक और शारीरिक श्रम के बीच की दरार बढ़ गई है। जिन गिने-चुने लोगों को शिक्षा का लाभ मिल जाता है, वे समाज के आम लोगों से कट जाते हैं। यह विशिष्ट समूह अपने विशेषाधिकार बनाए रखने के लिए सतत् प्रयत्नशील रहता है। उच्चशिक्षा संस्थाओं के प्रवेशद्वार समाज की संकुचित ऊपरी झीनी परत के लिए ही खुले हैं। फलस्वरूप स्तरीकरण अधिक कठोर होता जा रहा है और समाज में असमता का आधार अधिक सुदृढ़ और सशक्त बन गया है।

शिक्षा की विषयवस्तु की प्रासंगिकता भी संदेहास्पद है। जानकारी के स्फुट अंशों को ही प्रायः ज्ञान की संज्ञा दे दी जाती है। जो कुछ पढ़ाया जाता है उसका समसामयिक समाज और उसकी समस्याओं से अधिक संबंध नहीं होता। समस्याओं को सही परिप्रेक्ष्य में देखने और उनके समाधान खोजने की क्षमता की अपेक्षा जानकारी के स्तर की उच्चतम सीमा तक बढ़ाने की प्रवृत्ति को अधिक श्रेयस्कर समझा जाता है। इस प्रकार की शिक्षा की निरर्थकता स्पष्ट है, किंतु दुःख की बात यह है कि स्थिति को सुधारने के लिए शृंगारवर्धक प्रयत्नों के अलावा कुछ भी नहीं किया जा रहा। यह देखना एक शिक्षाप्रद किंतु कष्टकर प्रयोग है कि तीसरी दुनिया के देश शिक्षा को सोद्देश्य बनाने और उसे समसामयिक जीवन के मूल संदर्भों से जोड़ने और उसे उन अनेक दुविधाओं और विरोधाभासों को हल करने के लिए एक सबल अस्त्र के रूप में परिणत करने की दिशा में क्या कर रहे हैं, जिससे उनके समाज ग्रस्त हैं।

ज्ञान का पुराना पड़ जाना एक और गंभीर समस्या है। यह तथ्य कि ज्ञान हर पाँच वर्षों में दुगना हो जाता है, एक घिसी-पिटी-सी बात बन गया है, परंतु इस बोध से भी हमें कोई लाभ नहीं पहुँचा। शिक्षा-प्रणाली में अपेक्षित संशोधनों के लिए इसका पूरा अर्थ या तो समझा ही नहीं गया और यदि उसे आंशिक रूप से समझा भी गया

है तो उस समझ ने हमें किसी सार्थक क्रिया की ओर प्रवृत्त नहीं किया। एक ओर जब ज्ञान बड़ी तेजी से बढ़ रहा है, तीसरी दुनिया के देश विपरीत दिशा में प्रगति करते प्रतीत हो रहे हैं। संपन्न देश जिस गत प्रयोग ज्ञान को बाहर फेंक रहे हैं, ये देश उसे यत्नपूर्वक बटोर रहे हैं। समस्या के मूल से जूझने के लिए उन्हें कोई कारगर कार्यनीति नहीं सूझ रही। वे एक ऐसी प्रणाली अपनाए हुए हैं जो ज्ञान के प्राचीन दृष्टिकोणों को ही प्रतिबिंबित करती है। उन्हें उसकी सामाजिक प्रासंगिकता से कोई सरोकार नहीं है और न ही उनके पास ज्ञान के पुरानेपन का विरोध करने के लिए कोई सुविचारित योजनाएँ ही हैं।

शिक्षा-प्रणाली असाधारण रूप से अनम्य है और वह समाज के उन नए वर्गों की आवश्यकताओं को समझने में, जो इसमें पहली बार प्रवेश कर रहे हैं अथवा पर्यावरण में हुए परिवर्तनों द्वारा उठायी गयी माँगों के अनुकूल बनने में—असफल रही है। यदि कोई इसमें उपयुक्त समय पर प्रवेश न कर पाए तो फिर वह प्रायः हमेशा के लिए उससे कट जाता है। अधिकांश मान्यताप्राप्त शिक्षा-संस्थाओं में पढ़ाई अधूरी छोड़कर निकलनेवालों का अनुपात उनसे अधिक होता है जो उनमें पूरा प्रशिक्षण प्राप्त करते हैं। ज्ञान-प्राप्ति को स्कूली पढ़ाई के निर्धारित वर्ष पूरे कर लेना निर्धारित परीक्षा पास कर लेना-भर मान लिया गया है। यह भी गलत है कि शिक्षा के विभिन्न स्तरों को विभिन्न वयोवर्गों के साथ जोड़ दिया गया है। ज्ञान-प्राप्ति का प्रमाणन जीवन-भर के लिए कर दिया जाता है; दुबारा शिक्षा देने अथवा निरंतर शिक्षा देते रहने का विचार ठोस कार्य-योजनाओं में कभी सम्मिलित नहीं किया जाता। यह तथ्य स्वीकार किया जाता है कि शिक्षा का कोई सीमांत बिंदु नहीं होता और ज्ञान को निरंतर आधुनिक बनाते रहना चाहिए तथा उसे जीवन के परिवर्तनशील संदर्भों के साथ जोड़ते रहना चाहिए, किंतु इस दिशा में सार्थक प्रयत्न बहुत कम हुए हैं। शिक्षा का एक ऐसा बहुआयामी स्वरूप अभी विकसित होना है, जिसमें विभिन्न श्रेणियों के व्यक्तियों के हितों और साथ ही समाज की बदलती हुई आवश्यकताओं का ध्यान एक साथ रखा जाए।

आजीवन शिक्षा का लक्ष्य तब तक संतोषजनक ढंग से प्राप्त नहीं हो सकता, जब तक कि हम शिक्षा के स्थापित ढाँचे से आगे न बढ़ें और वैकल्पिक दर्शनों तथा उपागमों को स्वीकार न करें और उसमें एक नयी प्रौद्योगिकी को शामिल न करें।

मानव-जाति के लिए जिस वैकल्पिक भविष्य की कल्पना की गयी है, उसका स्वरूप समतावादी, सहभागितापूर्ण और गैर-उपभोक्तावादी होगा। विश्व के बड़े भाग में शिक्षा सभी के लिए समान रूप से सुलभ नहीं है और वह समाज में स्तरीकरण को बढ़ाने में योगदान करती है। कुछ हद तक इसमें ऊपर की ओर जाने की गुंजाइश तो होती है, किंतु इससे समाज की वे बुनियादें नहीं बदलतीं जो असमानता को बल देती हैं। दूसरे शब्दों में, शिक्षा असमानता को बनाए रखने में सहयोग देती है। आज जिस प्रकार की शिक्षा दी जा रही है, उसका एक परिणाम यह भी है कि वह विशेषज्ञता के क्षेत्रों को विस्तार देकर उसके कर्तव्य-कर्म में अनम्यता पैदा करती है और अंशभागिता का

मार्ग संकीर्ण कर देती है। शिक्षा सत्ता-संरचना से अपृथक् रूप से जुड़ी हुई है, इसलिए समाज में गैर-उपभोक्ता वर्ग के प्रति उसकी सहानुभूति केवल दिखावटी ही होती है। जहाँ कहीं शिक्षा-प्रक्रिया में निर्धारित नियम और समाज के प्रवर्ती नियमों के बीच स्पष्ट विरोध हो, वहाँ स्थापित नियम ही अनिवार्य रूप से लागू होते हैं।

शिक्षा स्वयं को और समाज को सुधारने में असमर्थ है, क्योंकि इसकी जड़ें एक ऐसे तंत्र में जमी हुई हैं, और वह उसी के हित साधती है, जो नयी सामाजिक प्रेरणाओं और नए पर्यावरण की माँगों के फलस्वरूप हुए परिवर्तनों के प्रति संवेदनशील नहीं है। शिक्षा-प्रणाली क्यों अधिक उन्नति नहीं कर सकती, इसके अनेक कारण हैं—इसके उद्देश्यों को उपयुक्त ढंग से परिभाषित नहीं किया गया, इसका नियंत्रण निहित स्वार्थों के हाथ में है, सांस्थानिक अनम्यताएँ इसकी जड़ता और रचनात्मकता के अभाव में वृद्धि करती हैं और समाज तथा राज्य-व्यवस्था में समांतर परिवर्तन किए बिना शिक्षा-प्रणाली में सार्थक परिवर्तन संभव नहीं है।

इस सबके बावजूद शिक्षा ही मानव जाति की प्रमुख आशाओं में से एक बनी हुई है। शिक्षा ने कभी-कभी अपने ऊपर लगाए गए नियंत्रणों का विरोध भी किया है और कुछ ऐसे विक्षोभकारी विचार प्रस्तुत किए जो आरंभ में प्रयोजनहीन उत्तेजना जैसे लगते हैं, किंतु वे ही समाज को नयी दिशाएँ भी दिखाते हैं। शिक्षा अनेक तात्कालिक मानवीय आवश्यकताओं की पूर्ति और समस्याओं के समाधान में सहायक सिद्ध हुई है, यद्यपि ऐसे प्रयत्न गलत निर्देशन तथा बहुत-सी असंतुलित प्राथमिकताओं के शिकार भी रहे हैं। इसकी समस्त रचनात्मक संभावनाओं से अभी लाभ नहीं उठाया गया है।

नए संदर्भ में

यह स्पष्ट है कि हमें एक वैकल्पिक भविष्य के लिए शिक्षा की भूमिका का आकलन करते समय कुछ संकोच और सावधानी से काम लेना चाहिए। इसे नए युटोपिया का अग्रदूत कहना अपना भोलापन प्रदर्शित करना होगा। शिक्षा की दिशा, विषयवस्तु और उसकी पहुँच से संबंधित प्रश्न महत्त्वपूर्ण हैं। वर्तमान प्रणाली अधिक से अधिक एक सीमित कल्याण की ओर ले जा सकती है। आवश्यकता तो यह है कि वास्तविक बुनियादों में ही आमूल परिवर्तन किया जाए जब तक सत्ता और विशेषाधिकार के दुर्ग अभेद्य बने रहेंगे तब तक शिक्षा से किसी चमत्कारिक और दूरगामी परिणाम की आशा करना बेकार है। शिक्षा उन दुर्गों को ध्वस्त नहीं कर सकती, परंतु संज्ञान-मानचित्र को विस्तृत करके, चेतना जगाकर और जनसाधारण को अपनी दुरवस्था का अहसास कराकर वह निश्चय ही उन दुर्गों को क्षीण करने में सहायक हो सकती है।

यह विश्वास करने के पर्याप्त कारण हैं कि समाज-व्यवस्था बदलेगी। समाज के सांस्थानिक ढाँचे में दरारें पड़नी शुरू हो भी गयी हैं और वह बदलते हुए मानसिक,सामाजिक

और मनोवैज्ञानिक पर्यावरण द्वारा दी गयी चुनौतियों का सामना करने में असमर्थ है। उपशामक देने और लक्षणात्मक उपचार करने की स्थिति समाप्त हो चुकी है और जीवनक्षम विकल्पों की खोज को अनिश्चित काल तक टाला नहीं जा सकता। भविष्य के बारे में निर्देश स्पष्ट है और उन्हें उन सबल प्रेरणाओं का समर्थन प्राप्त है, जिन्हों अधिकांश मानव-जाति की आकांक्षाओं और कल्पना-शक्ति को अपने वश में कर लिया है। यदि समाज-व्यवस्था उन आवेगों के प्रति संवेदनशील और अनुक्रियाशील न हुई तो वह निश्चय ही अपने विनाश की ओर अग्रसर हो जाएगी, किंतु ऐसा होने की संभावना नहीं है, क्योंकि जीवित रहना मानव की सार्वभौम मान्यता है। मानव में, जो पशुओं में सबसे अधिक सीखनेवाला प्राणी है, स्वयं को वास्तविकता के साथ अनुकूलित और समायोजित करने की क्षमता है। नयी वास्तविकता भयंकर है और वह मानव-जाति को अनुकूलन के लिए बाध्य करती है। जब मानव के सामने दो ही विकल्प रह जाते हैं– उत्तरजीविता या आत्मनाश–तब वह अपने अंत की अपेक्षा रहन-सहन के नए तरीके ही अपनाता है। यह स्थिति मानवजाति तथा शिक्षा–दोनों ही के लिए एक निश्चयात्मक मोड़ साबित हो सकती है। शिक्षा की चुनौतियों और उनके फलस्वरूप उस पर आनेवाले दायित्व को रचनात्मक ढंग से स्वीकार करना होगा।

नए संदर्भ में शिक्षा एक संतुलित और संगत राष्ट्रीय तथा विश्व-व्यवस्था विकसित करने के लिए एक आवश्यक निवेश होगा। इतिहास के त्वरण और मानवीय संकटों के समाधान के लिए–जिनकी बारंबारता, गहनता और जटिलता अधिकाधिक बढ़ती जाएगी– एक छोटे विशिष्ट वर्ग की ही नहीं, बल्कि बहुसंख्यक नागरिकों द्वारा बुद्धिमत्तापूर्ण अंशभागिता की आवश्यकता होगी। ज्ञान की निरंतर वृद्धि, जीवन के तेजी से बदलते हुए संदर्भ और मानव के रहन-सहन के आयामों में होनेवाले बार-बार के फेर-बदल; शिक्षा के उद्देश्य, उसकी विषयवस्तु और स्वरूप में परिवर्तन और उसकी प्रौद्योगिकी में होनेवाले संशोधन की पुनः परिभाषा को आवश्यक बना देंगे। शिक्षा को उत्तरजीविता, समता और स्वायत्तता की समस्याओं के समाधान में अपने को लगाना होगा, क्योंकि यही तीन आज के मानव की सबसे अधिक आवश्यक समस्याएँ हैं। इन लक्ष्यों की प्राप्ति के लिए, शिक्षा की वर्तमान संरचना को बदलकर ऐसी वैकल्पिक और समांतर रचना विकसित करनी होगी, जिसके साथ समान स्वीकृति, प्रतिफल और वैधता जुड़ी हुई हो।

2

शिक्षा के सिद्धांत और लक्ष्य तीसरी दुनिया के परिप्रेक्ष्य में

तीसरी दुनिया के नव स्वतंत्र देशों की राष्ट्रीय नीतियों का मुख्य लक्ष्य भूख, बीमारी और अज्ञान को मिटाना था। औपनिवेशिक शासन के विरुद्ध राजनीतिक संघर्ष के लिए जनता को संगठित करने के दौरान किए गए वायदों में ये मुद्दे प्रमुख रूप से उठाए गए थे। स्वतंत्रता के बाद तैयार की गयी राष्ट्रीय पुनर्निर्माण की योजनाओं में भी इन समस्याओं को महत्त्व दिया गया था। अधिकांश देशों ने अपने लक्ष्य वस्तुतः बहुत ऊँचे रखे थे। उनको यह आशा थी कि दस-बीस वर्षों में ही वे समृद्धि का वह स्तर पा लेंगे, जिसके लिए पश्चिमी यूरोप और उत्तरी अमरीका के देशों को लगभग दो सौ वर्ष लगे थे। उन्हें शीघ्र ही यह अहसास हो गया कि उनकी बुनियादी समस्या गरीबी है जो जादू की छड़ी या तंत्र-मंत्र से समाप्त नहीं की जा सकती। इस दु:खद सत्य को नजरअंदाज नहीं किया जा सकता था और न ही यह समस्या इतनी आसान थी कि उन विकास-विशेषज्ञों द्वारा बताए उपायों से हल हो जाती जिनकी संख्या दिन-ब-दिन बढ़ रही थी।

विकासात्मक परिवर्तन के पच्चीस वर्षों के अनुभव के दौरान कितनी ही असफलताएँ और निराशाएँ हाथ आयी हैं, साथ ही कुछ उल्लेखनीय सफलताएँ भी मिली हैं। इस दौरान अनेक बार प्राथमिकताएँ बदलीं, कार्यनीतियों में परिवर्तन हुए और विकास के विभिन्न उपादानों में हेर-फेर जोड़ के प्रयोग किए गए। विकास-योजनाओं में शिक्षा को निरंतर प्राथमिकता दी जाती रही और ऐसी कोई भी वैकल्पिक कार्य-नीति नहीं रही, जिसमें इसके महत्त्व को कम आँका गया हो। इसे हमेशा एक मुख्य विकासात्मक लक्ष्य समझा गया और इससे यह भी अपेक्षा की गयी कि यह राष्ट्रीय विकास तथा नियोजित सामाजिक परिवर्तन की प्रक्रिया में सार्थक योगदान देगी। यह और बात है कि अपेक्षित परिणाम प्राप्त नहीं हुए। यह आवश्यक है कि शिक्षा की निष्फलता और बहुतेरे दुष्परिणामपरक पहलुओं के कारणों का गहरा अध्ययन किया जाए।

औपनिवेशिक विरासत

नए स्वतंत्र हुए देशों के साथ एक बड़ी विडंबना यह है कि औपनिवेशिक शक्तियों के अपने पूर्व शासित क्षेत्रों से चले जाने के बहुत बाद भी औपनिवेशिक विचारधाराएँ और कार्यपद्धतियाँ वहाँ आज तक बनी हुई हैं। अंतर केवल इतना है कि उनके रूप में कुछ सुधार आ गया है। देशी राजनीतिक विशिष्ट वर्ग के लोग, जिसमें अधिकांश ने पश्चिमी शिक्षा पायी थी और वहाँ के आचार-व्यवहार अपनाए थे, स्वयं को राज का वारिस समझने लगे। उन लोगों में से जो राष्ट्रीय स्वाधीनता संग्राम के दौरान तप तथा बलिदान की राजनीतिक संस्कृति में दीक्षित हो चुके थे, अधिसंख्य की जीवन-पद्धति सत्ता में आते ही अचानक बदल गयी। उनकी कथनी और करनी में स्पष्ट अंतर आ गया। हालाँकि उनकी दृष्टि लोकोन्मुखी रही, फिर भी उन्होंने लक्ष्य निर्धारित करने और देश पर शासन करने के साम्राज्यिक स्वरूप को वैध बनाने में परोक्षतः और प्रत्यक्षतः योगदान किया। वरिष्ठ प्रशासकों की चिंतन-प्रणाली और कार्य-प्रणाली औपनिवेशिक साँचे में ढली थी। वे समाज की पतली ऊपरी परत—उच्च विशेषाधिकार स्तर— से संबद्ध थे। उन्होंने नए विचारों को प्रत्यक्षतः अस्वीकार किए बिना — विशेषतः सामाजिक न्याय और समतावाद के संदर्भ में—स्थिति पर ऐसी कुशलता से नियंत्रण किया कि औपनिवेशिक संस्थाओं का पोषण यहाँ तक कि उनका विस्तार भी होता गया और नयी प्रायोगिक संस्थाओं को जो, उनके राजनीतिक स्वामियों की तरंगों और नए उभरे विचारों के आधार पर बनायी गयी थी, मुरझाने बल्कि मरने भी दिया गया, क्योंकि उनको बनाए रखने के लिए जिस कल्पनाशील मार्गदर्शन और वित्तीय समर्थन की आवश्यकता थी, वह उन्हें कभी नहीं मिल पाया।

शिक्षा इसका सबसे प्रमुख उदाहरण है। नए चिंतन के सशक्त प्रवाह, जिन्हें सार्थक नवाचारों को प्रेरणा देनी चाहिए थी और शिक्षा-प्रणाली को एक सामाजिक उद्देश्य के साथ जोड़ना चाहिए था, एक अनंत और निष्फल बहस के विषय बनकर रह गए। शिक्षा के प्राचीन दर्शनों से, जिन्हें शैक्षिक विशिष्ट वर्ग ने कुछ दशक पहले विदेशों के प्रतिष्ठित उच्चतर शिक्षा-संस्थानों में अपनाया था और जिन्हें उनके जन्मदाताओं ने उनकी उपादेयता समाप्त होने के बाद स्वयं रद्द कर दिया था, शिक्षा-प्रणाली का मार्गदर्शन किया जाता रहा। कुछ ऐसी पाठ्यपुस्तकों को ध्यान से देखना लाभकर और रोचक होगा, जिनमें शिक्षा के दार्शनिक और सामाजिक आधारों पर चर्चा की गयी है। उनकी दो-तिहाई विषयवस्तु में पचास वर्ष पहले पश्चिम में विकसित शिक्षा के उदार दर्शन का प्रतिपादन किया गया है। इस दर्शन में जो दृष्टि अपनायी गयी थी वह उन्हीं के युग तथा सामाजिक परिवेश के लिए उपयुक्त थी। इन पुस्तकों में उन देशों के चिंतन और व्यवहार में हुए परिवर्तनों पर बहुत ही तलस्पर्शी चर्चा की गयी है, जिनमें ये संकल्पनाएँ उत्पन्न हुई थीं। शेष एक-तिहाई अंश में कई तत्त्वों का विचित्र मिश्रण प्रस्तुत किया गया है। देश

के अतीत को स्मरण करते हुए देशी शिक्षा-दर्शन का भी संक्षेप में विवेचन कर दिया जाता है। साथ ही नए अंतर्राष्ट्रीय चिंतन का भी सरसरी तौर से कुछ हवाला दे दिया जाता है, जैसे युनेस्को द्वारा प्रेरित विचारों का और साथ ही इवान इलिच, पाउलो फ्रेर और कुछ अन्य विचारकों के बारे में अक्सर सतही चर्चा कर दी जाती है। इस चर्चा में जिसका कहीं कोई संकेत भी नहीं मिलता, वह है इन सिद्धांतों का तीसरी दुनिया की वास्तविकता और उसके विभिन्न देशों की विशिष्ट आवश्यकताओं के लिए प्रासंगिकता पर विवेचनात्मक तथा गहरी चर्चा। इस प्रकार हमारे सामने एक ऐसी स्थिति है, जिसमें शिक्षा-जगत में—चाहे केवल बौद्धिक स्तर पर ही सही—नए चिंतन की कुछ जानकारी दिखाई पड़ती है किंतु शिक्षा-क्षेत्र के निर्णयकर्ता, जिनके मस्तिष्क प्रतिबंधित हैं, शिक्षा के उन विचारों पर आधारित प्रतिमानों के बंदी हैं, जो औपनिवेशिक व्यवस्था के लिए तो उपयुक्त थे, किंतु नए संदर्भों में सर्वथा अनुपयुक्त हैं।

अंशतः सामंती और अंशतः औपनिवेशिक वर्ग-संरचना के प्रति आग्रह का आंशिक आधार यह है कि औपनिवेशिक शिक्षा-प्रणाली अपेक्षाकृत अधिक स्थायी है। जैसाकि पहले बताया जा चुका है, शासक वर्ग ने जानबूझकर या अनजाने में प्राचीन शासकों की कुछ जीवन-पद्धतियाँ और रुचियाँ अपना ली हैं। विशिष्ट वर्ग की शिक्षा-संस्थाओं को बनाए रखने में उनका निहित स्वार्थ है—उनमें पढ़कर उनके बच्चे समाज में प्रतिष्ठित पदों के लिए योग्य बनते रहें। वे लोग भी जो सभी के लिए समान शैक्षिक अवसरों के सिद्धांत का समर्थन करते हैं और आमदनी और संपत्ति में वर्तमान असमानताओं को घृणित समझते हैं, जब अपने पुत्र-पुत्रियों या पौत्र-पौत्रियों के लिए शिक्षा-संस्थाओं के चयन का प्रश्न आता है तो 'सर्वश्रेष्ठ' संस्थान को ही चुनते हैं। इस प्रकार की उनकी रुचि स्वाभाविक है और शायद उचित भी। अपने पारिवारिक कारणों से कुछ लोगों के लिए यह आवश्यक हो सकता है कि वे अपने बच्चों को अधिवासी स्कूलों में दाखिल कराएँ; कुछ अन्य ऐसे हो सकते हैं जिन्हें उन अवमानक संस्थाओं से अरुचि होती है जहाँ पढ़ाई थोड़ी या बिल्कुल नहीं होती। यदि हम उनके तर्क स्वीकार कर लें तो भी यह बात समझ में नहीं आती कि उन्होंने अच्छे स्तर की ऐसी सामान्य स्कूल-प्रणाली क्यों स्थापित नहीं की, जिसके अंतर्गत कुछ स्कूलों में निवास की सुविधाएँ भी उपलब्ध होतीं। उन्नतिशील वे समूह, जो विशिष्टवर्गीय प्रतिष्ठा के आकांक्षी हैं, विशिष्ट वर्ग के लोगों को अपना आदर्श मानते हैं और उनके व्यवहार प्रतिदर्श का अनुकरण करते हैं। यदि उन्हें श्रेष्ठ नहीं मिल पाता या उसे प्राप्त करने की उनमें क्षमता नहीं होती तो वे उससे निम्नतर या उससे कम श्रेष्ठ को स्वीकार करने के लिए तैयार रहते हैं। उनकी इच्छा केवल यह रहती है कि स्कूल ऐसा हो जिसमें शिक्षा प्राप्त करना प्रतिष्ठा का प्रतीक हो—एक ऐसी संस्था जिसमें उच्चस्तरीय स्कूलों जैसी कुछ तड़क-भड़क हो और जहाँ का शिक्षा-स्तर उन स्कूलों की तुलना में थोड़ा-बहुत बेहतर हो, जहाँ आम आदमी के बच्चे पढ़ते हैं। ऐसी संस्थाओं की तेजी से बढ़ती हुई संख्या का यही कारण है। उनके

दावे तो बड़े-बड़े होते हैं किंतु कार्य-स्तर अक्सर घटिया होता है। उनमें मध्यवर्गीय महत्त्वाकांक्षा का निर्मम शोषण होता है। सामान्यजन की शिक्षा प्राप्त करने की इच्छा और विशिष्ट वर्ग द्वारा उसकी भावुक या राजनीतिप्रेरित स्वीकृति विभिन्न स्तरों पर नाममात्र की संस्थाएँ स्थापित करके पूरी कर दी जाती है। जिन लोगों की शिक्षा तक पहुँच ही नहीं है, वे इन संस्थाओं में प्रवेश पाकर ही अपने को धन्य समझते हैं क्योंकि उनकी दृष्टि में अशिक्षित रहने से तो निम्न स्तर की शिक्षा भी बेहतर है। वास्तव में वे इतने सरल और अपरिष्कृत हैं कि शिक्षा और अशिक्षा में भेद भी नहीं कर पाते। राजनीतिक शक्ति और धन-शक्ति के चलते जिनको उन मध्य तथा निम्न वर्गों का समर्थन प्राप्त है, जो विशेषाधिकार वर्ग की माया से प्रभावित होकर उसमें प्रवेश करने के आकांक्षी हैं, उन्होंने औपनिवेशिक शिक्षा-प्रतिदर्श को परिरक्षित रखने में योगदान किया है और अब तक प्रणाली के उस रूपांतरण में बाधा डाली है जिसकी कल्पना नेहरू जैसे नेताओं ने की थी। नेहरू ने स्वतंत्रता-प्राप्ति के शीघ्र बाद 1948 में हुए राष्ट्रीय शिक्षा सम्मेलन को संबोधित करते हुए कहा था :

> भारत में शिक्षा संबंधी योजना तैयार करने के लिए गत वर्षों में जब भी सम्मेलन बुलाए गए, सामान्यतः यही प्रवृत्ति रही है कि वर्तमान प्रणाली को कुछ संशोधन करके बनाए रखा जाए। अब यह नहीं होना चाहिए। देश में बड़े-बड़े परिवर्तन आ चुके हैं और शिक्षा-प्रणाली उन्हीं के अनुरूप होनी चाहिए। शिक्षा के समस्त आधार में आमूल परिवर्तन किया जाना चाहिए।

नेहरू का कथन उनकी मान्यताओं का द्योतक था। थोथी वक्तृता में उनका विश्वास नहीं था, किंतु वह भी अपनी प्रायः असीमित शक्ति और महान् प्रतिष्ठा के बावजूद औपनिवेशिक शिक्षा-प्रणाली में कोई तब्दीली नहीं ला सके। उस प्रणाली में उन लालसाओं और आकांक्षाओं को पूरा करने की क्षमता नहीं थी जिन्हें परिवर्तन की हवा ने भड़काया था, न ही उसने राष्ट्रीय पुनर्निर्माण के कार्य में अपने लिए किसी सार्थक भूमिका की कल्पना की। यद्यपि शिक्षा-प्रणाली में नयी चमक लाने के लिए कुछ प्रयास अवश्य किए गए, जिनमें से अधिकांश बहुत ही अशक्त और उत्साहहीन थे, किंतु कोई क्रांतिकारी सफलता प्राप्त न हो सकी। यथापूर्व स्थिति को बनाए रखने के लिए कटिबद्ध शक्तियाँ अधिक सबल सिद्ध हुईं। इस प्रकार के परिवर्तन का आह्वान करनेवाले तीसरी दुनिया के नेताओं में नेहरू ही अकेले नहीं थे, इसी प्रकार के भाव कुछ अन्य नेताओं ने भी व्यक्त किए थे, लेकिन उनके प्रयत्नों के भी वांछित परिणाम प्राप्त नहीं हो सके। यही कारण है कि तीसरी दुनिया में आज भी औपनिवेशिक विरासत हमारे साथ है। शिक्षा-संरचना में सुधार के लिए जो भी प्रगतिशील और लोकोन्मुखी नवाचार के प्रस्ताव या उसके लिए प्रयत्न किए गए, निहित स्वार्थों ने, जिनकी जड़ें बहुत गहरी हैं, उन्हें असफल बना दिया।

सिद्धांत और लक्ष्य : भारतीय समस्या

शिक्षा का संचालन शून्य में नहीं होता। यह समाज की संस्कृति और समाज पर पड़ने वाले बाह्य प्रभावों से अनुप्रेरित होती है। समाज के अतीत में स्थित परंपराओं से तो वह प्रभाव ग्रहण करती ही है, साथ ही उसे समकालीन वातावरण के अनुरूप बनाना होता है तथा उसमें निरंतर नए परिवर्तन भी करने होते हैं। प्रख्यात भारतीय शिक्षाविद् ख्वाजा गुलाम सैयदैन ने, जिनका चिंतन महात्मा गांधी और ज़ाकिर हुसैन से प्रभावित था, ठीक ही कहा है :

> "अच्छी शिक्षा एक अच्छे समाज में ही दी जा सकती है और बच्चे पर पड़नेवाला स्कूली प्रभाव उन शक्तियों द्वारा प्रतिबंधित होता है जो राष्ट्र के व्यापक जीवन और स्कूल की चारदीवारी के बाहर की दुनिया में क्रियाशील हैं।[1]

इस प्रकार शिक्षा-प्रणाली मानव की संकल्पना और समाज की संकल्पना को ग्रहण करती है। और ये दोनों किस प्रकार एक-दूसरे को प्रभावित करते और एक-दूसरे पर निर्भर रहते हैं, इस संबंध में भी कुछ प्रत्यक्ष या परोक्ष धारणाएँ हैं। शिक्षा सैद्धांतिक अभिधारणाओं से अनुप्रेरित होती, किंतु सांस्कृतिक विरासत के प्रसार और समाज द्वारा गृहीत आदर्शों और मान्यताओं को बढ़ावा देना- भर ही उसका कार्य नहीं है। यदि शिक्षा को सप्रयोजन बनाया जाए तो वह समाज के पुनर्निर्माण का एक सशक्त साधन बन सकती है।

> राष्ट्र के रूप में हमारा भविष्य बहुत हद तक उन विचारों और सिद्धांतों पर निर्भर होगा जो शिक्षा को प्रेरित करते हैं। यह इस बात पर भी निर्भर होगा कि शिक्षा का विकास लोकतांत्रिक जीवनचर्या की वृद्धि और विकास में किस प्रकार सहायक होता है, किस प्रकार व्यक्ति की अस्मिता के पूर्ण विकास में सहायक होता है, किस प्रकार संगत रूप से विकसित अस्मिता को सामाजिक लक्ष्यों की प्राप्ति की दिशा में प्रवृत्त करता है, किस प्रकार जीवन के रहस्यों की खोज करता है और किस प्रकार स्वार्थपरता के रहस्यों को अपने वश में रखता है।[2]

डॉ. ज़ाकिर हुसैन का ही यह उद्धरण देखिए : "स्कूल शून्य में नहीं रहता। वह समाज का एक अभिन्न और संवेदनशील अंग है। स्कूल अपने आसपास के समाज के जीवन से उदाहरण खोजता है और उनको अपना लेता है।"[3] इसलिए ऐसी कोई शिक्षा-

1. सैयदैन, के. जी. : द फेथ ऑफ एन एजुकेशनिस्ट : ए प्ली फॉर ह्यूमन वैल्यूज, पृ. 207
2. राधे मोहन : डॉ. ज़ाकिर हुसैन : एज आई सी हिम।
3. ज़ाकिर हुसैन : एजुकेशनल रिकंस्ट्रक्शन इन इंडिया।

प्रणाली समाज के नियमों और मान्यताओं से प्रभावित हुए बिना नहीं चल सकती, पर साथ ही उसे कुछ महत्त्वपूर्ण चयन करना होता है, कुछ नैतिक विकल्प अपनाने होते हैं और एक ऐसे दृष्टिकोण को विकसित करने और ऐसी विषयवस्तु को खोजने का प्रयास करना होता है जिनका लक्ष्य एक 'अच्छा मानव' और 'अच्छा समाज' बनाना हो। शिक्षा-प्रणाली में अंतर्निहित संकल्पनाओं और सिद्धांतों को स्पष्ट और नपी-तुली भाषा में अभिव्यक्त करना चाहे सदा संभव न हो, किंतु वे उसमें विद्यमान अवश्य रहते हैं। कोई भी व्यक्ति, जो शिक्षा की गुणवत्ता, समाज के विकास और उन्नति के मार्ग पर हुए उसके प्रभाव के बारे में चिंतित है, उनकी उपेक्षा नहीं कर सकता। अनेक लक्ष्यांतरण, दुष्क्रियाएँ और विलोम प्रोत्साहन, जिनसे तीसरी दुनिया की शिक्षा-प्रणालियाँ ग्रसित हैं, उन प्रतिकूल दिशाओं में होनेवाली खींचातानी के ही परिणाम हैं जो समाज के विभिन्न स्तरों और श्रेणियों में विभेदक मूल्यों और सिद्धांतों के कारण होती हैं। प्रायः इन मूलभूत अवधारणाओं के संबंध में सुव्यक्त तथा अव्यक्त और प्रत्यक्ष तथा परोक्ष के बीच औचित्य की कमी रहती है।

स्वतंत्रता-पूर्व भारत में तीन विभिन्न विचार-तत्त्व स्पष्ट थे। पहले तत्त्व का मूल स्वर पुनरुद्धारवाद था।[1] इस विचारधारा में हर उस वस्तु को अस्वीकार करने की प्रवृत्ति थी जो विदेशी थी या उस समूह की प्राचीन परंपरा का अंग नहीं थी। इस प्रकार हिंदू पुनरुद्धारवादियों ने अनेक स्कूली तथा उच्चतर शिक्षा संस्थाएँ स्थापित कीं, जो प्राचीन भारत की गुरुकुल पद्धति पर आधारित थीं। इन संस्थाओं में विद्यार्थियों और अध्यापकों को व्यापक समाज में क्रियाशील शक्तियों से अलग रखने की प्रवृत्ति थी। उन्होंने एक ऐसे संयत जीवन पर बल दिया जिससे शरीर, मन और आत्मा की पवित्रता सुनिश्चित हो। उन्होंने केवल उन पुनीत ग्रंथों के अध्ययन को महत्त्व दिया, जिनमें प्रमुख रूप से वेद, उपनिषद्, दर्शन और धर्मशास्त्र संबंधी साहित्य था। प्रारंभ में तो इन संस्थाओं में प्रवेश करनेवाले छात्रों की अच्छी-खासी संख्या थी, लेकिन दस वर्ष के भीतर ही इन संस्थाओं की लोकप्रियता घटने लगी। उनमें से बहुत-सी बंद हो गयीं और जीवित रहने की समस्या ने दूसरी संस्थाओं को अपने पाठ्यक्रमों में आधुनिक विषय सम्मिलित करने पर बाध्य कर दिया। ऐसी कुछ संस्थाएँ आजादी के बाद के भारत में भी चल रही हैं। अपनी प्रतिष्ठा बनाने के लिए उन्होंने माँग की कि उन्हें विश्वविद्यालय का दर्ज़ा दिया जाए और उन्हें परंपरा समर्थकों के रूप में बने रहने की छूट दे दी गयी। इसी प्रकार की अन्य संस्थाओं को वैदिक, दार्शनिक या धर्मशास्त्रीय अध्ययन केंद्रों का रूप दे दिया गया, किंतु उनका प्रभावक्षेत्र अत्यंत सीमित है। पुनरुद्धारवाद के अन्य समर्थकों ने उच्च

1. गुरुकुल पद्धति में विद्यार्थी को अपने घर से दूर अपने गुरु के घर रहना पड़ता था। यह स्वाभाविक था कि शिक्षक के साथ प्रत्यक्ष, व्यक्तिगत और निरंतर संपर्क का बच्चे पर उसके विकास-काल और किशोरावस्था के दौरान अच्छा प्रभाव पड़ता। आर्यसमाज के नेता स्वामी श्रद्धानंद ने 1902 में हरिद्वार के निकट काँगड़ी गाँव में गुरुकुल की स्थापना करके इस पद्धति को पुनः जीवित किया। गुरुकुल-जीवन और व्यवहार की विशेषताएँ हैं—तप, साहस और सहनशक्ति।

अध्ययन के लिए नए विश्वविद्यालय और संस्थान स्थापित करने की प्रेरणा दी। इनमें अध्यापन-कार्य करनेवालों को अपने शिक्षा-कार्यक्रमों में नए शिक्षा-अनुशासन सम्मिलित करने पड़े। अपनी पृथक् अस्मिता बनाए रखने के लिए और अपनी सांस्कृतिक धरोहर का प्रसार सुनिश्चित करने के उद्देश्य से मुसलमानों ने भी इसी प्रकार की समानांतर संस्थाएँ स्थापित कीं। उनका भी वही हश्र हुआ जो हिंदुवादी संस्थाओं का हुआ था। यहाँ इस बात का भी उल्लेख कर देना जरूरी है कि ब्रिटिश प्राच्यवेत्ताओं और भारतविदों ने परंपरागत पद्धति के कुछ स्कूल और कॉलेज हिंदू और मुसलमानों के लिए अलग-अलग खोलने की प्रेरणा दी थी। देश में प्रचलित तीन प्रमुख देशी चिकित्सा-पद्धतियों के लिए भी संस्थाएँ स्थापित की गयीं।

दूसरे प्रमुख प्रयोग का लक्ष्य शिक्षा का देशजीकरण था। इस प्रकार की संस्थाओं ने विदेशजन्य आधुनिक विद्या को बाहर करने का प्रयास नहीं किया। उनका मुख्य उद्देश्य शिक्षा को भारतीय परिस्थितियों के लिए अधिकाधिक संगत बनाना और उसमें राष्ट्रवाद का पुट देना था। कई दृष्टियों से वे उन सरकारी विश्वविद्यालयों से भिन्न थीं, जिनका निर्माण ब्रिटिश विश्वविद्यालयों के नमूने पर किया गया था। उनका ढाँचा सरल-साधारण था और उनकी पाठ्यचर्या तथा अध्यापन-पद्धति में पर्याप्त नम्यता थी। इस प्रकार की संस्थाओं में, जो आज भी शेष हैं, काशी विद्यापीठ, गुजरात विद्यापीठ और जामिया मिल्लिया इसलामिया आते हैं, जिनमें जामिया मिल्लिया एक धर्मनिरपेक्ष स्वरूप का मुसलिम संस्थान है। एक प्रकार से ये संस्थाएँ गाँधीजी के इस विख्यात वक्तव्य की भावना से अनुप्राणित थीं : "मैं नहीं चाहता कि मेरे घर के चारों ओर दीवारें बना दी जाएँ और मेरी खिड़कियाँ बंद कर दी जाएँ।" उन्होंने कहा था : "मैं चाहता हूँ कि सभी देशों की संस्कृतियों की हवा मेरे घर के आसपास निर्बाध रूप से बहती रहे। लेकिन मैं यह हरगिज नहीं चाहता कि वह हवा मुझे ही उड़ा ले जाए। मैं एक घुसपैठिये भिखारी या दास की तरह दूसरे के मकानों में नहीं रह सकता।"[1] स्वतंत्र भारत में इन संस्थाओं का स्वरूप कुछ मद्धिम पड़ गया। जहाँ तक उनकी प्रतिष्ठा और उनकी शैक्षणिक गुणवत्ता का प्रश्न है, सरकारी विश्वविद्यालयों के मुकाबले में वे कहीं नहीं टिकतीं। कुछ अपवाद भले ही हों, किंतु यह सत्य है कि उन्होंने अपने विद्यार्थी समुदाय तथा अध्यापक वर्ग में ऐसे लोगों को प्रवेश दिया, जिनको सामान्य विश्वविद्यालय-पद्धति में कहीं स्थान नहीं मिल सकता था। उन्होंने जो पथ-प्रदर्शन किया उसके लिए उनकी प्रशंसा तो की गयी, परंतु उन्हें अपने व्यक्तित्व को सुदृढ़ बनाने और उस भावना को पुष्ट करने के लिए, जिससे प्रेरित होकर वे स्थापित की गयी थीं, न तो कोई आर्थिक सहायता दी गयी और न ही कोई सार्थक नैतिक समर्थन मिला। इससे अध्यापक और विद्यार्थी, दोनों ही हतोत्साहित हुए। उन्होंने विश्वविद्यालय का दर्जा माँगा, जो उन्हें दे दिया गया। वे आज भी विद्यमान हैं किंतु

1. गाँधी, मोहनदास : कलेक्टेड वर्क्स ऑफ महात्मा गाँधी, खंड 20, पृ. 15

मानो उन विश्वविद्यालयों की निर्जीव अनुकृति मात्र हैं, जिनका निर्माण विदेशी आदर्शों के अनुरूप हुआ था। काशी विद्यापीठ का विस्तार तो हुआ, पर उसने अपेक्षित गरिमा अर्जित नहीं की। गुजरात विद्यापीठ ने आदिवासी और ग्रामीण क्षेत्रों में कुछ सार्थक प्रयोग किए हैं। उसे साक्षरता अभियान में भी सफलता मिली है। जामिया का पुनर्गठन केंद्रीय विश्वविद्यालय के रूप में हो रहा है।

तीसरी धारा उन स्कूलों, कॉलेजों और विश्वविद्यालयों की थी जो स्वयं औपनिवेशिक आदर्शों—जैसे लंदन, ऑक्सफोर्ड और कैम्ब्रिज विश्वविद्यालय—पर आधारित थे। उनका उद्देश्य मैकाले की विख्यात टिप्पणी में उल्लिखित है। मैकाले ने 1835 में लिखा था :

> हमें इस समय एक ऐसे वर्ग का निर्माण करने का भरसक प्रयत्न करना चाहिए जो हमारे और उन लाखों-करोड़ों लोगों के बीच दुभाषिये का काम कर सके, जिन पर हमारा शासन है, अर्थात् ऐसे लोगों का जो रक्त और वर्ण की दृष्टि से भारतीय हों किंतु रुचि-विचार, आचार-व्यवहार और विचार-शक्ति में अंग्रेज हों।

स्पष्ट है कि इन संस्थाओं से पाश्चात्य पद्धति का ऐसा शिक्षित वर्ग उत्पन्न करने की अपेक्षा थी, जो शासकों को देश के शासन-प्रबंध में सहायता दे। साथ ही अपने शेष समुदाय को भी थोड़ी-बहुत शिक्षा प्रदान करने का दायित्व सँभाले।

इस वर्ग ने ये आशाएँ तो पूरी कीं किंतु इसके साथ ही इस शिक्षा का ऐसा परिणाम भी निकला जो अपेक्षित नहीं था। एक ओर यदि उसने प्रशासन चलाने के लिए कुशल प्रशासकों का निर्माण किया तो दूसरी ओर ऐसे राष्ट्रवादी भी पैदा किए जिन्होंने ब्रिटिश शासन में भारी हलचल मचा दी और अंततः देश को स्वतंत्र करा लिया। इनमें से कुछ संस्थाओं का एक विशिष्ट स्वरूप था। उदाहरण के लिए अलीगढ़ मुसलिम विश्वविद्यालय, जहाँ आधुनिक ज्ञान-विज्ञान के साथ इसलामी शिक्षा की भी व्यवस्था थी; और बनारस हिंदू विश्वविद्यालय जहाँ विदेशजन्य अनुशासनों— जिनका तेज़ी से विस्तार हो रहा था— के अतिरिक्त हिन्दू धर्मशास्त्रों की शिक्षा पर भी बल दिया जाता था।

स्वतंत्र भारत में शिक्षा का अभूतपूर्व विस्तार हुआ, खास तौर से माध्यमिक और विश्वविद्यालयीन स्तर पर वर्ष-प्रतिवर्ष बढ़ती जा रही शिक्षा की भारी माँग को पूरा करने के लिए अधिकाधिक संख्या में संस्थाएँ खोली गयीं। किंतु संख्या में हुई इस वृद्धि का परिणाम यह हुआ कि उनमें गुणवत्ता का अभाव हो गया। शिक्षा का स्वरूप सामान्यतः औपनिवेशिक ही रहा। जवाहरलाल नेहरू विश्वविद्यालय, भारतीय प्रौद्योगिकी संस्थानों और कुछ कृषि विश्वविद्यालयों को छोड़कर नए ढंग का ऐसा कोई विश्वविद्यालय नहीं है जिसमें शैक्षिक चिंतन की कोई नयी संकल्पना देखी जा सके। न ही उनमें शिक्षा-प्रणाली को किसी नए सामाजिक अर्थ अथवा प्रयोजन से जोड़कर गत्यात्मक पहल-शक्ति का परिचय दिया गया। इनमें से कुछ संस्थाएँ तो इस अपेक्षा को पूरा करने में सर्वथा विफल

रही हैं। परिणामतः एक भिन्न प्रकार के स्वरूप और भावना से युक्त संस्थाओं के माध्यम से--जो परिवर्तनशील समय और बदलती हुई आवश्यकताओं के अनुरूप होतीं—देश के शैक्षिक ढाँचे के पुनर्निर्माण का जो स्वर्ण अवसर आया था, वह भी हाथ से जाता रहा। तात्कालिक आवश्यकताओं की पूर्ति के लिए जल्दबाजी में स्थापित ये संस्थाएँ समस्या-समाधान का साधन नहीं बन सकीं बल्कि कई तो स्वयं ही महँगी और विकराल समस्याएँ बन गईं।

इसका अर्थ यह नहीं कि भारतीय शैक्षिक विचारधारा के नेता शिक्षा-प्रणाली की कमियों और खामियों से परिचित नहीं थे। जीवन के लिए शिक्षा, शिक्षा का सामाजिक वातावरण से जुड़ाव, शैक्षिक ढाँचे में कार्य-अनुभव और शिल्प-प्रशिक्षण की व्यवस्था एक ऐसी प्रणाली विकसित करने की वांछनीयता, जो सुशिक्षित लोगों को सामान्य लोगों से अलग न करे तथा समाज-सेवा के सार्थक कार्यक्रमों के माध्यम से विद्यार्थियों और अध्यापकों को समाज से जोड़ने की आवश्यकता इत्यादि ऐसी धारणाएँ हैं, जिनका उल्लेख गाँधीजी, डॉ. ज़ाकिर हुसैन, के. जी. सैयदैन और जे. पी. नाईक जैसे शिक्षाविदों की पुस्तकों में मिलता है। कुछ जीवनक्षम विकल्प भी प्रस्तुत किए गए परंतु इन विद्वानों की बातों को वह सम्मान नहीं दिया गया जो अपेक्षित था और उनके अभिनव शैक्षिक चिंतन के माध्यम से जो प्रयोग सुझाए गए थे, उन्हें भी प्रायः दरकिनार किया गया। परिणामस्वरूप हम आज भी वहीं हैं, जहाँ स्वतंत्रता-प्राप्ति के पहले थे, अलबत्ता परिमाण की दृष्टि से अत्यधिक विस्तार हुआ है। बुनियादी शिक्षा से संबंधित योजनाएँ जिनका उद्देश्य अपने सन्निकट पर्यावरण के साथ शिक्षा को जोड़ना और कार्य-अनुभव को पर्याप्त परिमाण में शामिल करना था; ग्रामीण संस्थान जिनकी स्थापना शिक्षा को जीवंत ग्रामीण संदर्भ के साथ जोड़ने के लिए की गयी थी; सभी स्कूलों और कॉलेजों में कार्य-अनुभव और समाज-सेवा का प्रारंभ; सघन नागरिकता प्रशिक्षण-कार्यक्रमों की व्यवस्था; शिक्षा के वैकल्पिक माध्यमों का सृजन इत्यादि ऐसे कार्यक्रम थे जिनकी उपेक्षा की गयी और वे समाप्त हो गए। जहाँ कहीं अवशिष्ट रूप में वे हैं भी, वहाँ उनकी भूमिका न्यूनतम और सीमित है।

फिलहाल विजय औपनिवेशिक ढाँचे की ही हुई है, किंतु उसके कारण जो समस्याएँ उभरी हैं उनसे निपटने में यहाँ शिक्षा-व्यवस्था सर्वथा असफल है। शिक्षा एक सिरविहीन विराट राक्षस, एक अचल 'कॉलोसस' बनकर रह गयी है। इसकी बुनियादें हिल रही हैं, क्योंकि यह न तो उन समस्याओं को आँक सकी है जिनकी जटिलता उत्तरोत्तर बढ़ती जा रही है और न ही उन संकटों का सामना करने में समर्थ है जो गहराते जा रहे हैं।

तीसरी दुनिया में शिक्षा का संकट

यह तो जाहिर ही है कि तीसरी दुनिया में शिक्षा एक संकट के दौर से गुजर रही है।

इसका कारण यह है कि वह दृष्टिकोण और मूल्यों में हो रहे उन दूरगामी परिवर्तनों से निपटने में असमर्थ है जो उन समाजों पर गहरा प्रभाव डाल रहे हैं। न तो वह जनसाधारण की नयी इच्छा-आकांक्षाओं की पूर्ति कर पायी है, न ही ऐसे प्रशिक्षित लोग तैयार कर सकी है जो महत्त्वपूर्ण राष्ट्रीय समस्याओं से कुशलतापूर्वक और एक प्रतिबद्ध भावना के साथ निपट सकें। वह हमारी राष्ट्रीय आय पर मात्र एक भारी खर्च बनकर रह गयी है और उससे जिन परिणामों की अपेक्षा थी, उनमें से थोड़े भी उसने नहीं दिखाए हैं। कुल मिलाकर यह ऐसा क्षेत्र है जहाँ 'पहाड़' जैसा निवेश करने पर भी उत्पादन-रूपी 'चुहिया' ही निकली है। इससे यह बात साफ हो जाती है कि समस्त शिक्षा-प्रणाली में एक बड़े परिवर्तन और क्रांतिकारी कार्यनीतियों का प्रवर्तन आवश्यक है, लेकिन संबंधित सरकारों में शायद इतनी राजनीतिक इच्छाशक्ति नहीं है कि वे इस संकट का सामना कर सकें।

प्रत्येक देश, जो हाल ही में स्वतंत्र हुआ है, शिक्षा के विस्तार का इच्छुक है। इस संबंध में जो पहला प्रश्न पूछा जाना चाहिए था, शायद कभी पूछा ही नहीं गया। वह प्रश्न शिक्षा के उद्देश्यों से संबद्ध है। जूलियस नियेरेरे ने ठीक ही कहा है :

> ...वस्तुतः हमने इस बात पर विचार करना कभी बंद नहीं किया कि हमें शिक्षा की आवश्यकता क्यों है; इसका प्रयोजन क्या है। ...यद्यपि स्कूलों में निर्धारित पाठ्यक्रम के बारे में इधर विभिन्न प्रकार की टीका-टिप्पणी होती रही है, हमने शिक्षा की उस मूलभूत प्रणाली को कभी संदेह की दृष्टि से नहीं देखा जो हमें स्वतंत्रता के समय विरासत में मिली थी।[1]

शिक्षा को पुनः परिभाषित करना और उसकी संकल्पना को व्यापक बनाना आवश्यक है। लोग जितनी जल्दी डिप्लोमा-डिग्री और शिक्षा में तथा स्कूल और शिक्षा के बीच अंतर करना जानेंगे, शिक्षा के लिए उतना ही लाभकर होगा।

यही बड़ी विचित्र बात है कि एक ओर यदि शिक्षा की माँग दिन-प्रतिदिन बढ़ती जा रही है तो दूसरी ओर शिक्षा-प्रणाली में लोगों का विश्वास निरंतर घटता रहा है। 'वर्ल्ड एजुकेशनल क्राइसिस' (कूम्बस, 1968); 'स्कूल इज डेड' (राइमर, 1971); 'पेडागाजी ऑफ द ऑप्रेस्ड' (फ्रेर, 1972) और 'डीस्कूलिंग सोसायटी' (इलिच, 1973) ऐसी पुस्तकें हैं जिन्हें लोग बड़े ध्यान और श्रद्धा के साथ पढ़ते हैं। इनमें गंभीर सामाजिक आलोचना है। इन पुस्तकों में सामाजिक व्यवस्था की बुनियादों पर ही संदेह प्रकट नहीं किया गया है, बल्कि कुछ विशिष्ट समाजों में शिक्षा ही नहीं, समस्त मानव-सभ्यता में आए संकट की परीक्षा की गयी है। निम्नतर स्तर पर जो आलोचना का स्वर उठाया गया है, उसमें विद्यार्थी, अध्यापक, माता-पिता तथा शिक्षा-नीति के निर्माताओं का स्वर भी शामिल है। इन समूहों में अधिकांश का यह मत है कि जो कुछ शिक्षा के नाम पर हो रहा है,

1. नियेरेरे, जूलियस के. : एजुकेशन फॉर सेल्फ रिलाएंस, खंड 1. पृ. 9-26

वह वास्तव में शिक्षा नहीं है। डिप्लोमा और डिग्री को निरर्थक माना जाता है, लेकिन उनके लिए लोगों की ललक कम नहीं होती। शैक्षिक अर्हताएँ प्राप्त करने के लिए उल्टे-सीधे साधन अपनाए जाते हैं जिनमें शिक्षा को ही सबसे कम महत्त्व दिया जाता है। चूँकि शिक्षा में सामान्यतः विश्वास नहीं रहा है, इसलिए वह अपनी सार्थकता और प्रयोजन धीरे-धीरे खो रही है।

कुछ दोष इसमें शिक्षाविदों का भी है। उन्होंने ही शिक्षा को बहुत महँगा बना दिया है और उसके संबंध में ऐसे दावे किए हैं, जिनमें शायद ही कुछ पूरे हो सकें। विगत वर्षों में स्कूलों ने अनेक नए काम अपने हाथ में लिए हैं, लेकिन न तो उनके आयामों को समझा है और न ही उन्हें संपन्न करनेवाली क्षमताओं को सुदृढ़ बनाया है। वह स्वयं को विद्यार्थियों का अभिभावक, गुरु और शिक्षक बनाने का प्रयास कर रही है। उसने अपने ऊपर परिवार, मुहल्ले, समुदाय और धार्मिक संस्थाओं का दायित्व भी ले लिया है, जबकि यह बहुत साफ है कि उसका कार्य-निष्पादन घटिया और दक्षताहीन रहा है। सामाजिक परिवर्तन की दृष्टि से भी शिक्षा ने ऐसे दावे किए हैं जिन्हें वह पूरा नहीं कर सकती।

शिक्षा अपने विशिष्ट वर्गवादी स्वरूप को बनाए हुए है और वह यथापूर्व स्थिति कायम रखने की दिशा में प्रवृत्त है। दावे भले ही बड़े क्रांतिकारी हों, पर असलियत यही है। ऐसे बहुत थोड़े विकासशील देश हैं जो समाज के विभिन्न वर्गों और स्तरों में शिक्षा के समान प्रसार की ओर ध्यान दे पाए हैं। जे. पी. नाईक का मत है कि वर्तमान प्रणाली की विशेषताएँ हैं— एक स्तर-विशेष पर प्रवेश, आनुक्रमिक प्रोन्नति, पूर्णकालिक पढ़ाई और व्यावसायिक अध्यापकों का ऐकांतिक प्रयोग।[1] इससे शिक्षा बहुत अधिक महँगी होती है, पढ़ाई अधूरी छोड़कर स्कूल छोड़नेवाले विद्यार्थियों की संख्या बढ़ती है और शिक्षा के द्वार उन लोगों के लिए बंद होते हैं, जिन्होंने या तो उपयुक्त आयु में इस प्रणाली में प्रवेश नहीं किया और या जो किसी-न-किसी कारण से वे अपनी पढ़ाई जारी नहीं रख पाते। परिणामस्वरूप समाज के जो वंचित तथा सुख-सुविधाविहीन लोग हैं, उन्हीं को सबसे अधिक कष्ट उठाना पड़ता है। बहरहाल शिक्षा सामाजिक गतिशीलता और समानता की दिशा में अपना योगदान देने के बजाय सामाजिक अंतर और वर्गनिर्माण ही करती है। इसका सबसे बड़ा काम विशेषाधिकार प्राप्ति की आकांक्षा को बढ़ावा देना है। इन दावों के विपरीत कि शिक्षा गतिशीलता में वृद्धि और समाज में समानता लाती है, प्रबुद्ध आलोचकों का विचार है कि वह असमानता को वैध बनाती है। सुविधाविहीन लोग वैसे ही बने रहते हैं जैसे वे पहले थे, बल्कि उनकी असुविधाएँ बढ़ जाती हैं।

अब हम शिक्षा की औपचारिक प्रणाली की सामाजिक प्रासंगिकता तथा इसमें

1. नाईक, जे. पी. : एलिमेंट्री एजुकेशन इन इंडिया, पृ. 46-53

दीक्षित लोगों की प्रतिबद्धता के सवाल पर आते हैं। सर्वविदित है कि औपनिवेशिक शिक्षा-प्रणाली उसमें भाग लेनेवालों को उस समाज से अलग करती है, जिसके लिए वह उन्हें तैयार करती है। गाँधी-जी का यह कथन कितना सटीक है : "(विद्यार्थी) जितना ऊपर जाता है उतना ही वह अपने घर से इतनी दूर छिटक जाता है कि शिक्षा समाप्त होने तक वह अपने वातावरण से सर्वथा विरक्त हो जाता है।"[1] इसी प्रकार के विचार जूलियस नियेरेरे ने व्यक्त किए हैं। उनका कहना है :

> हमारी शिक्षा को चाहिए कि वह बौद्धिक अहंकार के लोभ का विरोध करे, क्योंकि इस अहंकार के कारण सुशिक्षितजन उन लोगों से घृणा करने लगते हैं जिनके पास शैक्षिक योग्यता नहीं होती या जिनमें किसी प्रकार की विशेष योग्यता नहीं होती और जो केवल मनुष्य हैं। समान नागरिकों के समाज में इस प्रकार के अहंकार के लिए कोई स्थान नहीं है।[2]

तीसरी दुनिया में सभी जगह शिक्षित लोग शारीरिक श्रम से दूर रहते हैं। जैसा कि गाँधीजी ने कहा था :

> दूसरे देशों में स्थिति चाहे जो हो, भारत में तो शिक्षा को केवल साहित्य-प्रधान और लड़के-लड़कियों को शिक्षा-समाप्ति के बाद के जीवन में शारीरिक श्रम के लिए अयोग्य बनाना अपराध है, ऐसे समाज में जहाँ अस्सी प्रतिशत लोग खेती करते हैं और दस प्रतिशत कारखानों में काम करते हैं।[3]

तथाकथित आधुनिक शिक्षा किस प्रकार के मूल्यों को बढ़ावा देती है ? ये मूल्य हैं : नगरबद्ध, प्रतियोगी और उपभोक्ता समाज के मूल्य। हालाँकि कुछ शिक्षितजनों ने क्रांतिकारी रुख अपनाया था, लेकिन वे भी अपने कम भाग्यशाली संगी-साथियों के साथ संबंध स्थापित करने में कठिनाई अनुभव करते थे। उनमें भाईचारे की वह भावना ही नहीं थी जो परंपरागत समाज में पायी जाती है।

शिक्षा के अनाप-शनाप खर्च पर भी गौर करना जरूरी है। असंतुलित प्राथमिकताओं के कारण प्राथमिक शिक्षा को माध्यमिक तथा उच्चतर शिक्षा की तुलना में बहुत कम मिल पाता है। शिक्षा का जनशक्ति की आवश्यकताओं के साथ कोई संबंध नहीं होता और विशिष्ट शिल्प की शिक्षा देने या समस्याओं का समाधान करने की क्षमताओं को असरदार बनाने पर भी विशेष ध्यान नहीं दिया जाता, इसलिए माध्यमिक और यहाँ तक कि उच्चतर शिक्षा-प्राप्त लोगों से भी सामान्य कोटि की नौकरियों के लिए बेरोजगारों के रजिस्टर भरते जाते हैं। उनमें से अधिकांश ऐसे हैं, जो उन कामों के लिए नियुक्त नहीं किए जा सकते, जिनमें विशिष्ट कौशल की आवश्यकता होती है। जाहिर है कि

---

1. गाँधी, मोहनदास : कलेक्टेड वर्क्स ऑफ महात्मा गाँधी, खंड 21, पृ. 38
2. नियेरेरे, जूलियस के. : एजुकेशन फॉर सेल्फ रिलाएंस, खंड 1, पृ. 9-26
3. गाँधी, मोहनदास : कलेक्टेड वर्क्स ऑफ महात्मा गाँधी, खंड 21, पृ. 38

ज्ञान के जो पौधे उन पर लादे जाते हैं, उनसे उनके मस्तिष्क 'सर्जक' न रहकर उसके 'आधार' भार बनकर रह जाते हैं। दरअसल इस चिंताजनक स्थिति का मुकाबला करने के लिए कोई कारगर उपाय भी नहीं निकल पाया है। शिक्षा के दुष्क्रियात्मक स्वरूप में लगातार वृद्धि होते जाने का यह भी एक बड़ा कारण है।

अंत में कुछ बातें शैक्षिक अवसर की समानता, सामाजिक न्याय के सिद्धांत और ज्ञान के क्षेत्र में उसके विस्तार के बारे में भी कहना आवश्यक है। यह सच है कि माध्यमिक और उच्चतर शिक्षा को अधिकार के रूप में स्वीकार नहीं किया जा सकता, वे तो विशेषाधिकार हैं, जिन्हें अर्जित करना पड़ता है। लेकिन हम उन लोगों को किस प्रकार चुनते हैं, जिन्हें माध्यमिक और उच्चतर शिक्षा मिलनी चाहिए ? अब तक तो जो परीक्षण सामान्य रूप से किए गए हैं, वे मुख्यतः मौखिक कौशल पर ही निर्भर होते हैं और उनका लाभ समाज के उच्चतर वर्ग के बच्चों को ही मिल पाता है। विकासशील देशों में विरले ही शिक्षाविद् ऐसे होंगे जो इस बात को स्वीकार न करते हों कि शैक्षिक उपलब्धि वंशगत क्षमता का परिणाम नहीं होती, बल्कि उसका आधार सामाजिक पर्यावरण होता है। तीसरी दुनिया के कुछ देशों में शिक्षा-संस्थाओं में दलित वर्ग के बच्चों के लिए स्थान आरक्षित किए जाते हैं और उन्हें आर्थिक सहायता भी दी जाती है। इतना कर लेने मात्र से वे यह समझने लगते हैं कि जो कुछ करना था, पूरा कर लिया और इससे सामाजिक न्याय का ध्येय भी प्राप्त हो जाएगा। जिन लोगों को इस प्रकार का अनुग्रह प्राप्त होता है, वे भी उस पर्यावरण को देखकर भौचक्के रह जाते हैं, जिसमें उन्हें जीना पड़ता है। इस बात का कोई विशेष प्रयास नहीं किया जाता कि उन्हें उन संस्थाओं के शैक्षिक लोकाचार से परिचित कराया जाए, जिनमें उन्होंने प्रवेश किया है। संस्थाएँ उन्हें प्रारंभिक अनुपूरक और उपचारी शिक्षा प्रदान करने में असमर्थ है। दुर्भाग्य की बात है कि इस वर्ग को सामूहिक समर्थन भी नहीं मिल पाता। इसलिए इस बात से आश्चर्य नहीं होना चाहिए कि उनमें से कुछ तो पढ़ाई से विमुख ही हो जाते हैं और कुछ का कार्य-निष्पादन सामान्य या निम्न कोटि का होता है।

यह वास्तव में बड़ी निराशाजनक स्थिति है। तीसरी दुनिया के प्रायः सभी देशों में शिक्षा को भारी कठिनाइयों का सामना करना पड़ रहा है। पर इनमें से अधिकांश कठिनाइयाँ उन अंतर्विरोधों से उत्पन्न होती हैं जो प्रणाली में ही निहित हैं और कुछ ऐसी हैं जो ऐसे तदर्थ राजनीतिक निर्णयों से उभरती हैं, जो विवेक से नहीं, अहंकार से किए जाते हैं।

भविष्य के लिए शिक्षा

मानवता एक अज्ञात भविष्य की ओर अग्रसर है। लगता है, इस भविष्य के गर्भ में अनेक आश्चर्य और आघात पल रहे हैं। आज का समाज जिन संकटों का सामना कर रहा

है, उनकी पुनरावृत्ति, आक्रामकता और तीव्रता के बढ़ने की ही संभावना है। जनसंख्या वृद्धि और संसाधनों के घटने का एक परिणाम यह भी होगा कि समाज को नए तनावों और निराशाओं का सामना करना पड़ेगा। ज्यों-ज्यों समय बीतता जाएगा, जीवन का कार्य-व्यापार अधिकाधिक दुष्कर होता जाएगा। विश्वव्यवस्था को भी भारी संकट झेलना होगा। भविष्य की इन चुनौतियों का सामना करने के लिए हमें सर्वोच्च कोटि के ज्ञान और कौशल की आवश्यकता होगी। समस्या का समाधान करने की अतिविकसित क्षमता न केवल विज्ञान और प्रौद्योगिकी के क्षेत्र में, बल्कि मानव-संबंधों और उनके प्रबंध के क्षेत्र में भी आवश्यक होगी। यह बड़े दुःख की बात है कि शिक्षा-प्रणाली ऐसे समय टूट रही है, जबकि उसे मनुष्य की समकालीन दुरवस्था की चुनौतियों का रचनात्मक ढंग से मुकाबला करना चाहिए था। फिर भी यह समय निराशा में हाथ-पैर पटकने या स्थिति को सुधार के योग्य न समझकर भाग्य भरोसे बैठने का नहीं है। वास्तव में औपचारिक शिक्षा-प्रणाली का नवीनीकरण और पुनरुद्धार होना चाहिए। साथ ही औपचारिक शिक्षा के नए माध्यम भी खोजे जाने चाहिए। लेकिन शिक्षा-पद्धति में यह फेरबदल नाटकीय संशोधनों से नहीं हो सकती। इसके लिए शिक्षा के दार्शनिक आधारों पर गंभीरतापूर्वक विचार करना आवश्यक है। इसके बाद ऐसी दृढ़ और सोद्देश्य कार्रवाई करनी होगी जो शिक्षा के सिद्धांत और लक्ष्यों को समसामयिक समाज की नयी इच्छाओं और आवश्यकताओं के अनुकूल बना सके।

इस संदर्भ में पहले तो हमें अपनी प्राथमिकताओं को व्यवस्थित करना होगा। यदि हम 'जीवन के लिए शिक्षा' और 'आत्मनिर्भरता के लिए शिक्षा' के सिद्धांत को स्वीकार कर लें तो हमें अपना ध्यान माध्यमिक और उच्चतर शिक्षा से हटाकर प्रारंभिक और प्रौढ़ शिक्षा पर केंद्रित करना होगा। हमारे कार्यक्रम साक्षरता-प्रसार की ओर प्रवृत्त हैं और साक्षरता को ही प्रायः शिक्षा का पर्याय मान लिया जाता है। यह ग़लत है। गाँधीजी ने कहा था : "मात्र साक्षरता या शिक्षा ही मनुष्य को मनुष्य नहीं बनाती, उसके सामने 'जीवन के लिए शिक्षा' ही लक्ष्य होना चाहिए।"[1] हमारे लिए सबसे अधिक आवश्यकता सघन नागरिकता-प्रशिक्षण की है। उच्चतर शिक्षा का महत्त्व तो है, किंतु यदि उसके लाभ मुट्ठी-भर लोगों तक ही जाएँ और अधिकांश जनता अज्ञान और अंधविश्वास में डूबी रहे तो इससे कोई विशेष प्रयोजन सिद्ध नहीं होगा। इस प्रकार के कार्यक्रम के लिए गहन सामाजिक प्रतिबद्धता आवश्यक है और उन सभी को, जो शिक्षा से लाभान्वित हो चुके हैं, इसे सफल बनाने में सहायता देनी होगी। राष्ट्रीय पुनर्निर्माण के कार्य में युवजनों को शामिल करने की बड़ी चर्चा है। नागरिकता-प्रशिक्षण का कल्पनाशीलता कार्यक्रम ही शायद सबसे अधिक लाभकर क्षेत्र होगा, जिसकी ओर युवाशक्ति को आकृष्ट किया जा सकता है। अब यह बात भी स्वीकार कर ली गयी है कि शिक्षा महज एक

1. प्रभु आर. के. और यू. आर. राव : द माइंड ऑफ महात्मा गाँधी, पृ. 388

नियत ढाँचे में कुछ विशिष्ट विषयों के अध्यापन का नाम नहीं है। इसलिए हमें शिक्षा की विषयवस्तु पर भी गंभीरतापूर्वक विचार करना होगा।

इस संदर्भ में नियेरेरे ने अपने एक विचारोत्तेजक वक्तव्य 'एजुकेशन फ़ॉर सेल्फ़ रिलाएंस' में कुछ महत्त्वपूर्ण सुझाव दिए हैं। उन्होंने शिक्षा को परिवेश और उत्पादन-प्रक्रियाओं से जोड़ने की बात की है और सेवा-भावना विकसित करने की आवश्यकता पर भी बल दिया है। उनका मत है कि दूसरों की सेवा करना सबसे बड़ा पुण्य है। अफ्रीका के ही एक और विचारक ने इस मत का समर्थन किया है। काजुबी[1] स्कूल को समुदाय और समाज की आवश्यकताओं से जोड़ने के पक्ष में है। लड़के-लड़कियों की सार्थक शिक्षा के लिए वह माता-पिता की निरंतर शिक्षा को भी आवश्यक मानते हैं। वह ग़ैर-स्कूली शिक्षा के विकास के भी समर्थक हैं। कुछ अन्य लोगों ने सामूहिक क्रियाकलाप और अभिरुचि-समूहों, क्लबों, शिल्पकेंद्रों और मुक्त स्कूलों के माध्यम से स्कूल-बाह्य शिक्षा की वांछनीयता पर बल दिया है। स्कूल-प्रणाली में सुधार करना और उसे कम महँगा बनाना तो आवश्यक है ही, जरूरी यह भी है कि इसके प्रभावी विकल्प तलाश किए जाएँ, जिनके माध्यम से शैक्षिक क्रियाकलाप का अधिक व्यापक पैमाने पर विस्तार किया जा सके। इन विकल्पों में इस तथ्य को भी महत्त्व दिया जाना चाहिए कि शैक्षिक प्रक्रिया 'डिप्लोमा' या 'डिग्री' प्राप्त करने के साथ ही समाप्त नहीं हो जाती। कहने की ज़रूरत नहीं है कि आज तो शिक्षा को एक 'आजीवन प्रक्रिया' माना जाता है। आज के युग में, जबकि ज्ञान का अभूतपूर्व विस्फोट हो रहा है, उसका निरंतर नवीनीकरण और उसे अद्यतन बनाना अत्यावश्यक है। इसके लिए सही और कारगर माध्यमों की खोज करनी होगी।

मानव-जाति का भविष्य एक संतुलित और न्यायपूर्ण विश्व-व्यवस्था पर निर्भर है। राष्ट्रीय स्तर पर लोभ-लालच और स्वार्थपरता, हिंसा और नाश को जन्म देती है। शिक्षा को भविष्य की आवश्यकताओं के अनुरूप बनाने के लिए यह आवश्यक है कि उसमें अंतर्राष्ट्रीय सद्भाव और मेल-मिलाप के सबल कारण सम्मिलित कर दिए जाएँ।

इस प्रकार शिक्षा-सिद्धांत पर फिर से दृष्टिपात करना आवश्यक हो गया है। वास्तव में शिक्षा न तो अपने आप ही कोई क्रांति लाएगी और न ही नैतिक व्यवस्था में परिवर्तन करेगी। इसकी भूमिका तो अनिवार्य रूप से प्रारंभिक और समर्थक होगी, लेकिन इसका महत्त्व भी इस दृष्टि से है कि यह हमें वैकल्पिक भविष्य की ओर अग्रसर होने में सहायता देती है। समय आ गया है कि अब हम उस भविष्य के बारे में गंभीरता से विचार करें और जीने के लिए एक नया अभिकल्प तैयार करें। भविष्यत् समाज की

1. काजुबी डब्ल्यू. सेंटेजा : 'एजुकेटिंग द यंग पीपुल ऑफ द वर्ल्ड' में प्रकाशित 'इज द स्कूल एन आब्सोलीट इंस्टीट्यूशन' शीर्षक लेख।

बुनियाद निश्चित रूप से सेवा और बलिदान की भावना पर ही रखी जाएगी। वह उपभोग का महत्त्व घटाएगी और सामाजिक सेवाओं पर बल देगी। हमें बहुत निष्ठा और स्पष्टता के साथ श्रम और सादगी की ओर जाना होगा। विकास पर पुनर्विचार करते हुए हमें जीवन के गुणात्मक आयामों पर भी विचार करना होगा और शिक्षा को नए सामाजिक लक्ष्यों के अनुकूल बनाना होगा।

3

उच्चशिक्षा, सामाजिक परिवर्तन और राष्ट्रीय विकास

उच्चतर शिक्षा में भारत ही नहीं, अन्य देशों में भी विभिन्न क्रांतिकारी परिवर्तन हो रहे हैं और ऐसा कोई उदाहरण उनके सामने नहीं है जिससे वह मार्गदर्शन प्राप्त कर सकें।

हमारी शिक्षा-प्रणाली के विस्तार को देखकर विस्मय होता है। योजना आयोग का अनुमान था कि चौथी योजना के अंत तक विभिन्न प्रकार और स्तर की लगभग सात लाख संस्थाओं में दस करोड़ विद्यार्थी हो जाएँगे। उस समय लगभग एक सौ विश्वविद्यालयी स्तर की शिक्षा-संस्थाओं और तीन सौ से अधिक कॉलेजों में तीस लाख विद्यार्थी पढ़ रहे थे। विश्वविद्यालयों की संख्या अब दो सौ के करीब पहुँच गयी है; देशभर में महाविद्यालयों का विस्फोट हुआ है। इस प्रकार राष्ट्र के संगठित क्रियाकलाप में शिक्षा का सबसे ऊँचा स्थान है और प्रतिरक्षा के बाद सबसे अधिक धन इसी पर खर्च होता है। केवल संख्या के कारण ही शिक्षा को एक नया संदर्भ और परिप्रेक्ष्य मिल गया है—विद्यार्थियों और अध्यापकों का एक भिन्न समूह; शिक्षा की भिन्न विषयवस्तु और पद्धतियों की आवश्यकता; विभिन्न उद्देश्यों की व्याख्या; शैक्षिक-प्रशासन, वित्त-व्यवस्था और नियंत्रण की संकल्पनाओं का निर्माण; परिसर में विभिन्न प्रकार के अंतर्वैयक्तिक संबंध और उच्च-शिक्षा-संस्थाओं की सामाजिक प्रतिबद्धता के संबंध में नए और बहुधा विरोधी विचार हमें दिखाई पड़ते हैं। पचास वर्ष पहले परिस्थितियाँ बहुत कुछ स्थिर थीं। उच्चशिक्षा-संस्थाओं में विद्यार्थी और अध्यापक भी समाज के सुस्पष्ट स्तरों और कमोबेश सजातीय संस्कृति से संबद्ध होते थे और विभिन्न प्रकार की सामाजिक-आर्थिक भूमिकाओं को अपनाने के प्रयत्नों में लग जाते थे। एक प्रकार से समस्त उच्च शिक्षा का स्वरूप व्यावसायिक था। शैक्षिक क्रियाकलाप में सम्मिलित होनेवालों की दृष्टि से यह परिदृश्य एकदम बदल गया है—उनकी संभावनाएँ, योग्यताएँ, दृष्टिकोण और अपेक्षाएँ—और इनसे भी बढ़कर देश में सामाजिक-आर्थिक विकास की अनिश्चित सीमाएँ।

शिक्षित स्त्री-पुरुषों ने स्वयं को हमेशा अशिक्षितों की अपेक्षा श्रेष्ठ समझा है और समाज से एक विशेष रहन-सहन की अपेक्षा की है। सन् 1900 में ऐसा करना सरल था, क्योंकि उस समय भारत-भर की उच्च शिक्षा-संस्थाओं में सोलह हजार विद्यार्थियों से अधिक नहीं थे; लेकिन आज यह स्थिति है कि उच्चतर शिक्षा में ही विद्यार्थियों की संख्या साठ-सत्तर लाख से ऊपर पहुँच गयी है और वे अपने विद्यालयों और विश्वविद्यालयों से यह अपेक्षा करते हैं कि वे उन्हें बेहतर भविष्य के निर्माण में सहायता देंगे। हर वर्ष कई लाख युवक डिग्री लेकर अपनी संस्थाओं से बेहतर रहन-सहन की तलाश में निकलते हैं। ज़ाहिर है कि अपेक्षाएँ बढ़ती जाती हैं, वे भी एक ऐसी संस्कृति में—विश्वविद्यालय और उसके बाहर भी— जो घोषणा तो सादगी की करती है, पर उसमें भारी उपभोगवादी तत्त्व निहित हैं। कॉलेजों में शिक्षित युवा गाँवों में अपने घरों की ओर आकृष्ट नहीं होते, वहाँ लौटना उनके लिए अप्रिय और कष्टकर होता है। इसका परिणाम प्रायः यह होता है कि घर और कॉलेज में अलगाव आ जाता है तथा पुरानी और नयी पीढ़ियों में संस्कृति की अविच्छिन्नता शेष नहीं रह जाती।

सभी जानते हैं कि विगत पचास-साठ वर्षों में वैज्ञानिक जानकारी की मात्रा हर दस वर्ष में दुगनी होती गयी है। और अब तो यह अवधि घटकर पाँच वर्ष ही रह गयी है। उन्नत देशों में अध्यापन और अनुसंधान की दिशा—प्राधिकार, निरंतरता, पूर्वानुमेयता और समरूपता के बजाय गतिशीलता, अनुकूलन, अनुपूरकता और अज्ञात की खोज की ओर चली गयी है। 'ज्ञान के विस्फोट' की क्रांति ने भारत और तीसरी दुनिया के अन्य देशों का सतही तौर पर ही स्पर्श किया है। उच्चशिक्षा की अवधारणाओं , उपकरणों, तकनीकों और संगठनात्मक ढाँचे को वर्तमान दुनिया की गत्यात्मकता और भविष्य की ज्ञेय प्रवृत्तियों के लिए उनकी सार्थकता से परखना होगा। उदाहरण के लिए, क्या हमारे विश्वविद्यालयों का विभागीय संगठन आज की अपेक्षाओं और भविष्य की अनुमेय आवश्यकताओं की पूर्ति करने में सक्षम है ? 'समाज-विज्ञान महाविद्यालय' और 'व्यवहारगत विज्ञान प्रभाग' जैसे उत्प्रेरक नामों के बावजूद हमारे विश्वविद्यालय विभाग आज भी अनिश्चितता के विशाल समुद्र में आंतरिक दृष्टि से सुसंबद्ध, किंतु आंशिक रूप से अवास्तविक सिद्धांतों तथा लक्ष्यपरक अनिश्चय के तैरते द्वीप बनकर रह गए हैं।

जहाँ तक शैक्षिक पक्ष का संबंध है, विश्वविद्यालयों से की जानेवाली माँगों में ऐसी अपेक्षाएँ भी शामिल हैं, जो संख्या की आकस्मिक वृद्धि, आशाओं में हुए क्रांतिकारी परिवर्तन, ज्ञान के विस्फोट, विभागों और विशेषज्ञता के बीच सीमाओं के टूटने, स्नातकोत्तर कार्यावधि बढ़ाने की व्यवस्था, पी-एच. डी. और उससे उच्चतर उपाधि के लिए किए जानेवाले अनुसंधान और उनका निर्देशन, शिक्षण तथा मूल्यांकन की पद्धतियों में अनुसंधान और विकास द्वारा थोपी गयी हैं। इन माँगों में कई प्रकार के प्रश्न निहित हैं। मसलन, क्या विश्वविद्यालय का पाठ्यक्रम किसी भी दृष्टि से युक्तियुक्त है ? क्या यह वर्तमान

और निकट भविष्य की आवश्यकताओं के लिए संगत है ? क्या विश्वविद्यालय के पाठ्यक्रम और उन्हें पढ़ाने की पद्धतियाँ विद्यार्थियों की भिन्न-भिन्न अभिक्षमताओं और योग्यताओं के लिए उपयुक्त हैं ? क्या अध्यापक में प्रतिभाशाली, साधारण कोटि और विसामान्य विद्यार्थियों को पढ़ाने की शैक्षिक क्षमता और जानकारी है ? क्या अध्यापकों को कारगर सेवाकालीन प्रशिक्षण के माध्यम से अपने ज्ञान और क्षमता को अद्यतन बनाने की व्यवस्था है ? क्या विश्वविद्यालयों की भर्ती संबंधी नीतियाँ इस तरह नम्य बनायी गई हैं कि देश में कहीं भी उपलब्ध श्रेष्ठ प्रतिभावान अध्यापकों को आकृष्ट कर सकें ? और इन सबसे बढ़कर यह कि क्या विश्वविद्यालयों में अपनायी गयी निर्णय संबंधी प्रक्रियाएँ यह विश्वास जगाती हैं कि उनसे की जानेवाली नयी माँगों से उभरनेवाले प्रश्नों के संतोषजनक उत्तर मिल सकेंगे ?

आज भारत में सामाजिक प्रतिबद्धता का अभाव ही विश्वविद्यालय-प्रणाली का सबसे कमजोर भाग है। इस संबंध में हमने जो प्रयास किए, उनके फलस्वरूप राष्ट्रीय कैडेट कोर का जन्म हुआ और जब उसमें सफलता नहीं मिली तो राष्ट्रीय सेवा योजना प्रस्तुत की गयी। इन योजनाओं में से एक में भी न तो विषयवस्तु ऐसी थी और न ही उसका संगठन, जो नवयुवकों में प्रेरणा जगाता। कुछ अपवादों को छोड़कर हमारा विस्तार-कार्य भी नागरिक क्षेत्रों और कुछ निकटवर्ती ग्रामीण क्षेत्रों में ही सीमित होकर रह गया। इस बात पर हमारी उच्चशिक्षा संस्थाओं का ध्यान शायद गया ही नहीं कि हमारी जनसंख्या का लगभग दो-तिहाई भाग—पैंतीस करोड़ से अधिक जो संसार के राष्ट्रीय समूहों में सबसे बड़ा है—आज भी निरक्षर है। और जब इस ओर ध्यान गया तब भी अधिकांश विश्वविद्यालयों ने केवल औपचारिकताएँ ही पूरी कीं। यदि विश्वविद्यालय के विशेषाधिकार स्वयं को इस संसार के अंग-रूप में न्यायोचित नहीं ठहराते, तो फिर राष्ट्र उन्हें कब तक स्वीकार करता रहेगा ?

इस बात की संक्षिप्त जाँच उपयोगी सिद्ध होगी कि उच्चशिक्षा भारत के राष्ट्रीय विकास में किस सीमा तक सहायक या बाधक सिद्ध हुई है। इस संबंध में कुछ तथ्य ध्यान देने योग्य हैं :

1. उच्चतर शिक्षा में 10 प्रतिशत प्रतिवर्ष की दर से भर्ती बढ़ी है। इसका मतलब है कि हर सातवें वर्ष वह दुगुनी होती गयी है। 1970-71 में हमारे विश्वविद्यालयों और कॉलेजों में 30,01,292 विद्यार्थी हो गए, जबकि 1950-51 में उनकी संख्या केवल 7,64,000 थी। हमारे योजना और नीति-निर्धारण निकायों ने इस वृद्धि का अनुमान नहीं लगाया था और यह वृद्धि विश्वविद्यालय अनुदान आयोग की स्थापना के पहले पाँच वर्षों में (1957-62) उसकी चिंता के बावजूद हुई। बाद के दशकों में भी यही क्रम चला। बढ़ती संख्या पर रोक लगाने के प्रस्ताव तो पारित हुए, परंतु

विपन्न और अक्षम शिक्षा-संस्थाओं की संख्या में निरंतर वृद्धि होती रही।

2. पिछले दशकों में विज्ञान, इंजीनियरी, प्रौद्योगिकी, आयुर्विज्ञान, कृषि और पशुचिकित्सा-विज्ञान में प्रवेश लेनेवाले विद्यार्थियों के अनुपात में भारी गिरावट आयी, जबकि कला, वाणिज्य और विधि के विद्यार्थियों की संख्या के अनुपात में—जिनमें बेरोजगारी की समस्या सबसे ज्यादा निकट है—बहुत वृद्धि हुई। हमें शायद इसका अनुमान ही नहीं था कि कला, वाणिज्य और विज्ञान के पाठ्यक्रमों में भर्ती बहुसंख्यक विद्यार्थियों को हम किस प्रकार राष्ट्रीय विकास की मुख्य धारा में खपा सकेंगे।

3. श्रम और रोज़गार विभाग की वार्षिक रिपोर्टों में नियमित रूप से उस विभाग में पंजीकृत शिक्षित बेरोजगारी की संख्या में होनेवाली वार्षिक वृद्धि का ब्यौरा दिया जाता है। उदाहरण के लिए दिसंबर, 1972 में शिक्षित आवेदकों की संख्या 21.69 लाख थी, जबकि उससे पिछले वर्ष वह 13.22 लाख ही थी। बाद के दो दशकों में उनकी संख्या में चिंताजनक वृद्धि हुई है। विश्वविद्यालयीन डिग्री प्राप्त ऐसे कितने युवक किसी समय विशेष में बेरोजगार हैं, इसका वास्तविक अनुमान लगाना कठिन है। हमारे विश्वविद्यालयों की उपाधियों का भयंकर अवमूल्यन हुआ है। विश्वविद्यालय के स्नातक कई नगरों में बस-कंडक्टरों के रूप में नियुक्त हुए हैं और ऐसी भी सूचनाएँ हैं, जिनके अनुसार स्नातकोत्तर और पी-एच. डी. डिग्रीधारी लोग रेलवे गार्ड की हैसियत से काम कर रहे हैं। बैंकों की साधारण नौकरियों में प्रथम श्रेणी-प्राप्त एम.एस.सी. और एम. ए. नहीं लिए जाते। देश में विश्वविद्यालयी शिक्षा का सबसे अधिक दुखद पहलू यह है कि अनेक स्नातकों को नौकरी नहीं मिलती, लेकिन साथ ही यह भी सच है कि उनमें से अधिकांश डिग्रीधारी लिपिक के पदों के लिए भी उपयुक्त नहीं हैं।

4. शैक्षिक तथा व्यावसायिक पाठ्यक्रमों में स्नातकोत्तर छात्रों और शोध-कर्त्ताओं के अनुपात में कोई विशेष वृद्धि नहीं हुई है। इसका परिणाम यह हुआ है कि हमारी उच्चतर शिक्षा-संस्थाएँ जिनमें विश्वविद्यालय भी सम्मिलित हैं और जिनसे यह आशा की जाती है कि वे मुख्यतः स्नातकोत्तर और शोध-कार्य से संबद्ध हों—स्नातकोत्तर और पी-एच. डी. के विद्यार्थियों के कार्य-अनुपात की उन्नत देशों की स्थिति से तुलना ही नहीं कर सकतीं।

5. उच्चशिक्षा पर होनेवाले खर्च की वृद्धि-दर लगभग वही है, जो उच्चशिक्षा में भर्ती होनेवाली वृद्धि-दर है। इसका अर्थ यह हुआ कि जब तक संख्या के प्रश्न का कोई संतोषजनक समाधान नहीं निकल आता, गुणात्मक सुधार संभव ही नहीं है। एक ओर तो विश्वविद्यालय-प्राध्यापकों का वास्तविक

वेतन-मूल्य विगत वर्षों में कुछ बढ़ा है, किंतु कॉलेज-प्राध्यापकों —जो देश में शैक्षिक कर्मचारियों के 3 प्रतिशत हैं—का वेतन-मूल्य कम हुआ है। शिक्षा पर हमारा प्रति व्यक्ति खर्च संसार में सबसे कम है। विश्वविद्यालय अनुदान आयोग के वेतनमान अब सभी राज्यों में लागू हो गए हैं, पर कॉलेज-प्राध्यापकों को अधिक काम करना पड़ता है और उन्हें समृद्ध पुस्तकालयों और अच्छी प्रयोगशालाओं की सुविधा भी नहीं मिलती।

6. प्री-युनिवर्सिटी और इंटरमीडिएट परीक्षाओं में 'सामान्य' असफलता दर 50 प्रतिशत से ऊपर; कला, विज्ञान और वाणिज्य में पहली डिग्री परीक्षाओं और इंजीनियरी के डिप्लोमा पाठ्यक्रमों में 50 प्रतिशत तथा एम. बी. बी. एस. पाठ्यक्रमों में 50 प्रतिशत से कुछ कम है। बी. ए. के लिए तृतीय श्रेणी में उत्तीर्ण होनेवाले विद्यार्थियों की सामान्य सीमा 60 से 75 प्रतिशत, बी. एस-सी. और एम. ए. के लिए 40 से 45 प्रतिशत और एम. एस-सी. परीक्षाओं के लिए 20 से 30 प्रतिशत है। असफल होनेवाले और तृतीय श्रेणी में उत्तीर्ण होनेवाले छात्रों की यह दर इस दृष्टि से 'सामान्य' है कि यह बीस वर्षों से स्थिर है और इसकी यह स्थिरता वैसी ही है जैसी किसी की हस्त-रेखाएँ। वर्तमान परिस्थितियों में यह भविष्यवाणी की जा सकती है कि यही 'सामान्यता' अगले दो दशकों तक बनी रहेगी।
7. विशेषज्ञ इस बात पर एकमत हैं कि कुछ राज्यों और संस्थाओं को छोड़कर हमारी पहली और दूसरी डिग्रियों का स्तर उन्नत देशों की समकक्ष डिग्रियों की तुलना में निम्नतर है और यह स्थिति पचास वर्ष से चली आ रही है। विश्वविद्यालय अनुदान आयोग और परमाणु ऊर्जा आयोग की विश्वविद्यालयीन डिग्रियों की स्तर-संबंधी रपटें उत्साहवर्धक नहीं हैं।

आयोगों और समितियों से संबद्ध विशेषज्ञों ने हमें भारत की उच्चतर शिक्षा की विभिन्न बुराइयों से अवगत कराया है और राष्ट्रीय विकास के लिए उसे एक सबल साधन में बदल देने के लिए अनेक उपाय सुझाए हैं, किंतु पहुँच और पकड़ तथा वचन और उसकी पूर्ति के बीच सदैव भारी अंतराल रहा है। विगत पच्चीस वर्षों में हमने विदेशी शिक्षा-प्रणाली के कार्यक्रमों और व्यवहारों पर प्रयोग करने का यत्न किया है। ये कार्यक्रम हैं— सामान्य शिक्षा, एक ही संस्था में व्यावसायिक और शास्त्रीय शिक्षा का एकीकरण, ग्रीष्मकालीन संस्थान, 'सेमेस्टर' और 'क्रेडिट' प्रणाली, मार्गदर्शन और परामर्श-दान, क्षेत्रीय अध्ययन, पत्राचार पाठ्यक्रम और राष्ट्रीय सेवा। कुछ ऐसे कारण हैं जिनके फलस्वरूप इन उत्कृष्ट विचारों को जब भारतीय विश्वविद्यालयों में प्रतिरोपित किया जाता है, तो उनके प्रारंभ करते समय जो धूमधाम होती है, उसके समाप्त होने

के शीघ्र बाद ही वे सूख जाते हैं। शिक्षा आयोग द्वारा अभिव्यक्त 'देशी चिंतन' पर आधारित सुधारों का भी कोई अच्छा परिणाम नहीं निकला है, जबकि रोग के निदान और उपचार—दोनों के बारे में राष्ट्रीय स्तर पर मतैक्य है। विश्वविद्यालय शिक्षा आयोग (1948-49) ने परीक्षा-सुधारों के महत्त्व को दर्शाते हुए कहा था : "विश्वास है कि यदि हमें विश्वविद्यालयीन शिक्षा में किसी एक ही सुधार का सुझाव देना है तो वह परीक्षा के संबंध में होगा।" पंद्रह वर्ष बाद 1964-66 के शिक्षा आयोग ने इस मत से सहमति व्यक्त की। लेकिन इसके बावजूद स्थिति सामान्यतः वही है जो सौ वर्ष पहले थी। क्या एक के बाद एक सभी आयोगों ने इस विषय में अत्युक्ति से काम लिया ? इंग्लैंड में चालू परीक्षा-प्रणाली, जो कमोबेश हमारी प्रणाली का आदर्श रही है, ठीक तरह कार्य कर रही है। सोवियत और अमरीकी परीक्षा-प्रणालियाँ, जो हमारी प्रणाली से सिद्धांत और व्यवहार दोनों दृष्टियों से सर्वथा भिन्न हैं, विशेषज्ञों के निकायों की सिद्धांतवादिता पर निर्भर नहीं रहतीं। क्या भारत की परीक्षा-प्रणाली में सुधार करना इसलिए असंभव है कि हम इसे 'अध्यापन-शिक्षा-परीक्षा' त्रयी से और उच्चशिक्षा की संपूर्ण संकल्पना में किए जानेवाले तात्कालिक सुधार से और उसकी व्यक्ति एवं राष्ट्रीय विकास के लिए प्रासंगिकता से अलग कर रहे हैं ? क्या यह संभव है कि समसामयिक आवश्यकताओं और उभरती हुई राष्ट्रीय समस्याओं के संदर्भ में यदि उच्च शिक्षा की नयी परिभाषा दी जाए तो उससे उन सबका लोप हो जाएगा, जिन्हें उच्चशिक्षा और उसके सुधारों के नाम से जाना जाता है। इस प्रकार के प्रयास से उच्च अध्ययन-केंद्रों से संबद्ध 'अनंतः स्पंदन' सिद्धांत के बारे में भी भयानक भ्रांतियों को प्रोत्साहन देने की आवश्यकता समाप्त हो जाएगी।

यह वास्तव में एक विडंबना है कि घोर दरिद्रता से ग्रस्त देश में, जहाँ की 40 प्रतिशत जनता 20 रुपये प्रतिमास के निर्वाह-स्तर (1960-62 के मूल्य-स्तर के अनुसार) पर जीती है, प्रति व्यक्ति आय से दुगुना-चौगुना धन विश्वविद्यालय के एक विद्यार्थी पर खर्च किया जाता है। खास तौर से ऐसी स्थिति में, जबकि हमारे शिक्षा-पाठ्यक्रमों की पहली डिग्री, जो भारत तथा विदेशों में भी मान्य है, उच्चशिक्षासंस्थाओं में पढ़ाए जानेवाले स्कूली पाठ्यक्रम को जारी रखने से कुछ अधिक नहीं है। विश्वविद्यालय की डिग्रियों को भारत में एक महँगा प्रतीक-चिह्न माना जाता है, क्योंकि उन्हें प्राप्त करने के लिए किए गए खर्च से जो लाभ मिलता है, वह मशीनों पर किए गए निवेश से प्राप्त लाभ से बहुत कम होता है। यह उसके सर्वथा विपरीत है जो विकासशील देशों में हो रहा है। विश्वविद्यालयों की डिग्रियाँ प्राप्त करना एक ऐसा प्रतीक है, जिसके परिणामस्वरूप बेरोजगारी और अल्प-रोजगारी दिनों-दिन बढ़ती जा रही हैं। यह बात भी याद रखना आवश्यक है कि हर एक विद्यार्थी को विश्वविद्यालय के पाठ्यक्रम में लाकर शायद हम

अनेक बच्चों को स्कूल-शिक्षा से वंचित करते हैं। इस बात का कोई प्रमाण नहीं मिलता कि संस्थाओं और उनके विद्यार्थियों की संख्या में वृद्धि और बढ़ते हुए खर्च के कारण संकाय या छात्रों के सामाजिक आधार का विस्तार होता है।

भारत की समसामयिक परिस्थिति, इसकी लोकतंत्रीय शासन-प्रणाली और आनेवाले बीस-पच्चीस वर्ष में उसकी समाज-व्यवस्था के आकार से संदर्भित उच्चशिक्षा के उद्देश्यों की पुनः परिभाषा करना आवश्यक हो गया है। इस प्रकार की पुनः परिभाषा से निम्नलिखित महत्त्वपूर्ण मुद्दों पर फिर से विचार करने में सुविधा होगी :

> हम उच्चशिक्षा और मानव संसाधन विकास में समन्वय कैसे स्थापित करें और उन्हें सामाजिक परिवर्तन तथा वैयक्तिक एवं राष्ट्रीय विकास का साधन कैसे बनाएँ ? क्या विकास के तुलनीय स्तरों पर विकसित तथा विकासशील देशों के अनुभव में कोई ऐसे पूर्वोदाहरण हैं, जो हमारे अपने राष्ट्रीय उद्देश्यों को फिर से स्थिर करने और उन्हें प्राप्त करने में सहायक बन सकें ?
>
> राष्ट्रीय विकास की गति में तेजी लाने के लिए पहले और दूसरे शैक्षिक डिग्री-पाठ्यक्रमों की दृष्टि और उनकी विषयवस्तु क्या हो ? क्या यह संभव और व्यवहार्य है कि नियोजनोन्मुख कार्य और प्रशिक्षण को केवल कार्य-अनुभव से ही नहीं, बल्कि पहले और दूसरे डिग्री-पाठ्यक्रमों से जोड़ दिया जाए ? यदि ऐसा हो सके तो क्या विश्वविद्यालय के विभागों के वर्तमान ढाँचे और गठन को फिर से व्यवस्थित करना आवश्यक होगा ?
>
> उच्चशिक्षा-संस्थाओं में कौन शिक्षा लेगा ? यदि चयनात्मक प्रवेश की नीति अपनायी जाए तो समाज के कमजोर और दलित वर्गों को समान अवसर किस प्रकार दिए जा सकेंगे ? उच्च शिक्षा में प्रवेश पानेवालों की संख्या का औचित्य स्थापित करने के लिए माध्यमिक शिक्षा को उच्चशिक्षा के साथ कैसे जोड़ा जाएगा ?
>
> विश्वविद्यालयों की तुलना में संबद्ध कॉलेजों की स्नातकोत्तर शिक्षा और शोध के संबंध में क्या भूमिका होगी ?
>
> क्या केंद्र और राज्य सरकारों द्वारा किए गए निवेश का वर्तमान स्तर उच्चशिक्षा-संस्थाओं में संगत वयोवर्ग के 4 प्रतिशत भाग को बनाए रखने के लिए पर्याप्त है ? यदि नहीं, तो उच्चशिक्षा के निर्दिष्ट लक्ष्यों की प्राप्ति सुनिश्चित करने के लिए प्रति व्यक्ति व्यय और सकल राष्ट्रीय उत्पादन के अनुपात की दृष्टि से विश्वविद्यालयों और कॉलेजों को दी जानेवाली वित्तीय सहायता का स्तर क्या होना चाहिए ? यदि विश्वविद्यालयों को सहायता के वर्तमान स्तर से ही काम चलाना है तो समानता बनाए रखने के लिए क्या उपाय किए जाने चाहिए ?
>
> उच्चशिक्षा के नीति-निर्धारण से संबद्ध विभाग, विश्वविद्यालय के

अंदर और बाहर भी, उच्चशिक्षा की प्रशासनिक और वित्त-व्यवस्था का किस प्रकार पुनर्गठन करें, ताकि वह सामाजिक परिवर्तन और राष्ट्रीय विकास का साधन बन सके ?

विश्वविद्यालयीन व्यवस्था ज्ञान के विस्फोट के संदर्भ में किस प्रकार समन्वय और कार्य-संचालन करे, अपने स्तर में सुधार करे और इसके साथ ही बढ़ती हुई आशाओं और उफनती हुई संख्या-क्रांति का किस तरह सामना करे ?

4

भारतीय शिक्षा-प्रणाली

आज की भारतीय शिक्षा-प्रणाली अनेक अंतर्विरोधों और अंतर्द्वंद्वों से ग्रस्त है। एक साथ कई विपरीत और विरोधी लक्ष्यों की प्राप्ति के प्रयत्नों में वह स्वयं लक्ष्यहीन हो गयी है। बाहरी और भीतरी दबावों से उत्पन्न द्वंद्वों ने उसकी निर्णय-शक्ति को क्षीण कर दिया है। ये दबाव निरंतर बढ़ रहे हैं और समस्या की पेचीदगियों और उलझाव को बढ़ा रहे हैं। समाज के प्रत्येक वर्ग और शिक्षा-प्रणाली के प्रत्येक अंग द्वारा की गयी समवेत आलोचना से शिक्षाशास्त्रियों का मनोबल गिर गया है। औषधि और उपचार के प्रयत्नों की बहुलता ने समूची प्रणाली को दिग्भ्रमित कर दिया है। पर्यावरण इतना विषाक्त हो चुका है कि उसमें सुधार के पौधे पनप ही नहीं सकते। क्रांतिकारी विकल्प के लिए न हमारे पास दूरगामी एवं रचनात्मक कल्पनाशक्ति है और न दृढ़ सामाजिक अनुशासन।

हमारी शैक्षिक प्राथमिकताएँ आधारहीन हैं, उनमें अनेक विसंगतियाँ हैं और तारतम्य का भी अभाव है। भारतीय संविधान-निर्माताओं ने साक्षरता के प्रसार और प्राथमिक शिक्षा को अनिवार्य और देशव्यापी बनाने का जो आश्वासन दिया था, वह पूरा नहीं हुआ। सच तो यह है कि इस दिशा में हमने अपने लक्ष्य को कभी गंभीरता से स्वीकार ही नहीं किया। इस स्तर पर शिक्षा का जो भी प्रसार हुआ, उसका महत्त्व परिमाण की दृष्टि से आँका जा सकता है, गुणवत्ता की दृष्टि से नहीं। देश के बहुजन को एक शिक्षक, डेढ़ कमरा, और पाँच कक्षाओं वाले स्कूल ही मिले। वैसे बिना भवनों के स्कूल भी कम नहीं हैं, राजधानियों तक में कक्षाएँ तंबुओं में लगती हैं। इन संस्थाओं में शिक्षा कम, दिखावा अधिक है। ऐसी शालाओं ने नियोजकों को आँकड़ों का सुख भले ही दिया हो, माध्यमिक और उच्चशिक्षा को मजबूत आधार नहीं दिया। इस कमजोर नींव पर ही माध्यमिक शिक्षा का भवन बना और उच्च-शिक्षा की अट्टालिकाएँ उठीं। स्वाभाविक है कि समाज के कमजोर वर्गों को इन संस्थाओं से नाममात्र का लाभ ही मिला। इस

तबके के विद्यार्थी बड़ी आशा लेकर स्कूल में गए, पर उससे कहीं अधिक निराशा लेकर, पढ़ाई अधूरी छोड़कर वहाँ से बाहर निकल आए। नारी-शिक्षा की हालत भी बहुत कुछ यही रही। प्राथमिक शिक्षा के स्तर पर नवाचार सबसे कम हुए, उनकी चुनौतियों को हम नजरअन्दाज़ करते रहे। अध्यापन-शास्त्र की लीक से चिपके रहकर हम यह भूल ही गए कि शिक्षार्थियों की पहली और दूसरी पीढ़ियाँ शिक्षा के नए स्वर और प्रौद्योगिकी की प्रतीक्षा कर रही हैं। इस दिशा में कोई उल्लेखनीय. प्रयोग नहीं हुआ। जो सुधार लाए गए, वे या तो सामान्य स्कूलों तक पहुँचे ही नहीं, या उनसे कमजोर वर्गों को नुकसान अधिक हुआ और फ़ायदा कम। जिन स्कूलों ने नयी प्रणाली अपनायी है, वे बच्चों पर 'होम वर्क' का बहुत सारा बोझ लाद देते हैं। पढ़े-लिखे माँ-बाप अपने बच्चों की सहायता कर देते हैं, अमीर घरों के बच्चे 'प्राइवेट ट्यूटरों' से सहायता पा लेते हैं, पर उन गरीब घरों के बच्चे, जिनमें स्लेट और पुस्तकें पहली बार आयी हैं, किससे सहायता लें ? शिक्षा-संस्थाओं के माहौल में उन्हें न दिशा-निर्देश मिलता है, न सहानुभूति। साथियों के तानों और अध्यापक-अध्यापिकाओं की झिड़कियों से तंग आकर वे अपनी गलियों में लौट आते हैं। वैसे जो शिक्षा उन्हें मिलती है, वह भी उन्हें उनके जीवन-संदर्भों से जोड़ने के बजाय काटती ही है। इन बाधाओं के बावजूद जो विद्यार्थी भिन्न-भिन्न स्तरों की शैक्षिक योग्यताएँ पाने में सफल होते हैं, वे पायी हुई शिक्षा के अनुपात में अपनी योग्यता का अहं इतना विकसित कर लेते हैं कि अपने समुदाय के लिए उनकी उपयोगिता संदिग्ध हो जाती है।

ग़लत प्राथमिकताओं का दूसरा पहलू प्रस्तुत करती है उद्देश्यहीन कला और विधि-महाविद्यालयों की बाढ़। आज के संदर्भ में यह निर्विवाद रूप से कहा जा सकता है कि बी. ए. और एल-एल. बी. की डिग्रियाँ अर्थहीन अलंकरण मात्र बन गयी हैं। सच तो यह है कि एम. ए. के स्तर पर भी विद्यार्थी बहुत ज्यादा सीखता नहीं है। इन कमियों से परिचित होते हुए भी इस प्रकार की शिक्षा देनेवाली संस्थाओं के विस्तार पर कोई अंकुश नहीं लगाया गया। इन उपाधियों में गुणात्मक परिवर्तन लाने की बात तो बहुत की गयी है और योजनाएँ भी समय-समय पर बनी हैं, पर क्रियान्वयन इतने बेमन से किया गया कि उनकी असफलता शुरू से ही निश्चित थी। सच तो यह है कि सुधार की बातें महज औपचारिकता बनकर रह जाती हैं, सच्ची प्राथमिकता उन्हें मिलती ही नहीं।

अब विसंगतियों का प्रश्न लीजिए। शिक्षा का एक प्रमुख उद्देश्य है परंपरा की धरोहर को एक पीढ़ी से दूसरी तक पहुँचाना। इस प्रक्रिया में परंपरा का सृजनात्मक मूल्यांकन भी शामिल होता है। क्या हमारी शिक्षा-संस्थाएँ भारतीयता की तलाश कर रही हैं ? क्या वे भारतीय परंपरा की पोषक हैं ? इन संस्थाओं की खिचड़ी संस्कृति बहुत अंशों में पश्चिम की भौंडी नकल प्रतीत होती है। यदि हमने सच्चा इतिहास-बोध उत्पन्न कर लिया होता तो इतिहास के अध्यापन के सवाल को लेकर वह रस्साकशी नहीं होती

जो आज हो रही है। शिक्षा आज नयी पीढ़ी और परंपरा में अलगाव पैदा कर रही है, जनसाधारण से उसकी दूरी भी बढ़ती जा रही है। आधुनिकीकरण की भ्रमपूर्ण व्याख्याओं के कारण हमारी नयी पीढ़ी में धुरीहीनता आ रही है, वह न तो अपनी परंपरा से पोषण पा सकती है और न उसमें पश्चिम की सांस्कृतिक विशेषताएँ ही आ पाती हैं।

शिक्षा का एक दूसरा उद्देश्य होता है ज्ञान-विज्ञान के सीमांतों का विस्तार। इस क्षेत्र में कौन-सी महान उपलब्धियाँ हैं, जिन पर हम गर्व कर सकें ? शिक्षा की प्रक्रिया पर परीक्षा हावी हो गयी है। परीक्षाएँ मुख्य हो गयी हैं, शिक्षा गौण। परीक्षाओं की अवैधानिकता के संबंध में टिप्पणी अनावश्यक है, क्योंकि हमें यही पता नहीं है कि हम किन क्षमताओं और योग्यताओं का मूल्यांकन कर रहे हैं। परीक्षाओं में व्याप्त भ्रष्टाचार सर्वविदित है। उनमें प्राप्त श्रेणी उपलब्धि के भ्रामक और संदिग्ध मानदंड ही प्रस्तुत करती है। न जाने इन परीक्षाओं में कितनी प्रतिभाओं की हत्या की जाती है !

शिक्षा से एक अपेक्षा यह भी की जाती है कि वह समाज के कठोर स्तरण को कम करे और योग्यता के आधार पर व्यक्तियों और समूहों को ऊपर उठने का अवसर दे। भारत और तीसरी दुनिया के कई देशों में यह होता दिखाई नहीं दे रहा। शिक्षा के स्तर-भेद और समाज के स्तर-भेद, दोनों में समताएँ दिखाई पड़ती हैं और दोनों के परस्पर संबंध भी स्पष्ट हैं। ऊँचे वर्गों को अच्छी शिक्षा मिलती है, जिसके आधार पर वे अपनी उच्च स्थिति बनाए रखते हैं और उसे और सुदृढ़ करते हैं। शिक्षा के आधार पर वर्गीय सीमा-रेखा को लाँघ सकनेवालों की संख्या प्रायः नगण्य ही होती है। शिक्षित समूह से व्यापक सामाजिक परिवर्तन और क्रांति की अपेक्षा भी व्यर्थ है। एक ओर वह नयी विचारधाराओं को जन्म देता है और उनका प्रचार-प्रसार करता है, पर दूसरी ओर अपने निहित स्वार्थों को साधने के लिए समाज का एक परोपजीवी खंड बनकर रह जाता है। क्या यह सच नहीं है कि जातिवाद, प्रांतीयता, सांप्रदायिकता आदि विघातक शक्तियों को प्रश्रय और प्रोत्साहन भी शिक्षित समुदाय से ही मिलता है ? समाज में नैतिकता के अवमूल्यन में भी उनकी जिम्मेदारी कम नहीं है। आश्चर्य तो यह है कि शिक्षा की आवश्यकता पर जोर देनेवाले व्यक्ति यह सोचने का कष्ट ही नहीं करते कि वह क्या है और कैसी होनी चाहिए। शिक्षा का स्वास्थ्य ही यह निश्चित कर सकता है कि वह क्रांतिकारी परिवर्तनों का अस्त्र बनेगी या यथापूर्वस्थितिवाद को प्रत्यक्ष अथवा अप्रत्यक्ष समर्थन देगी। आज तो पलड़ा यथापूर्वस्थिति का ही भारी दिखाई पड़ता है। यह भी याद रखना जरूरी है कि समसामयिक शिक्षा द्वारा विकसित होनेवाली प्रशिक्षित योग्यता समाज के छोटे किंतु संपन्न वर्ग की सेवा के लिए ही अर्पित होती है। बार-बार यह बड़े गर्व से कहा जाता है कि भारत के पास विश्व की तीसरे, चौथे या पाँचवें दर्जे की प्रशिक्षित वैज्ञानिक और प्रौद्योगिक शक्ति है। संख्या की दृष्टि से यह दावा सही हो सकता है, पर हमें क्षमताओं के धरातल और उनके उपयोग पर भी विचार करना चाहिए। भारत से प्रतिभा का पलायन एक जीवंत समस्या है। गरीब करदाताओं के पैसे से पढ़कर

प्रतिभावान छात्र व्यक्तिगत समृद्धि के लिए विदेश चले जाते हैं। जो देश में रह जाते हैं, उनकी योग्यता में भी कुछ कमी रह जाती है। समस्याओं के समाधान की दृष्टि से उनकी क्षमताओं में अधिक तीक्ष्णता अपेक्षित है। व्यापक जनहित की योजनाओं में न इस समूह को सच्ची रुचि है और न उसने इस क्षेत्र में अपनी योग्यता का कोई सार्थक प्रमाण प्रस्तुत किया है। निजी हितों की पूर्ति तो शिक्षा द्वारा एक सीमा तक हो जाती है, पर जनहित के लिए प्रतिबद्धता उसके द्वारा विकसित नहीं होती।

शिक्षा के क्षेत्र में नए विचारों की कमी नहीं है। भारतीय शिक्षा की न्यूनताओं का विश्लेषण भी बारीकी से किया जा चुका है। कमी यदि है तो निश्चय और निर्णय की। न जाने कैसे हमारी नीति-निर्धारण की शक्ति अपंग हो गयी है, हमारी निर्णयशक्ति को पक्षाघात हो गया है ! शिक्षा के माध्यम-जैसे महत्त्वपूर्ण प्रश्न पर भी हम यदि दो कदम आगे बढ़ते हैं तो तीन कदम तुरंत पीछे भी हट जाते हैं। स्वतंत्रता-प्राप्ति के बाद के पाँच दशकों में भी हम पाँच वर्ष से पंद्रह वर्ष की आयु तक के बच्चों के लिए अनिवार्य और उपयोगी शिक्षा का प्रबंध नहीं कर सके हैं। आज भी हमारे पास ऐसा कोई विकल्प नहीं है कि कम-से-कम सात वर्ष हम उन्हें व्यवस्थित ढंग से पढ़ा सकें। अनौपचारिक शिक्षा-प्रणाली को अपनाने की योजना व्यावहारिक नहीं है, बल्कि एक ऐसी मजबूरी है जिससे ग्रामीण क्षेत्र और पिछड़े वर्ग स्थायी रूप से अनुन्नत रहेंगे। प्राथमिक शिक्षा और पर्यावरण में गठबंधन कर सकने में भी हम असफल रहे हैं। माध्यमिक शिक्षा में 10+2 की योजना के अंतर्गत कुछ महत्त्वपूर्ण सुधार करने का प्रयत्न किया गया, पर इन सुधारों को अपनाए जाने की पूर्व तैयारी सुव्यवस्थित ढंग से नहीं की गयी थी। अभिजात वर्ग की संपन्न संस्थाओं को तो उनसे लाभ हुआ, पर सामान्य स्कूलों के लिए परिवर्तन की गति इतनी तीव्र थी कि वे प्रस्तावित नवाचारों को नहीं अपना पाए। इन सुधारों का एक तत्त्व था—शिक्षा को जीविका के लिए उपयोगी बनाना, उसे एक सुनिश्चित व्यावसायिक आधार देना। यह अपेक्षित सुधार समाज के निम्न-मध्य और निम्न वर्ग के लिए विशेष रूप से उपयोगी होता, किंतु प्रबुद्ध वर्ग की उपेक्षा के कारण यह प्रयोग भी बुरी तरह असफल रहा। उसे पुनरुज्जीवित करने का कोई प्रयत्न भी नहीं किया जा रहा। उच्चशिक्षा की हालत बद से बदतर होती जा रही है। उसकी प्रयोजनहीनता के संबंध में दो मत हो ही नहीं सकते, फिर भी एक असहाय-सी स्थिति में हम उसका विस्तार होते देख रहे हैं। इस दिशा में हम कुछ करना चाहते हैं, पर कर नहीं सकते। साल के तीन सौ पैंसठ दिनों में मुश्किल से सत्तर-अस्सी दिन थोड़ी-बहुत पढ़ाई होती है। अध्यापन की विषयवस्तु का ढाँचा औपनिवेशिक है, और विकसित देशों की तुलना में बीस से तीस वर्ष पुराना। चौमुखी अनुशासनहीनता इस शिक्षा को भी व्यर्थ बना देती है। संख्या के विस्फोट से पूरी शिक्षा-प्रणाली ही अस्त-व्यस्त हो गयी है। हमारे महाविद्यालयों और विश्वविद्यालयों में पायी जानेवाली भीड़ का एक अल्प और नगण्य अंश ही सच्चे अर्थों में विद्याकांक्षी है, शेष तो किसी न किसी तरह डिग्री पा लेना चाहता है। इन बहु-आलोचित

डिग्रियों के लिए समाज का आकर्षण समझ में नहीं आता। सब कहते हैं कि वे लक्ष्यहीन हैं, फिर भी उनके सम्मोहन की जकड़ इतनी सख्त है कि उससे मुक्ति कम-से-कम निकट भविष्य में असंभव प्रतीत होती है। शिक्षा का प्रबंधन इतना निकम्मा है और उस पर इतने अधिक दबाव हैं कि उसमें सुधार के सभी प्रयत्न बेकार ही रहे हैं। सामान्य-शिक्षा योजना अध्यापकों की निष्क्रियता और विद्यार्थियों की उत्साहहीनता के कारण असफल रही। परीक्षा-सुधार और आंतरिक मूल्यांकन का अध्यापकों ने दुरुपयोग किया और अनेक कारणों से उन्हें विद्यार्थियों की स्वीकृति नहीं मिल सकी। पाठ्यक्रमों के आधुनिकीकरण के प्रयत्न भी बड़े अनमने ढंग से किए गए। उनमें न कल्पना थी, न आस्था। समाज-सेवा और ज्ञान के विस्तार की जो योजनाएँ बनी हैं, उनके संबंध में भविष्यवाणी की जा सकती है कि उन्हें अनुष्ठानिक स्वीकृति तो अवश्य मिलेगी पर वे भी एक औपचारिकता मात्र बनकर रह जाएँगी। समस्याओं की गंभीरता ने हमें किंकर्तव्यविमूढ़ बना दिया है। निर्णय-अक्षम होने के कारण हम एकदम निष्क्रिय हो गए हैं।

पर मानवता आज अस्तित्व के संकट के दौर से गुजर रही है। सार्थक शिक्षा जीवन की एक अनिवार्यता बन गयी है। तीसरी दुनिया के सामने विकास की जो अनेक उलझन-भरी समस्याएँ हैं, वे भी प्रशिक्षित योग्यता की माँग करती हैं। उसके और विकसित देशों के बीच की दूरी कम करने के लिए शिक्षा के पुनर्नवीनीकरण की आवश्यकता है। समाज की आंतरिक असमानताओं और विसंगतियों को दूर करने के लिए भी शिक्षा की शक्ति उपयोगी हो सकती है। नीतिगत अभाव और योजनाओं के क्रियान्वयन में असफलता घातक सिद्ध होगी। अब भी समय है कि हम सभ्यता के संकट को समझें, भविष्य की चुनौतियों को पहचानें और उनसे जूझें।

5

उच्चशिक्षा के संकट

भारत में उच्चशिक्षा अंगद के पैर की तरह जम गयी है—ठोस, भारी और अचल। उसका समसामयिक जीवन के बदलते हुए संदर्भों से बहुत कम सरोकार है। वह आज या आनेवाले कल की चुनौतियाँ स्वीकार नहीं करती बल्कि अपने ढाँचे को सुरक्षित रखने में ऐसी तल्लीन है कि उसके पास अपने ही बृहत्तर प्रयोजनों पर विचार करने का समय नहीं है। यह जिस रोग से ग्रस्त है उसकी छानबीन अनेक आयोगों, समितियों, कार्य-समूहों और अध्ययन-दलों ने की है और उन्होंने कई भारी-भरकम प्रतिवेदन प्रस्तुत किए हैं, जिनमें सुधार के लिए उपाय और प्रगति के लिए रामबाण औषधियों का संकेत दिया है। परंतु इस समस्त श्रम में शिक्षा-प्रणाली के संबंध में बहुत कम कहा गया है। हर वर्ष इस प्रणाली में उथल-पुथल बढ़ती जाती है और आज वह भयानक रूप धारण कर चुकी है। यदि आज किसी विश्वविद्यालय में वर्ष-भर में अस्सी या नब्बे दिन शांति पूर्वक पढ़ाई हो जाए तो उसे भाग्यशाली समझना चाहिए। इस अल्पावधि में क्या कुछ नहीं होता ? इस बात का संगठित प्रयास किया जाता है कि श्रांत-क्लांत विद्यार्थियों को ज्ञान की पुड़िया बनाकर दे दी जाए, ताकि वे किसी-न-किसी तरह परीक्षा में उत्तीर्ण हो सकें और उस चर्मपट को प्राप्त करने के योग्य मान लिए जाएँ, जिसमें उन्हें अपने नाम के आगे वर्णमाला के कुछ अक्षर जोड़ने की अनुमति मिल जाए। वे अक्षर जो गुजरे जमाने में तो उपलब्धि और प्रतिष्ठा के प्रतीक थे, किंतु अब दोनों ही तरह उनका महत्त्व तेजी से घटता जा रहा है। उच्चशिक्षा आज एक अनुष्ठान मात्र बनकर रह गई है, जिसका न कोई अर्थ है और न प्रयोजन।

हमारे विश्वविद्यालयों और कॉलेजों में असंतोष इतना व्यापक है और हिंसा के ऐसे आवधिक विस्फोट होते रहते हैं कि हम उन संकटों की ओर ध्यान ही नहीं दे पाते, जो उच्चशिक्षा की आत्मा का हनन कर रहे हैं। उदाहरण के लिए लक्ष्यों का ही संकट लें। यद्यपि इन्हें स्पष्ट रूप से घोषित नहीं किया गया था, फिर भी बीस वर्ष पहले इनका

स्वरूप इतना विवादास्पद नहीं था, परंतु आज वे धूमिल हो गए हैं। उन्हें सभी भिन्न-भिन्न दृष्टियों से देखते-समझते हैं, चाहे वे विद्यार्थी हों, उनके माता-पिता हों, अध्यापक हों अथवा विशिष्ट राजनीतिक वर्ग के लोग हों। प्रणाली को अनेक प्रतिकूल दिशाओं में—अक्सर अल्पकालिक लाभ के लिए—धकेला जा रहा है और उसे अनेक प्रकार के परस्पर विरोधी प्रयोजन सिद्ध करने का साधन बनाया जा रहा है। राष्ट्रनिर्माण और विकास में उसकी भूमिका के साथ केवल शाब्दिक खेल किया जा रहा है और यदि उसे कहीं बढ़ावा मिलता भी है तो दबे स्वर में। यदि हम शिक्षा के लक्ष्यों के संबंध में राष्ट्रीय सहमति विकसित कर सकें और उनकी ओर अग्रसर होने के लिए आवश्यक शक्ति जुटा लें तो हम विश्वास के संकट और सर्वत्र फैल रही विघटनकारी दोषदर्शिता का सामना करने में सफल हो सकेंगे। अभी हमारे देश में प्रतिभा का विशाल भंडार मौजूद है— ऐसे उत्सुक विद्यार्थी तथा अध्यापक हैं, जिनमें कल्पनाशीलता भी है और प्रतिबद्धता की भावना भी, किंतु जिन्हें अब तक कोई अवसर दिया ही नहीं गया। अब समय आ गया है कि हम यह जानने की कोशिश करें कि वे हमारी विश्वविद्यालयीन प्रणाली से क्यों मुँह मोड़ रहे हैं। शैक्षिक क्रियाकलाप इतने नीरस और निरुद्देश्य हैं कि जिज्ञासु विद्यार्थी के हाथ, जो कि उस तथाकथित ज्ञान से कुछ अधिक प्राप्त करना चाहता है और जो उसे टुकड़ों में तथा अनियमित ढंग से प्रदान किया जाता है, निराशा ही लगती है। गत्यात्मक अध्यापकों को या तो सामान्यता के प्रचलित स्तरों पर संतोष करना सीखना पड़ता है या उन्हें अपने जीवन को दो भागों में बाँट लेना पड़ता है— एक तो जीविका-अर्जन के लिए कम-से-कम नैमित्तिक प्रकार के अध्ययन और अध्यापन का, और दूसरा अपने परितोष के लिए रचनात्मक कार्य का। जो स्वयं को इन दोनों विकल्पों में से एक के भी अनुकूल नहीं बना सकते, उन्हें या तो कहीं और चले जाना चाहिए या फिर कटुता-भरे जीवन से संतोष कर लेना चाहिए। कुंठा की इन संरचनाओं को गिराने के लिए हमें प्रयोजन-रूपी सशक्त इंजनों की आवश्यकता है। साथ ही यह भी आवश्यक है कि हम अप्रचलन तथा प्रासंगिकता के संकटों का मुक़ाबला करें।

यह एक घिसी-पिटी बात है कि ज्ञान अब पाँच वर्षों में अपने को दुगुना कर लेता है और इसे शिक्षा से संबंधित हरेक सभा-सम्मेलन में सामान्य रूप से दोहराया जाता है। तेजी से गिरते हुए स्तर पर आँसू बहाना भी एक रूढ़ि बन गयी है। हम भला बिना कुछ किए स्तर के गिरने पर यों कब तक विलाप करते रहेंगे ? विश्वविद्यालय अनुदान आयोग की विभिन्न विषयों की समीक्षा-समितियों ने, जो कुछ वर्ष पूर्व गठित हुई थीं, कुछ उपयोगी कार्य किया। उनकी रिपोर्टों में— जिनका स्तर भिन्न कोटि का था— पाठ्यक्रमों की न्यूनताओं की ओर संकेत किया गया और उनके आधुनिकीकरण के लिए सुझाव दिए गए, किंतु ये सब एक विशिष्ट वर्ग द्वारा विशिष्ट वर्ग के ही लिए बनायी गयी योजनाएँ थीं, जिनमें अल्पाधिकार प्राप्त विश्वविद्यालयों और कॉलेजों के संबंध में कोई विचार नहीं किया गया था। प्रस्तावित युटोपिया की प्राप्ति के लिए क्या साधन

अपनाए जाएँ, इसका भी इन रिपोर्टों में कोई उल्लेख नहीं था। उन रिपोर्टों और उनकी सिफ़ारिशों का क्या हुआ, यह भी किसी को मालूम नहीं। कुछ भी हो, इन रिपार्टों के लिखे जाने के बाद से ज्ञान ने अपना आकार दुगुना अवश्य कर लिया होगा, जिसका अर्थ यह हुआ कि उनकी संस्तुतियाँ अब पुरानी हो गयीं। इसी बीच इस देश में जिसे उच्चशिक्षा कहा जाता है, उसके अधिकांश भाग को गत प्रयोग बनाने के लिए बहुत कुछ किया गया है। क्षेत्रीय भाषाओं को शिक्षा का माध्यम बनाया जाना वांछनीय ही नहीं, आवश्यक भी था, लेकिन इसके लिए आसान तरीका अपनाया गया—अर्थात् आवश्यक पूर्व परिश्रम नहीं किया गया, बल्कि अध्यादेश के सहारे उद्देश्य-प्राप्ति का प्रयत्न किया गया। क्षेत्रीय भाषाओं में पाठ्य-पुस्तकें प्रकाशित करने के लिए प्रत्येक राज्य को जो एक करोड़ की राशि बतौर इनाम बाँटी गयी, उसमें इस बात का आश्वासन नहीं था कि इस कार्यक्रम द्वारा आधुनिक और अद्यतन सामग्री उपलब्ध होगी। अनुवाद के लिए जिन पुस्तकों का चयन किया गया है, उनमें से अनेक पुरानी पड़ गयी थीं और अपने ही देश में उनका उपयोग बंद हो गया था। जहाँ तक नवलेखन का प्रश्न है, कुछ मामलों में राज्य ने उन अर्द्धशिक्षित लेखकों का सहारा लिया, जो विवेकहीन बाजार को घटिया और हानिकारक पुस्तकों से भर रहे थे। पुरानेपन के कुछ अन्य पहलू भी हैं। यह हमें उन लोगों की बौद्धिक उदासीनता और मानसिक आलस्य में दिखाई देता है जो पढ़ाते हैं और पच्चीस वर्षों तक जिनके नोट्स नहीं बदले जाते। विश्वविद्यालय पुस्तकालयों में जो पुस्तक-भंडार हैं, उनकी अधिकतर पुस्तकें बिना पढ़ी रखी रहती हैं और कीमती पत्रिकाओं का भी कोई विशेष उपयोग नहीं किया जाता। शिक्षा की केवल एक ही पद्धति प्रचलित है, और वह है वही पुरानी व्याख्यान-पद्धति। कुछ शिक्षक तो यह भी नहीं चाहते कि विद्यार्थी व्याख्यान के बीच कोई प्रश्न पूछें। विद्यार्थियों को अभिव्यक्ति के अवसर भी प्रायः मिलते नहीं हैं। क्या इस सबको बदलने के लिए हम कुछ भी नहीं कर सकते ? निष्क्रियता से स्थिति और बिगड़ेगी और ज्यों-ज्यों समय गुजरता जाएगा, इस प्रणाली से शिक्षा प्राप्त करनेवालों को साधारण रोजगार भी नहीं मिल पाएगा।

मैं समझता हूँ कि प्रासंगिकता के प्रश्न की जितनी सूक्ष्म जाँच होनी चाहिए थी, वह नहीं हुई, और शायद इसी क्षेत्र में यह संकट सबसे अधिक गहरा है। प्रो. दौलतसिंह कोठारी ने कहा है, "विज्ञानाश्रित विश्व में किसी भी देश की समस्त विकासात्मक प्रक्रिया, उसके कल्याण, प्रगति और सुरक्षा के लिए शिक्षा और अनुसंधान का भारी महत्त्व होता है।" क्या हमारी विश्वविद्यालयीन प्रणाली विज्ञानाश्रित समकालीन विश्व को या उन सशक्त शक्तियों को पर्याप्त रूप से समझने में सहायक है जो मानव-नियति का निर्माण करती हैं ? आज यह समझना आवश्यक है कि संसार कितनी तेजी से बदल रहा है, किंतु विश्वविद्यालयीन प्रणाली इस प्रकार की समझ विकसित करने में कोई सक्रिय सहयोग नहीं देती। हम ऐसे 'पुनीत सत्यों' को बनाए रखना चाहते हैं, जो अब सत्य नहीं हैं लेकिन फिर भी पुनीत बने हुए हैं। ज्ञान को ऐसे वायुरुद्ध विभागों में बंद कर दिया

गया है कि वे शिक्षा के अन्य विषयों से आनेवाले प्रदूषण से मुक्त रहें। प्रत्येक अनुशासन की पारंपरिक किंतु निरर्थक सीमा-रेखाओं का बड़े भावावेश के साथ समर्थन किया जाता है। इसका परिणाम यह होता है कि शैक्षिक शुद्धिवाद की तो विजय हो जाती है, किंतु शिक्षा का वास्तविकताओं से संपर्क टूट जाता है। फिर भला उस सार्वभौम मानस का क्या होता है जिसके निर्माण की विश्वविद्यालय से अपेक्षा की जाती है ?

भारत में अनेक विश्वविद्यालय अपने कर्त्तव्य की पुरानी संकल्पनाओं से बँधे रहकर ही काम करते आ रहे हैं। यह स्थिति इस कारण से और भी बिगड़ गयी है कि हमारे विश्वविद्यालयों के अधिकांश लोग उच्च प्रतिष्ठायुक्त विदेशी आदर्शों पर अपनी दृष्टि लगाए रहते हैं। हममें से कुछ विदेशों में अपने सहकर्मियों के साथ तो कदम से कदम मिलाकर चलते हैं, लेकिन दूसरी ओर राष्ट्रीय विकास के महत्त्वपूर्ण क्षेत्रों में निहित समस्याओं को विश्लेषणात्मक ढंग से समझने की दिशा में अपनी शक्ति केंद्रित करने और उनका समाधान खोजने में सर्वथा असफल रहते हैं। कृषि विज्ञान के क्षेत्र में तो हमें कुछ उल्लेखनीय सफलता मिली है, किंतु यही बात शिक्षा की अन्य अनेक शाखाओं के बारे में नहीं कही जा सकती। जाहिर है कि इस प्रकार के उज्ज्वल पक्ष अन्यत्र भी कहीं-कहीं दिखाई देते हैं। लेकिन मेरे मन में इस दिशा में किए गए प्रयासों का समग्र रूप है, मैं यत्र-तत्र किए गए कठिन परिश्रम या ठोस उपलब्धियों की चर्चा नहीं कर रहा। यदि हम शिक्षा की समग्र उपलब्धि की प्रासंगिकता के नाते छानबीन न करें, तो हमारा परिश्रम व्यर्थ होगा।

आइए, अब संख्या की समस्या पर पुनः संक्षिप्त चर्चा करें जो एक विस्फोटक समस्या है। ज्यों-ज्यों हमारा समाज तकनीकी दृष्टि से अधिक जटिल बनता जाएगा, हमारी प्रशिक्षित जनशक्ति संबंधी आवश्यकताएँ बढ़ती जाएँगी और हमें अधिक उच्चशिक्षा संस्थाओं की आवश्यकता होगी परंतु हमारी असल आवश्यकता ऐसी प्रशिक्षित योग्यताओं की है जिनमें समस्याओं का समाधान करने की सशक्त क्षमताएँ हों। हमें ऐसे डिग्रीधारी समूहों की जरूरत नहीं है जिनका शिक्षा के एक या अधिक क्षेत्रों से अस्पष्ट और अपर्याप्त परिचय भर हो। उच्चशिक्षा-प्राप्ति के अधिकार को लेकर हमारे यहाँ काफी भ्रांतियाँ हैं। इनमें उन लोगों के अस्पष्ट चिंतन और विवेकहीन घोषणाओं से और वृद्धि होती है, जिन्हें इस संबंध में दूसरों की अपेक्षा अधिक जानकारी होना चाहिए। उच्चशिक्षा-प्राप्ति का 'अधिकार'-जैसी कोई चीज़ नहीं है, यह तो एक ऐसा विशेषाधिकार है जिसे कठोर उपलब्धि संबद्ध मानदंड पर पूरा उतरने पर ही अर्जित किया जा सकता है। इस तथ्य को स्वीकार कर लेना सामान्यतः हमारे देश और विशेषतः हमारी शिक्षा-प्रणाली के लिए हितकर होगा। राज्य-समर्थित उच्चशिक्षा संस्थाओं में 'मुक्त द्वार-नीति' के लिए उठायी जानेवाली माँगों को जो राजनीतिक समर्थन मिला है, उससे हमारे शैक्षिक स्तर में गिरावट आयी है, जिसकी बहुविध प्रतिक्रियाएँ हुई हैं। इसके फलस्वरूप उच्चशिक्षा विस्फोटक बिंदु तक पहुँच गयी हैं। यदि यह मान भी लिया जाए कि विश्वविद्यालय में जो प्रवेश

दिए जाते हैं, वे चयनात्मक हों तो चयनात्मक प्रवेश के लिए प्रयुक्त मानदंड न केवल वस्तुनिष्ठ होना चाहिए, बल्कि उसकी वस्तुनिष्ठता स्पष्टतः दिखाई भी देनी चाहिए। हमें मालूम है कि जब इनका पलड़ा मौखिक तथा लिखित अभिव्यक्ति की ओर झुका होता है तो भर्ती की दृष्टि से परिणाम, कम-से-कम भारत में, सामाजिक रूप से प्रतिगामी होते हैं।

समस्या जटिल है। कभी-कभी यह संकेत दिया जाता है कि चयन-पद्धति में शारीरिक कौशल को पर्याप्त महत्त्व देकर अपवाद क्षेत्र का विस्तार किया जा सकता है। लेकिन क्या यह बहुत समय तक चल सकेगा ? यह किसी बढ़ई या लुहार के पुत्र को तो लाभ पहुँचा सकता है, लेकिन अकुशल खेतिहर-मजदूरों, मेहतरों और पत्थर फोड़नेवालों की संतान का क्या होगा ? समस्या को इस रूप में प्रस्तुत करना भी इस बात को मान्यता देना है कि शैक्षिक असमानता के प्रश्न का समाधान अनुसूचित जातियों और जनजातियों जैसी श्रेणी के लोगों को प्रतिपूरक सुविधाएँ देकर पूरी तरह नहीं किया जा सकता। इस प्रकार के कार्यक्रम उपयोगी और आवश्यक होते हैं, विशेष रूप से ऐसे स्थानों पर अधिक, जहाँ किसी छोटे अल्पसंख्यक समुदाय को असामान्य निर्योग्यताओं का शिकार बना लिया जाता है जैसाकि अमरीका में कालों या हिस्पानिक लोगों के साथ होता है। भारत में स्थिति इसके विपरीत है। विगत लगभग सौ वर्षों के दौरान विशेषाधिकार यहाँ एक छोटे अल्पसंख्यक समुदाय में केंद्रित होकर रह गया है। अतः शिक्षा के क्षेत्र में प्रमुख राष्ट्रीय कार्य यहाँ विशाल बहुसंख्यक समुदाय के लिए कल्पनात्मक कार्यक्रमों की शुरुआत करना है। शिक्षा-क्षेत्र के विचारशील प्रेक्षक इस बात पर सहमत हैं कि ऐसे अभियान के लिए जिस सशक्त प्रेरणा की आवश्यकता है, वह संपूर्ण समाधान के एक अंश के रूप में ही आ सकती है, और जो शिक्षा में उन विशेषाधिकारों को निष्फल कर देगी जिन्हें पैसे से खरीदा जा सकता है। क्या वे शैक्षिक ढाँचे, जिनका निर्माण विशेषाधिकार के प्रसार और नवीनीकरण के लिए किया गया था, ऐसी स्थिति में नष्ट किए जा सकते है, जब बृहत्तर समाज का नेतृत्व भयंकर असमानताओं को बनाए रखने को ही हितकर समझता है ?

मैंने जिन संकटों की चर्चा की है, उनसे मुकाबला करने के लिए उच्चशिक्षा के लिए उच्चकोटि का प्रबंधन आवश्यक होगा। लेकिन इसका हमारे पास कोई प्रमाण नहीं है कि हम यह कर सकेंगे, बल्कि इसके विपरीत भारत की स्वतंत्रता के बाद के दशकों में उच्चशिक्षा संस्थाओं में नेतृत्व का स्तर निरंतर गिरता जा रहा है।

कुलपति जैसा उच्चपद अपनी अधिकांश गरिमा खो चुका है। कोई भी आक्रामक विद्यार्थी-समुदाय जब चाहे किसी भी कुलपति को डरा-धमकाकर अपनी माँगें मनवा सकता है। क्रुद्ध स्वभाव के युवा (तथा वृद्ध) अध्यापक, जो शैक्षिक कार्यों के बजाय राजनीति में अधिक लीन रहते हैं, कुलपति की समस्याओं में वृद्धि करते हैं। उच्छृंखल राजनीतिज्ञ और विश्वविद्यालय की सेनेट के सदस्य भी उसे समय-समय पर तंग करते हैं। इसके

साथ ही उसे भावशून्य दफ़्तरशाही और तुनुक-मिज़ाज़ मंत्रियों को भी झेलना पड़ता है। यहाँ तक कि कुछ कुलाधिपतियों के बारे में कहा जाता है कि वे भी इस संबंध में बड़ा पक्षपातपूर्ण रवैया अपनाते हैं। इन सब बातों से साफ ज़ाहिर है कि कुलपति की दुर्गति क्यों होती है। कुछ साहसी कुलपतियों को, जो इस वातावरण में भी डटे रहते हैं, आतंक का शिकार बनना पड़ता है और हर कदम पर अपमान एवं तिरस्कार सहने के लिए तैयार रहना होता है। कुलपतियों के बारे में भी यह कहा जा सकता है कि वे स्वयं अपनी गरिमा बनाए रखने में असफल रहे हैं। अपना पद बचाने के लिए वे इस प्रकार का अपमान और निरादर चुपचाप बर्दाश्त कर लेते हैं और उनमें कुछ तो ऐसे भी हैं जो विद्यार्थियों और अध्यापक राजनीतिज्ञों में उपद्रवी और हुल्लड़बाज तत्त्वों से मिल जाते हैं, ताकि उन शिक्षाविदों को जो काबू में नहीं आ पाते और अपनी ईमानदारी तथा मर्यादा छोड़ने को तैयार नहीं होते, जोर-जबरदस्ती राजी किया जा सके। भला इस प्रकार के बोदे लोग, जो संयोग से अभी थोड़े ही हैं, उच्चशिक्षा का नेतृत्व किस तरह कर सकते हैं ? किंतु शायद यह भी सत्य है कि ऐसे ही लोग अपने पूरे कार्य-काल में अपनी कुर्सी पर बने रह सकते हैं।

राज्य सरकारों का विश्वविद्यालयों के प्रति जो रवैया रहा है, वह भी स्वस्थ नहीं कहा जा सकता। उन्होंने अपना प्रत्यक्ष और परोक्ष नियंत्रण बनाए रखने में संयम से काम नहीं लिया। आर्थिक अनुदान देने में उन्होंने ऐसी कृपणता दर्शायी है कि विश्वविद्यालयों का जीवित रहना भी एक कष्टकर अनुभव बन गया है।

विश्वविद्यालय अनुदान आयोग ने पिछले दशकों में पर्याप्त वित्तदान किया है और अनेक विश्वविद्यालयों में विकास-कार्य को जारी रखने में सहायता दी है। इस संबंध में उसने कुछ साहसपूर्ण कार्य किए हैं। उसी ने भारत में उच्चशिक्षा से संबंधित कतिपय प्रमुख मुद्दों पर वार्ता को चलाए रखा है। कुल मिलाकर विश्वविद्यालय अनुदान आयोग की स्थापना हितकर सिद्ध हुई है, किंतु यह विचार भी बढ़ रहा है कि इस संगठन ने अपनी आरंभिक गतिशीलता खो दी है और वह अनिर्णय का शिकार हो गया है। उसके बहुत-से प्रस्तावित नवाचार शुरू ही नहीं हो पाए और विश्वविद्यालयों को अपनी सिफ़ारिशें न मानने की खुली छूट देकर वह उस स्तर को बनाए रखने की दिशा में भी उतना योगदान नहीं कर सका है, जिसकी उससे अपेक्षा थी। मैं उन लोगों से सहमत नहीं हूँ जिनके विचार में विश्वविद्यालय अनुदान आयोग की उपादेयता समाप्त हो चुकी है और उसके कार्य सरकार को अपने हाथ में ले लेने चाहिए। इसके विपरीत मैं तो अधिक सबल विश्वविद्यालय अनुदान आयोग के पक्ष में हूँ—एक ऐसा निकाय जिसके हाथ सोद्देश्य कार्य के लिए लंबे और सशक्त हों। लेकिन साथ ही मैं विश्वविद्यालय अनुदान आयोग, विश्वविद्यालयों और शिक्षाविदों के बीच बढ़ती हुई अनबन की रोकथाम के लिए भी तत्काल प्रयत्न करने की आवश्यकता महसूस करता हूँ। इस संस्था की विश्वसनीयता को खत्म नहीं होने देना चाहिए। विश्वविद्यालय अनुदान आयोग के

संगठन और कार्यपद्धति की गहन आलोचनात्मक समीक्षा नहीं की गयी है, कुछ सतही प्रयत्न अवश्य किए गए हैं। अच्छा यह होगा कि ऐसी समीक्षा की पहल स्वयं विश्वविद्यालय अनुदान आयोग करे। इस बारे में किसी प्रकार की गलतफ़हमी नहीं होनी चाहिए और न ही मेरी टिप्पणी को अनुचित निंदा के रूप में देखा जाना चाहिए। बदले हुए संदर्भ में यदि इस संगठन का तार्किक मूल्यांकन किया जाए और इसके प्रबंधन में विशेषज्ञों का मार्गदर्शन मिल सके, तो उससे कोई हानि नहीं होगी, बल्कि इसके विपरीत उससे इसकी कार्य-निष्पादन-क्षमता ही बढ़ेगी। विश्वविद्यालय अनुदान आयोग के कार्य-क्षेत्र को संकुचित करना उचित नहीं है। कृषि विश्वविद्यालय उसके अधिकार-क्षेत्र से बाहर हैं। मुक्त विश्वविद्यालयों का अलग संगठन है! अब संस्कृत तथा अन्य प्राचीन भाषाओं के लिए स्वतंत्र आयोग के गठन का प्रस्ताव है। शिक्षा पर यह खंडित दृष्टि अंततः हानिकारक सिद्ध होगी।

हमारी सर्वाधिक स्पष्ट असफलताएँ शैक्षिक नवाचारों के क्षेत्र में हैं। भारतीय प्रौद्योगिकी संस्थानों ने पूर्व-स्थापित पद्धति में साहसपूर्ण परिवर्तन किए और उनसे यह आशा थी कि वे रूढ़ पद्धतियों पर चल रहे विश्वविद्यालयों के लिए दिशा-निर्धारक सिद्ध होंगे। लेकिन ऐसा हुआ नहीं। ये संस्थान भी संकटग्रस्त हैं और ऐसा लगता है कि वही पुरानी परिपाटी अपनाने की दिशा में अग्रसर हैं, जो अपनी प्रतिष्ठा खो चुकी है। स्वायत्त कॉलेजों के बारे में काफी चर्चा हो चुकी है, लेकिन उन पर अमल नाममात्र को ही हुआ है। अब तक बहुत थोड़े कॉलेजों को यह दर्जा मिला है। पाठ्यचर्या में नम्यता की आवश्यकता पर बार-बार बल दिया गया है, लेकिन हमारे विश्वविद्यालयों के पाठ्यक्रम एक विशिष्ट पद्धति के बंदी बने हुए हैं और उनमें केवल सीमित और रूढ़िगत विकल्प ही संभव हैं। 'सेमेस्टर' पद्धति, जिसे हमारी शिक्षा-प्रणाली की सभी बुराइयों को दूर करने के लिए रामबाण समझा जाता था, सर्वथा निष्फल सिद्ध हुई है। जब तक हमारे पाठ्यक्रमों के स्वरूप में आमूल परिवर्तन नहीं हो जाता और मूल्यांकन-पद्धति में भी आवश्यक परिवर्तन नहीं हो जाते, तब तक उसका जो हश्र हुआ, वही होना भी था। परीक्षा-पद्धति में सुधार को लेकर खासी बहसें हुई हैं, लेकिन सुधार आज तक नहीं हो पाए। सामान्य शिक्षा की योजना, जो बड़ी उपयोगी थी, अपने शैशव काल में ही कालकवलित हो गयी और किसी ने उस पर चार आँसू भी न बहाये। शिक्षा की गुणवत्ता में सुधार-कार्यक्रमों की गति, जिनकी बड़ी तीव्र आवश्यकता थी, बहुत ही धीमी है। नवाचारों को कल्पनाशीलता तथा दृढ़ता के साथ संपन्न करने की हमारी अक्षमता के ये कुछ उदाहरण हैं। हमारे पास अच्छे विचार हैं और इरादे भी नेक हैं, कमी केवल इस बात की है कि हममें उन्हें कार्यान्वित करने की क्षमता नहीं है।

उच्चशिक्षा को यदि आगे बढ़ना है तो उसकी व्यवस्था-संबंधी कार्यनीति पर हमें फिर से विचार करना होगा। आक्रामक विद्यार्थी-गिरोहों को विश्वविद्यालयों में कब तक उपद्रव करने दिया जाएगा ? कब तक हम उग्र अध्यापक वर्ग का आतंक सहेंगे ? कब

तक हम विश्वविद्यालय के प्रबंधकार्मिकों को अग्निशमन उपस्कर के रूप में काम करने देंगे ? समय आ गया है कि हम उन संघर्षों और आंतरिक विरोधों के प्रश्न पर गंभीरतापूर्वक विचार करें जिन्होंने हमारे विश्वविद्यालयों की व्यवस्था को अस्त-व्यस्त कर दिया है। शिक्षा को, जिसे समस्या के हल का साधन होना चाहिए था, समस्या उत्पन्न करने-वाला यंत्र बना दिया गया है। जिस प्रणाली को राष्ट्रीय विकास में सहायक होना चाहिए था, वह दुष्क्रियात्मक होकर विकास-अवरोधक बन गयी है। मैं यहाँ एक निराशापूर्ण भविष्यवाणी करूँ कि यदि हम अब भी उच्च शिक्षा-प्रणाली की अनेक बुराइयों की ओर से आँखें मूँदे रहे तो यह बहुत शीघ्र एक घोर राष्ट्रीय विपत्ति का कारण बन जाएगी।

अंत में मूल्यों और प्रतिबद्धता-जैसे संवेदनशील विषयों पर भी सामान्य-सी चर्चा कर ली जाए। मैं जानता हूँ कि इन शब्दों के उल्लेख मात्र से शैक्षिक स्वतंत्रता और स्वायत्तता के अनेक स्वयंभू अभिरक्षकों का रक्तचाप बढ़ जाता है, बल्कि कुछ पर तो मिरगी के दौरे पड़ जाते हैं; लेकिन मेरी समझ में यह नहीं आता कि शिक्षा पूर्णतः मूल्यविहीन या सभी प्रकार की सामाजिक प्रतिबद्धता से शून्य कैसे हो सकती है ? शिक्षा की योजना में विभिन्न स्तरों पर मूल्य-संबंधी विकल्प निहित होते हैं और यदि उसे हर प्रकार की प्रतिबद्धता से मुक्त कर दिया जाए तो वह निरर्थक हो जाती है। दूसरे शब्दों में, मूल्य तथा प्रतिबद्धता से रहित शिक्षा अमानवीय शिक्षा है— वही शिक्षा जिसके विरुद्ध युवाशक्ति ने अपनी बंदूकें तान ली हैं। भारत में उच्चशिक्षा को लोकतंत्र, समता, सामाजिक न्याय और धर्मनिरपेक्षता संबंधी मूल्यों को अपनाना और उन्हें आगे बढ़ाना होगा। उसे उच्चकोटि के कार्य-निष्पादन और कुशलता पर बल देना चाहिए। वास्तव में उसे कुछ और भी करना चाहिए। सामाजीकरण के यंत्र के रूप में उसे वर्तमान पीढ़ी को रहन-सहन की एक नयी पद्धति के लिए तैयार करना चाहिए—एक ऐसी पद्धति, जिसका लक्ष्य ऐसे जीवन को बढ़ावा देना हो जो वांछनीय भी है और संभव भी। एक ऐसी पीढ़ी में, जिसका भ्रम-निवारण हो चुका है और जो निरुद्देश्यता के प्रवाह में बही जा रही है, एक नया उद्देश्य-बोध पैदा करना आवश्यक है। पर यह ऐसी शिक्षा-प्रणाली से नहीं किया जा सकता जो प्रतिबद्धता से मुक्त है।

अंत में शिक्षा के कुछ प्रमुख कार्यों को एक बार फिर दोहरा लें। पहला, हमें उच्चशिक्षा के उद्देश्यों को पुनः परिभाषित करना होगा। हम उसे प्रशिक्षित क्षमता और समस्या-समाधान की प्रखर योग्यता का साधन कैसे बना सकते हैं ? दूसरा, हमें उच्चशिक्षा-प्रणाली में फिर से विश्वास जगाना होगा। हमें क्या करना चाहिए जिससे इसमें भाग लेनेवालों में इसके प्रति सहज आस्था उत्पन्न हो सके ? तीसरा, भारतीय शिक्षा के पुरानेपन पर किस तरह प्रहार किया जाए ? हम यह सुनिश्चित करने के लिए क्या कर सकते हैं कि शिक्षा ज्ञान के नए विस्तारित सीमांतों से अवगत रहे ? चौथा, इसे किस तरह जीवन के बदलते संदर्भों और हमारी राष्ट्रीय आवश्यकताओं के लिए प्रासंगिक बनाया जाए ? हम उच्चप्रतिष्ठा-संपन्न उन पाश्चात्य आदर्शों से कैसे पिंड छुड़ाएँ जो हमारी वास्तविकताओं

के अनुकूल नहीं हैं ? हम अपने विद्यार्थियों को विज्ञान-आधारित और तेज़ी से बदलते हुए आनेवाले कल के समाज की अनुभूति कैसे कराएँ ? और, हम अपनी नयी पीढ़ी को वर्तमान भारतीय जीवन की दुःखद वास्तविकताओं से कैसे परिचित कराएँ तथा उन्हें एक स्वावलंबी और समृद्ध राष्ट्र के निर्माण के अभियान में कैसे शामिल करें ? पाँचवाँ, हमें उन लोगों की बढ़ती संख्या के संबंध में कुछ कड़े निर्णय लेने हैं जो न तो उच्चशिक्षा का लाभ उठाने के लिए परिश्रम करने को तैयार हैं और न ही उसके योग्य हैं। उन्हें उपयोगी व्यवसायों की ओर प्रवृत्त करने और नियोजन प्रक्रिया के लिए उपयोगी बनाने के लिए हमें क्या करना चाहिए ? साथ ही हमें इस पर भी विचार करना है कि शिक्षा के क्षेत्र तथा बृहत्तर समाज में यह सुनिश्चित करने के लिए क्या करना चाहिए कि भर्ती के समय किए जानेवाले चयन के सामाजिक परिणाम प्रतिगामी न हों। छठा, हमें उच्चशिक्षा के प्रबंधन के लिए एक कारगर नीति अपनानी चाहिए। और सातवाँ, शिक्षा-प्रणाली में मूल्यवत्ता और प्रतिबद्धता लाने के लिए भी कुछ करना चाहिए, ताकि वह हमें अनास्था, निरुद्देश्यता और निष्क्रियता के गर्त में न धकेल दे।

6

उच्चशिक्षा का पर्यावरण और प्रबंधन

भारतीय शिक्षा-प्रणाली की न्यूनताएँ एक ऐसा विषय है जिस पर लंबी और प्रायः अंतहीन बहसें हो चुकी हैं। ब्रिटिश शासन के दौरान इसको लेकर भारी वाद-विवाद हुआ था और आजादी के बाद के दशकों में भी इस पर होनेवाले प्रहारों में कमी नहीं आयी। इस अवधि में इस प्रणाली में, जिसकी काफी निन्दा हो चुकी है, परिमाण की दृष्टि से जो वृद्धि हुई है, वह विस्मयकारी है। हालाँकि इसका कुछ लाक्षणिक उपचार बेमन से किया गया और कुछ नवाचार भी हुए, फिर भी स्थापित ढाँचा अब तक यथावत् बना हुआ है। अतः हमारे देश की यह विडंबना है कि वह इस दैत्य को, जिसकी वह जोरदार भर्त्सना करता है, निरंतर पोषित कर रहा है। वास्तव में यह दैत्य बढ़ती हुई लागत और आलोचना के नियमित आहार से फल-फूल रहा है। प्रागैतिहासिक डाइनोसोर की भाँति अपनी ही सुस्ती और भार से यह मर जरूर जाएगा, लेकिन वह दिन अभी कुछ दूर है।

उच्चशिक्षा-प्रणाली की कमजोरियों का पता बहुत पहले लगाया जा चुका है। इस विषय पर चर्चा भी काफी हो चुकी है। यह एक विदेशी पौधा है जो भारत की सांस्कृतिक धरती में फूल-फल नहीं सका। मूल रूप से यह उपनिवेशवाद बनाए रखने का एक साधन था, जो साम्राज्यवाद के हित-साधन के लिए अपनाया गया था और जो समकालीन भारत के लिए आज एक कालदोष बन गया है। इसमें शास्त्रीय ज्ञान पर बहुत जोर दिया जाता है, देश की तात्कालिक समस्याओं से जिसका बहुत थोड़ा सरोकार है। यह प्रणाली राष्ट्रीय आवश्यकताओं से दूर पड़ गयी है और इसमें उपयोगी शिल्पों और कौशल की शिक्षा नहीं दी जाती। परिणामस्वरूप इसकी प्रासंगिकता संदिग्ध हो गयी है। इससे भी बड़ी बुराई यह है कि यह शिक्षितजनों को आम जनता से अलग कर देती है और शिक्षा का स्तर जितना ऊँचा होता जाता है, यह अलगाव भी उसी अनुपात में बढ़ता जाता है। सामाजिक परिवर्तन और राष्ट्रीय विकास में शिक्षा की यदि कोई भूमिका रही भी

है तो बेहद अप्रत्यक्ष और सीमित। इस क्षेत्र में इसका जो नकारात्मक योगदान रहा, वह भी उल्लेखनीय है। समकालीन आलोचकों की वाक्पटुता ने भी भारतीय शिक्षा-प्रणाली के विरुद्ध इस प्रसंग में कोई सार्थक योगदान नहीं किया। इस वर्ग को उस पर सैद्धांतिक परिष्कार का मुलम्मा चढ़ाने और पिछली पंगुता को सुव्यवस्थित आधार-सामग्री की सहायता से पुनः पुष्ट करने का श्रेय अवश्य दिया जाना चाहिए।

शिक्षा राष्ट्रीय जीवन का ऐसा क्षेत्र है, जो बहुत सजीव और संवेदनशील है और उसे जन-आलोचना से न तो बचाया जा सकता है और न ही बचाया जाना चाहिए। जहाँ तक भारतीय शिक्षा का प्रश्न है, इस आलोचना के लाभ नगण्य ही रहे हैं। कुछ समस्या-क्षेत्रों की पहचान की जा चुकी है और उनके लिए उत्तरदायी कारकों का पता भी लगाया जा चुका है, परंतु निराकरण के लिए जो काम आरंभ किए गए, उनका मार्ग बड़ा चक्करदार और दुर्गम था। उनमें से अधिकांश तो पल्लवित हुए बिना ही मुरझा गए और कुछ नष्ट हो गए। आलोचना की बौछार का एक अनपेक्षित परिणाम यह निकला कि शैक्षिक उद्यम की विश्वसनीयता प्रायः समाप्त हो गयी। यह व्यवस्था बहुत बदनाम हो चुकी है, लेकिन न तो इसमें कठोरता के साथ सुधार लाया जा रहा है और न ही यह समाप्त की जा रही है।

इससे एक बड़ा कष्टकर प्रश्न उभरता है– क्या यह सारी आलोचना प्रामाणिक और वैध है ? शिक्षा-प्रणाली का अब तक बने रहना ही इस बात का प्रमाण है कि कम-से-कम इसके कुछ पहलू और कुछ खंड ऐसे हैं, जिनका देश की निर्णय-प्रक्रिया में महत्त्व है, जिनमें अभी इसकी क्रियाशीलता शेष है। बाहरी तौर से अपने विदेशीपन के बावजूद यह ऐसी शिक्षा और शिल्प-कौशल जरूर प्रदान करती है, जिससे कुछ लोगों के सुखी जीवन की संभावनाएँ बढ़ती हैं। शायद सभी शिक्षा-संस्थाएँ तो नहीं, किंतु कुछ चुनिंदा संस्थाएँ यह कार्य निश्चित रूप से संपन्न करती हैं। वे धनाढ्य और शक्ति-संपन्न लोगों और साथ ही ऊपर की ओर बढ़ते हुए मध्यवर्गीय बुद्धिजीवियों के बेटे-बेटियों को शिक्षा प्रदान करती है। क्रांति का कितना ही शोर क्यों न हो, इस कोटि की संस्थाएँ निरंतर उन्नति कर रही हैं। सुस्थापित संस्थाएँ नयी शाखाएँ खोल रही हैं और उन्हीं के साँचे में ढली दूसरी नयी संस्थाएँ स्थापित की जा रही हैं। जो लोग प्रतिष्ठा-प्रतीकों की खोज में रहते हैं, किंतु विशिष्ट वर्ग के लिए बनी संस्थाओं में प्रवेश नहीं पाते, उनमें से ज्यादातर कुछ कम विशिष्ट ऐसी संस्थाओं को स्वीकार कर लेते हैं, जिनके नाम प्रभावशाली हैं, बाहरी टीमटाम है और जो देश-भर के शहरों और कस्बों में आए दिन खुलती जा रही हैं। यदि यह शैक्षिक ढाँचा उपनिवेशवाद का हित-साधन करने के लिए बनाया गया था और जो कम-से-कम, अंशतः ही नहीं, समसामयिक समाज का भी हित साध रहा है, तो हम यह मान सकते हैं कि उपनिवेशवाद के अवशेष अब भी भारत में मौजूद हैं। यह बात विचारणीय है कि भारतीय समाज की गैर-समतावादी व्यवस्था में क्या ऐसी शिक्षा-प्रणाली, जो यथार्थतः समतावादी हो, अपनी

जड़ें जमा सकती हैं ? वर्तमान शिक्षा-प्रणाली, जिसमें शारीरिक श्रम और ऐसा काम करने का विरोध किया जाता है, जिसमें हाथ गंदे होते हों, शिक्षित लोगों को मेहनतकशों से दूर करती है। यह बात भी ध्यान देने योग्य है कि इस प्रकार दूर किए जा रहे लोगों का अधिकांश भाग कुछ-न-कुछ अंशों में अन्य कारणों से पहले ही दूर हो चुका है। इस बात पर बल देना जरूरी नहीं है कि अलगाव पैदा करनेवाला एकमात्र माध्यम शिक्षा ही है। इसे विभिन्न परिधानों में विभूषित करने का प्रयास किए गए—बुनियादी शिक्षा, कार्य-अनुभव, सामाजिक दृष्टि से उपयोगी उत्पादन कार्य—किंतु उनके वांछित परिणाम नहीं निकले, क्योंकि धनाढ्य लोगों के बच्चों के लिए तो वह मात्र एक ऐसा छलावा था, जिस पर उन्होंने ध्यान नहीं दिया। दूसरे लोगों के लिए उसका कोई महत्त्व नहीं था, क्योंकि शारीरिक श्रम उनके जीवन का पहले से ही अंग बना हुआ था।

स्कूलों, विश्वविद्यालयों और समुदायों के बीच पारंपरिक लाभप्रद संपर्क स्थापित करने पर आजकल बल दिया जा रहा है और उन प्रलेखों में, जिनमें नए चिंतन की छाया है, विस्तार-कार्य पर भी बल दिया गया है। यदि इस कार्यक्रम को आर्थिक समर्थन मिल जाए, तो जैसाकि होता आया है, इसे ऊपरी उत्साह के साथ और बिना सोचे-समझे स्वीकार कर लिया जाएगा। लेकिन यह संभव प्रतीत नहीं होता कि यदि इसमें रुचि ली गयी तो वह देर तक बनी रहेगी या इसे उस मंजिल तक पहुँचाया जाएगा, जहाँ यह वांछित फल देने लगे। इस निराशाजनक भविष्यवाणी के पीछे जो तर्क है, वह साधारण है। इस योजना से शिक्षा-प्रणाली के वास्तविक हिताधिकारियों को लाभ नहीं होगा; साथ ही वे लोग भी जो अपनी शिक्षा से नाम मात्र का लाभ उठा पाते हैं, इस नव-परिवर्तन से लाभान्वित नहीं होंगे।

यदि शिक्षा-प्रणाली को इस परिप्रेक्ष्य में देखा जाए तो इससे भारतीय समाज की केवल ऊपरी परत को ही लाभ पहुँचा है—उसी परत को, जो वास्तव में शक्ति और विशेषाधिकार का प्रतिनिधित्व करती है। निःसंदेह कुछ अन्य लोगों को— जिनकी संख्या बहुत बड़ी नहीं है—इस प्रणाली से फ़ायदा हुआ है, परंतु कठोर सत्य यह है कि इसने विशिष्ट वर्ग को बने रहने में सहयोग दिया है और विविध प्रकार से अपने विशेषाधिकार को वैध बनाने और अपनी स्थिति सुदृढ़ करने में सहायता दी है। इससे यह बात स्पष्ट हो जाएगी कि गरमागरम बहसों और ले-दे के बावजूद शिक्षा के ढाँचे के पुनर्निर्माण की दिशा में जो प्रगति हुई है, वह नगण्य है।

वर्तमान युग में शिक्षा के निष्पादन-स्तर को लेकर जो व्यग्रता दिखाई दे रही है, उसका कारण यह भी है कि वह विशिष्ट वर्ग के संबंध में अपनी सीमित भूमिका का निर्वाह भी नहीं कर सकती। बढ़ते असंतोष की लपटें विशेषाधिकार के दुर्गों के लिए खतरा पैदा कर रही हैं। विशिष्ट वर्ग की संस्थाओं में भी समय-समय पर उथल-पुथल होती रहती है, अनेक बार हड़तालें, घेराव, विभिन्न प्रकार की हिंसा की वारदातें होती हैं और संस्थाएँ कुछ समय के लिए बंद भी कर दी जाती हैं। परीक्षाएँ स्थगित कर दी

जाती हैं, जिसके कारण वृत्ति-अनुसूची, जिसे बड़ी सावधानी और बारीकी से तैयार किया जाता है, उलट-पुलट जाती है। विशेषाधिकार प्राप्त लोगों के बच्चे भी कभी-कभी क्रांतिकारी विचारधारा से प्रभावित हो जाते हैं। इस प्रकार की व्यापक अशांति संस्था को अपनी परंपरागत भूमिका का निर्वाह करने से विमुख कर देती है। चूँकि शिक्षा-संस्थाओं पर चारों ओर से निरंतर दबाव पड़ते रहते हैं, इसलिए उनके काम इस तरह बिगड़ जाते हैं जैसे उन पर मिरगी का दौरा पड़ गया हो। देखते-देखते सब कुछ अस्त-व्यस्त हो जाता है। इस नयी परिस्थिति का विशिष्ट वर्ग पर भयानक प्रभाव पड़ता है और लोग कुछ कर गुज़रने के लिए बेताब हो उठते हैं।

कुछ करने की यह बाध्यता इस दुखद अनुभूति को स्पष्ट करती है कि यह प्रणाली स्वयं अपना उपचार करने में असमर्थ है, क्योंकि इसकी अधिकांश बीमारियाँ अंतर्जात मूल की नहीं हैं। उनकी जड़ें, या तो संरचनात्मक अंतर्विरोधों में हैं या पर्यावरण के विक्षोभ में, और इन दोनों का परस्पर बड़ा निकट का संबंध है। संरचना-संबंधी असंतुलन और असंगतियों को दूर करने में हुई असफलता ने ही पर्यावरण के प्रदूषण को बढ़ाने में योगदान किया है और उस प्रदूषण ने शिक्षा-संस्थाओं के ढाँचे के असंगत पहलुओं को और भी जटिल बनाने में सहायता दी है। शिक्षा-व्यवस्था जो वास्तव में समाज -व्यवस्था की ही एक उपव्यवस्था है, अपने-आप ही संरचनात्मक परिवर्तन या पर्यावरण पर नियंत्रण रखने में असमर्थ है।

यद्यपि शिक्षा के उपयोगी स्वरूप को सभी ने स्वीकार किया है, इससे समय-समय पर जो अनेक अपेक्षाएँ की जाती हैं उनसे यह आभास होता है मानो इसे एक स्वायत्त प्रणाली माना जा रहा हो। उन प्रयत्नों पर भी विचार कीजिए जो शिक्षा-प्रणाली ने अपने आपको सुधारने के लिए किए हैं। क्या ऐसा किया जा सकता है ? ऐसी स्थिति में, जबकि चारों ओर का वातावरण दबाव, तनाव , वैमनस्य और हिंसा से बोझिल हो, शैक्षिक पर्यावरण को उनके विषैले प्रभाव से बचाए रखना कठिन है। इस प्रणाली में विष की जो मात्रा दिन-ब-दिन तीव्र गति से बढ़ती जा रही है, उसे पलक झपकते ही खत्म नहीं किया जा सकता। न ही शिक्षा एकाकी रहकर चरित्र-निर्माण में योग दे सकती है। कक्षा में दी गयी औपचारिक शिक्षा अधिक-से-अधिक दृष्टिकोण, आदर्श और मूल्यों के निर्माण में एक सीमित भूमिका ही अदा कर सकती है। प्रभावी लोकाचार ज्यादा महत्त्वपूर्ण हैं, कक्षा में होनेवाली पढ़ाई से कहीं अधिक महत्त्वपूर्ण। इसमें पारिवारिक वातावरण की भी अहमियत है और जन-संचार माध्यमों की भी। इस संदर्भ में साथी-संगी समूहों की भूमिका को भी नगण्य नहीं समझना चाहिए। अतः शिक्षा-प्रणाली से बहुत ऊँची आशाएँ रखना उचित नहीं होगा। हम शिक्षा से यह अपेक्षा करते हैं कि वह क्रियाशीलता को बढ़ानेवाली और परिवर्तन की प्रमुख प्रवर्त्तक बने। ये दोनों अपेक्षाएँ शिक्षा के स्वरूप और कार्यों को ग़लत समझने पर आधारित हैं। शिक्षा की इन क्षेत्रों में भूमिका तो है, किंतु वह मूलतः समर्थक भूमिका मात्र है। क्रियाशीलता अवसरों के स्वरूप पर निर्भर

होती है, किंतु वह मात्र शिक्षा द्वारा न तो पैदा की जा सकती है और न बदली ही जा सकती है। इस प्रकार शिक्षा सामाजिक परिवर्तन की आवश्यक शर्त तो है, किंतु पर्याप्त नहीं। शिक्षा को इस क्षेत्र में अपना योगदान करने में सक्षम बनाने के लिए इसे अन्य अनेक कारकों और शक्तियों के साथ सामंजस्य स्थापित करना होगा। यदि शिक्षा को युटोपिया के इंद्रधनुष का अनुगमन करने के लिए छोड़ दिया जाए तो उससे कोई विशेष लाभ नहीं होगा। इसे प्रगति के लिए जीवनक्षम कार्यनीति के रूप में प्रयोग में लाना होगा।

राष्ट्रीय स्वतंत्रता-प्राप्ति के परिवर्ती दशकों में भारत अपने सामाजिक पर्यावरण में आनेवाली विकृति का मौन और असहाय साक्षी रहा है। सामाजिक संस्थाएँ मृतप्राय हो चुकी हैं; राष्ट्रीय लक्ष्य धूमिल पड़ गए हैं और उनकी प्राप्ति के सांस्थानिक साधनों की शक्ति नष्ट हो गयी है। इस प्रकार न तो साधनों की कोई पवित्रता और मान्यता शेष है और न ही साध्यों की। विभिन्न महत्त्वपूर्ण क्षेत्रों में नियामक ढाँचे के छिन्न-भिन्न होने के बड़े हानिकर परिणाम निकले हैं, जिनमें एक चरित्र का संकट है। अधिकार-बोध का तो विकास हुआ है, परंतु उसे दायित्वबोध द्वारा पुष्ट नहीं किया गया। छोटे-मोटे लाभ के लिए जोर-जबर्दस्ती और हिंसा का निर्बाध रूप से प्रयोग किया जाता है। निरर्थक नाश की लहरों में जो राष्ट्रीय क्षति निहित है, उसकी किसी को चिंता नहीं है। भ्रष्टाचार विभिन्न और भ्रांत तरीकों से वैध बनाया जाता है। प्रशासन और प्रबंधन-तंत्र का न्यायसंगत सिद्धांतों पर चलना दूभर हो गया है।

टकराव क्योंकि सर्वत्र व्याप्त है, इसलिए उत्पादन को अधिकतम बनाने के लिए मतैक्य के महत्त्व की उपेक्षा की जाती है। दया और क्षमा के बारे में भ्रांत धारणाएँ रखने का यह परिणाम होता है कि अपराधी-वृत्तियों को सहानुभूति और समर्थन मिल जाता है। दूसरी ओर उन लोगों को, जो सिद्धांतप्रिय हैं और कष्टकर तथा विषम परिस्थितियों में भी अपने कर्त्तव्य से च्यूत नहीं होते, अनादर और कष्ट झेलने पड़ते हैं। गंभीर चिंतन का स्थान शब्दाडंबर ले लेता है, जनता को संतुष्ट करने के लिए बिना सोचे-समझे वायदे किए जाते हैं और अनुष्ठान-मात्र को उपलब्धि मान लिया जाता है। परिणाम व्यवहार में नहीं, केवल कागजों पर दिखाए जाते हैं। इस प्रकार के सामाजिक वातावरण में राष्ट्रीय विकास की दिशा में किए गए गंभीर प्रयास भी दूषित और विषाक्त हो जाते हैं।

सामाजिक संस्थाओं और उनसे संबंधित मूल्यों के विघटन के परिणाम, जाहिर है, शिक्षा में भी प्रतिबिंबित होते हैं, जो जीवन का एक संवेदनशील क्रिया-क्षेत्र है।

पर्यावरण में आयी विकृति ने विश्वविद्यालयीन प्रणाली को भारी आघात पहुँचाया है, फलस्वरूप उसमें कुछ सूक्ष्म लक्ष्यांतरण हुए हैं। इसके प्रत्यक्ष कार्यों में—चाहे वे मूलभूत हों अथवा साधन स्वरूप—अनेक प्रच्छन्न कार्य भी शामिल हो गए हैं, जिनमें से कुछ इसके परंपरागत प्रयोजनों को विनष्ट कर देने की धमकी दे रहे हैं। कुछ लोगों के लिए

विश्वविद्यालय की डिग्री शिक्षा प्राप्त करने का अवसर और शैक्षिक उपलब्धि के स्तर का अधिप्रमाणन न होकर मात्र प्रतिष्ठा-प्रतीक बन गयी है और अब ऐसे लोगों की खासी संख्या है जो इसे इसी प्रयोजन से देखते हैं। विश्वविद्यालयीन शिक्षा बेरोजगारी को तीन से छह वर्ष तक, या इससे भी अधिक समय तक, छिपाए रखती है। यह सत्य स्वीकार भले न किया जाए पर उच्चशिक्षा विद्यार्थियों की बड़ी संख्या के लिए छद्म बेरोजगारी ही है। यदि कोई यह संदेह करे तो ठीक ही होगा कि सरकारी दृष्टि में उच्चशिक्षा-संस्थाएँ उनके और असंतुष्ट युवाओं के बीच प्रतिरोधक का काम करती हैं और विश्वविद्यालय तथा कॉलेज उनके सबसे पहले कोपभाजन बनते हैं। राजनीतिक दल चपल वृत्ति के विद्यार्थियों का ऐसे डंडे के रूप में इस्तेमाल करते हैं, जिससे वे अपने विरोधियों को डरा-धमकाकर अपनी बात मनवा सकते हैं। शिक्षा-संस्थाएँ 'काडरों' की भर्ती और प्रशिक्षण के लिए आवश्यक भूमि प्रदान करती हैं। सत्ता और संरक्षण के व्यायाम के लिए अखाड़ों का काम करती हैं। सत्ता का खेल सभी खेलते हैं—सरकार, राजनीतिक दल, संकाय, विद्यार्थी और कर्मचारी। शिक्षा-संस्थाएँ राष्ट्रीय राजनीतिक पद्धतियों और क्रियाकलाप का लघु रूप प्रस्तुत करती हैं। विचित्र प्रकार के गठबंधनों के साथ आए-दिन विस्मयकारी निर्णय किए जाते हैं, राजनेता-संकाय-विद्यार्थी-कर्मचारी मिलकर उन निर्णयों को प्रत्यक्ष तथा परोक्ष रूप से प्रभावित करते हैं। वे जब चाहें तब न केवल संस्थाओं का कार्य ठप्प कर सकते हैं, बल्कि समुदाय को भी भयभीत किए रहते हैं। शक्ति-प्रदर्शन और अल्पकालिक राजनीतिक लक्ष्य शिक्षा-प्राप्ति के प्रमुख उद्देश्य बन जाते हैं। संकाय भी राजनीतिक भाषा-शैली अपनाता है; उसके कार्य दायित्वपूर्ण सिद्धांतों द्वारा नियंत्रित नहीं होते। प्रतिकूल प्रणाली इतनी विकृत हो गयी है कि उसे मिलनेवाला राजनीतिक लाभ समर्पण भाव से किए गए काम की अपेक्षा हमेशा अधिक होता है। इस प्रकार शैक्षिक गुणवत्ता का महत्त्व नगण्य हो जाता है। प्रतिभासंपन्न शिक्षाविदों को अपनी लड़ाई आप ही लड़नी पड़ती है।

कुछ ऐसी श्रेष्ठ संस्थाएँ आज भी हैं, जो चिरअभिलाषित लक्ष्यों की ओर अग्रसर हो सकती हैं, क्योंकि उन्होंने संघर्ष के समाधान के लिए कुछ कारगर उपाय निकाल लिए हैं, लेकिन उन्हें भी अपनी मंजिल तक पहुँचने में कठिनाई हो रही है। विद्यार्थी इस तरह का व्यवहार करते हैं, मानो कानून उन्हीं के हाथ में है। वे समाज के विशेषाधिकार प्राप्त वर्ग के सदस्य हैं, इसलिए उन्हें हंगामा करने के लिए भारी आर्थिक सहायता दी जाती है। उनके प्रति प्राधिकारियों के रवैए में कभी उदासीनता तो कभी स्नेह प्रदर्शित किया जाता है। उन्हें अपने राजनीतिक संरक्षकों से तो सहायता मिलती ही है, उसके अलावा उन्हें समाज की भ्रांत सहानुभूति भी प्राप्त होती है, जिससे वे बिना किसी दंड या नाममात्र के दंड के साथ अपनी कठिनाइयों से उबर आते हैं। ऐसे अशुभ और भयावह वातावरण में श्रेष्ठ शिक्षाविद या तो उच्च प्रशासनिक पदों से बचते हैं और यदि उन्हें वे पद स्वीकार करने पर राजी कर भी लिया जाए तो इस अग्नि-शमन कार्य से जल्दी

उकता जाते हैं, क्योंकि उन्हें अपना अधिकांश समय इसी कार्य में लगाना पड़ता है और शैक्षिक नवाचार तथा परिवर्तन के लिए बहुत कम समय मिल पाता है।

न तो शिक्षा-सुधार के लिए ठोस विचारों की कमी है और न ही शैक्षिक गुणवत्ता को प्रोत्साहन देने के लिए कल्पना-प्रवण योजनाओं की। विश्वविद्यालय अनुदान आयोग ने अपने अस्तित्व के पहले पच्चीस वर्षों में अनेक उत्कृष्ट सुझाव प्रस्तुत किए हैं। इसके बाद भी उसने राजनीतिक अनिश्चितता और भ्रांत नीतियों के कुछ प्रमुख पक्षों पर साहसिक रुख अपना कर अपनी शक्ति का परिचय दिया है। यह और बात है कि पर्यावरण संबंधी जोर-दबाव के कारण अधिक कुछ हो नहीं पाया। महत्त्वपूर्ण क्षेत्रों में, जहाँ साधारण-सा गतिरोध भी खतरनाक हो सकता है, स्थिति निस्संदेह बिगड़ती जा रही है। यदि यही प्रवृत्ति बनी रही तो राष्ट्र के लिए इसके भयंकर परिणाम हो सकते हैं, क्योंकि आगामी वर्षों में देश को प्रशिक्षित जनशक्ति के अभाव की समस्या से जूझना होगा और यह समस्या और भी जटिल होती जाएगी, क्योंकि युवा समुदाय किसी भी प्रकार के अनुशासन को मानने के लिए तैयार नहीं है।

इस प्रकार की विकट स्थिति उच्चशिक्षा के प्रबंधन के लिए अभूतपूर्व चुनौतियाँ खड़ी कर रही हैं। जिन क्षेत्रों में समस्या सबसे अधिक जटिल है, वे हैं : शैक्षिक लक्ष्यों की कार्यप्रधान तथा समयबद्ध पुनः परिभाषा; शिक्षा-प्रणाली को दफ्तरशाही से जटिल बनाए बिना दायित्व-भावना जगाना और उसे लागू करना, ताकि शैक्षिक स्वतंत्रता और पहल करने की शक्ति का हनन न हो; प्रतिफल मान्यता-प्रणाली का इस प्रकार पुनर्गठन करना, जिससे गुणवत्ता पर बल दिया जा सके तथा राजनीतिक और षड्यंत्रों के विरुद्ध निवारक उपायों की व्यवस्था हो सके; झगड़े निबटाने के न्यायसम्मत उपाय तलाश करना; प्रत्याशी को प्रारंभिक और उपचारात्मक शिक्षा तथा श्रेणिबद्ध कर्मशालाओं और शिल्प-केंद्रों के संगठन आदि के रूप में ऐसी सामान्य किंतु अनिवार्य योजनाओं को बढ़ावा और समर्थन देना जिनमें विद्यार्थियों के उच्चतर तथा निम्नतर दस प्रतिशत भाग पर विशेष ध्यान दिया जाए; और ऐसे सशक्त आंदोलन को समर्थन प्रदान करना जो विश्वविद्यालयीन प्रणाली को बाहरी हस्तक्षेप और भीतरी तोड़-फोड़ का सामना करने में समर्थ बनाए, क्योंकि ये दोनों चीजें उस उद्देश्य को ही निष्फल करती हैं, जिनके लिए उच्चशिक्षा के केंद्र स्थापित किए जाते हैं।

यह कार्य वास्तव में बड़ा विशाल और कठिन है। राष्ट्रीय हित और भविष्य की अनिवार्यताएँ यह माँग करती हैं कि शिक्षा के मूल मुद्दों पर राष्ट्रीय सहमति बनायी जाए। सुधारात्मक कार्रवाई की शुरुआत उच्चनीति-स्तर तथा वैयक्तिक संस्थाओं के स्तर पर एक साथ की जानी चाहिए। यदि इन स्तरों पर इसमें विलंब या संकोच किया गया तो समस्या, जो पहले ही से उलझी हुई है, और भी जटिल हो जाएगी और उसका समाधान अनिश्चित काल तक के लिए कठिन होता जाएगा।

7

उच्चशिक्षा के लिए बीज पुस्तकें

भारत में अच्छी पुस्तकों की कमी के कारण भी विश्वविद्यालयीन शिक्षा की समस्याएँ और जटिलताएँ बढ़ी हैं। विदेशों में खास कर इंग्लैंड और अमरीका में, प्रकाशित पाठ्य-पुस्तकें भारतीय विद्यार्थियों की आवश्यकताओं के अनुकूल नहीं हैं। उनमें विषय के जो पक्ष लिए जाते हैं और जिन पर बल दिया जाता है, वे उन देशों के हितों का प्रतिबिंबन करते हैं जिनमें वे पुस्तकें लिखी गयी हैं। उनका विषय-प्रतिपादन मुख्यतः पाश्चात्य अनुभव पर आधारित होता है। उनमें सामान्यतः तीसरी दुनिया के परिप्रेक्ष्य की कमी होती है और उन विषयों की उपेक्षा की जाती है जो भारत जैसे देश के लिए प्रासंगिक हैं। इसके अतिरिक्त ये पुस्तकें महँगी भी होती हैं।

उच्चकोटि के भारतीय विद्वानों ने पाठ्य-पुस्तकें लिखने के कार्य को हमेशा हेय समझा है। कुछ अपवाद भी हैं, किंतु भारतीय विशेषज्ञों द्वारा लिखी और भारत में ही प्रकाशित उच्चस्तरीय पाठ्य-पुस्तकों की संख्या बहुत कम है। परिणामस्वरूप इस कमी को पाठ्यपुस्तक लेखकों का ऐसा समूह पूरा करता है, जिसका विषय की मुख्यधारा में कोई स्थान नहीं है और जिसमें से किसी ने भी अपने विषय की अभिवृद्धि में कोई महत्त्वपूर्ण योगदान नहीं किया है। अधिकांश भारतीय पाठ्य-पुस्तकों में कुछ औसत दर्जे की, कुछ साधारण और कुछ सर्वथा निकृष्ट होती हैं।

इस संदर्भ में आज जो उलझनें बढ़ती दिखाई दे रही हैं, उसका एक बड़ा कारण राष्ट्रभाषा के उपयोग के लिए जरूरत से ज्यादा जोर देना भी है। यह निर्णय तो सही था, लेकिन इसका कार्यान्वयन दोषपूर्ण रहा। पाठ्य-पुस्तकें लिखने और मानक ग्रंथों के अनुवाद संबंधी कार्यक्रमों में बहुत धन लगाया गया, फिर भी इस योजना के अंतर्गत मौलिक पाठ्य-पुस्तकें लिखने की परियोजना श्रेष्ठ लेखकों को आकृष्ट नहीं कर सकी। अंततः जो पुस्तकें प्रकाशित हुईं, वे विख्यात ग्रंथों की साधारण अनुकृतियाँ मात्र थीं। उन्हें भारतीय आवश्यकताओं और परिस्थितियों के लिए प्रासंगिक बनाने की ओर विशेष

ध्यान नहीं दिया गया और इस प्रकार एक अच्छा अवसर गँवा दिया गया। ऐसे अधिकांश ग्रंथों में तीसरी दुनिया के परिप्रेक्ष्य का अभाव है। यह भी एक त्रासदी है कि ऐसे कई ग्रंथों में जिन लेखकों के उदाहरण दिए गए हैं, वे दूसरी और तीसरी श्रेणी के पाश्चात्य लेखक हैं। साथ ही उन्होंने भारतीय तथा एशियाई विचारधारा की भी उपेक्षा की है। अनुवाद भी कृत्रिम ढंग से किए गए थे और भाषा तथा अभिव्यक्ति की दृष्टि से वे दुर्बोध थे। जो भी काम जिसे दिया गया, वह समय पर पूरा नहीं हुआ और जब हुआ भी तो उसके प्रकाशन में विलंब हुआ। परिणामस्वरूप जब तक ये पुस्तकें छपकर आईं, उनकी अधिकांश विषय-सामग्री पुरानी पड़ चुकी थी। अतः भारत के औसत विद्यार्थी को पाठ्य-पुस्तकों के रूप में निम्न स्तर की सामग्री का उपयोग करना पड़ता है।

वास्तव में भारतीय विश्वविद्यालयों के लिए कल्पनापूर्ण पाठ्य-पुस्तक-कार्यक्रम तैयार करने में अनेक परस्पर संबद्ध लक्ष्यों को शामिल करना होगा। उसके अंतर्गत लिखी गयी पुस्तकें भारतीय परिस्थितियों और आवश्यकताओं के लिए संगत होनी चाहिए। उनमें उस अनुशासन की प्रमुख संकल्पनात्मक उपलब्धियों का उल्लेख तो होना ही चाहिए, साथ ही प्राचीन विचारों तथा समकालीन परिवर्तनों का प्रतिपादन भी संतुलित ढंग से किया जाना चाहिए। उनकी शैली और दृष्टांत ऐसे होने चाहिए जो उन्हें बोधगम्य बनाएँ। उनका निर्माण इस प्रकार होना चाहिए कि रटकर सीखने की प्रवृत्ति समाप्त की जा सके और विद्यार्थी में ऐसी जिज्ञासा पैदा की जा सके कि वे उस क्षेत्र में विस्तृत तथा गहन अध्ययन की ओर प्रवृत्त हों। यदि ये पुस्तकें मूल रूप से अंग्रेजी में लिखी जाएँ तो उनके हिंदी तथा क्षेत्रीय भाषाओं में अनुवाद की त्वरित व्यवस्था की जाए, किंतु यदि ऐसी कोई पुस्तक पहले किसी भारतीय भाषा में लिखी जाए तो उसका अंग्रेजी तथा देश की अन्य भाषाओं में अनुवाद कराया जाना चाहिए। इन पुस्तकों की विषयवस्तु और उसका प्रतिपादन विभिन्न अनुशासनों के संबंध में विश्वविद्यालय अनुदान आयोग की समितियों द्वारा तैयार की गयी रूपरेखा के अनुरूप होना चाहिए। राष्ट्रीय आत्मनिर्भरता सुनिश्चित करने के लिए यह कार्यक्रम आवश्यक है। अन्य भारतीय भाषाओं में अनुवाद भारतीय शैक्षिक जीवन में आ रहे अंतराल को रोकने की दिशा में एक कदम होगा, क्योंकि चाहे वे विभिन्न भाषाओं के माध्यम से पढ़ें, पुस्तकें और उनकी विषयवस्तु एक ही होगी।

अच्छी पाठ्य-पुस्तकें आवश्यक तो हैं, किंतु पर्याप्त नहीं। उनके साथ उपयुक्त पाठमालाएँ भी होनी चाहिए। इन पाठमालाओं में उन प्रमुख विषयों की व्याख्या होनी चाहिए जिनका पाठ्य-पुस्तकों में निरूपण किया गया है। इनमें उन महत्त्वपूर्ण चिंतकों के ग्रंथों से उचित आकार के महत्त्वपूर्ण उद्धरण भी प्रस्तुत किए जाने चाहिए, जिनकी संकल्पनाओं और दृष्टांत-प्रतिरूपों पर पाठ्य-पुस्तकों में चर्चा की गयी है। दूसरे, उनमें मुख्य पाठ्य-पुस्तक की निदर्शनात्मक विषयवस्तु का भी विस्तार किया जाना चाहिए। अनेक निदर्शनों के चुने हुए अंश, मुख्य पाठ्य-पुस्तक में जिनका केवल संक्षिप्त उल्लेख मिलता है, मूल स्रोतों से कल्पनाशील ढंग से चुने गए या संक्षिप्त किए गए रूप भी

प्रस्तुत किए जाने चाहिए। इस प्रकार पाठ्य-पुस्तक और पाठमाला एक-दूसरे की अनुपूरक होंगी। यह भी आवश्यक है कि इन पाठमालाओं का उन भारतीय भाषाओं में भी अनुवाद हो, जिनका प्रयोग विश्वविद्यालय-शिक्षा के लिए किया जाता है। राष्ट्रीय मानकों में, कम-से-कम पहली डिग्री के लिए, अधिकाधिक एकरूपता सुनिश्चित करने के लिए यह बहुत जरूरी है। दूरस्थ स्थानों के शिक्षकों की आवश्यकताओं को देखते हुए, जिन्हें पर्याप्त पुस्तकालय-साधन उपलब्ध नहीं हैं, शिक्षक दर्शिकाएँ भी तैयार की जानी चाहिए। जो पाठ्य-पुस्तकों और पाठमालाओं के सही उपयोग में सहायक हों।

पाठ्य-पुस्तकें अलग-अलग लेखकों द्वारा लिखी जा सकती हैं और उनके समूहों द्वारा भी। अच्छा यही होगा कि इन दोनों विधियों को आजमा लिया जाए। पांडुलिपियों को विशेष रूप से जब वे पाठ्य-पुस्तकें हों, समय पर पूरा न करने के लिए विद्वान बदनाम हैं। इसलिए सामूहिक लेखन द्वारा लक्ष्य शायद अधिक आसानी से प्राप्त हो सके। वस्तुतः अध्यायों के पहले प्रारूप, जो संग्रहों में प्रकाशित किए जाने हों, दो या तीन सप्ताहों के उन शिविरों में पूरे किए जा सकते हैं जो सामान्यतः ग्रीष्मकालीन अवकाश के दौरान सुखद पर्वतीय स्थानों में आयोजित किए जाते हैं।

पाठ्य-पुस्तकों के प्रकाशन और वितरण की प्रक्रिया को भी हमारे देश में अभी तक भली भाँति समझा नहीं गया। राष्ट्रीयकृत पाठ्य-पुस्तकों का अनुभव भी कुल मिलाकर अच्छा नहीं रहा, किंतु उसे सर्वथा असफल भी नहीं कहा जा सकता। भारतीय विश्वविद्यालय-प्रकाशन संस्थान की स्थापना की संभावनाओं पर भी विचार किया जाना चाहिए। जरूरी है कि उनकी व्यवस्था में पर्याप्त धन लगाया जाए और उपयुक्त कर्मचारी नियुक्त किए जाएँ। यह संगठन भारतीय प्रकाशकों के संघ के साथ मिलकर काम कर सकता है, जो व्यापक स्तर पर प्रकाशन और वितरण का काम करते हैं। विश्वविद्यालयों द्वारा किए गए प्रकाशन-कार्य ने भारत में अभी तक अपना कोई स्थान नहीं बनाया है। यद्यपि अनुदान देनेवाली एजेंसियाँ प्रकाशन की आवश्यकताओं के प्रति असंवेदनशील नहीं हैं, विश्वविद्यालयों ने ही इस क्षेत्र में कोई उल्लेखनीय काम नहीं किया है। विश्वविद्यालयों द्वारा प्रकाशित पुस्तकों का संपादन भी बहुत घटिया और प्रूफ-शोधन साधारण कोटि का रहा है। विश्वविद्यालयों द्वारा प्रकाशित पुस्तकों के साथ एक कमी यह भी रही है कि उनका प्रसार और वितरण ठीक ढंग से नहीं हो पाया। अधिकांश पुस्तकें वर्षों तक गोदामों की शोभा बनी रहती हैं और नतीजा यह होता है कि वे शिक्षा के प्रयोजनों के लिए पुरानी पड़ जाती हैं।

इतने बड़े और महत्त्वपूर्ण कार्य के लिए दरअसल अनेक अनुभवी और कुशल प्रकाशकों के सहयोग तथा समन्वय की आवश्यकता है, ताकि आकर्षक ढंग से प्रकाशित पुस्तकें उचित मूल्य पर अविलंब विद्यार्थियों को सुलभ की जा सकें। विश्वविद्यालय अनुदान आयोग और राज्य सरकारों द्वारा विश्वविद्यालयों और कॉलेजों को दिए जाने वाले अनुदान का एक छोटा अंश इस प्रकार की अपनी पुस्तकों के सेट के रूप में भी

दिया जा सकता है।

स्तरीय पाठ्य-पुस्तकों की आवश्यकता सर्वमान्य है, किंतु इस संबंध में अब तक जो कार्यवाही की गयी है, वह उदासीनता और दोषपूर्ण थी। इस कार्यक्रम को आगे बढ़ाने और इसे एक दशक में सुस्थिर करने के लिए हमें अपने दृष्टिकोण और कार्यनीतियों की समीक्षा करना आवश्यक है।

8

भविष्य के लिए अध्यापक-शिक्षा

विचारशील लोगों के मन में आज जिन बिंदुओं पर चिंता व्याप्त है, उनमें प्रमुख हैं भविष्य और शिक्षा। समकालीन व्यवस्था की असंगतियों और दुष्क्रियाओं से—जो विश्व-व्यवस्था की ऐसी बीमारियाँ हैं जिनकी जड़ें गहरी हैं—मानवजाति के अस्तित्व के लिए गंभीर ख़तरा पैदा हो गया है। शिक्षा, जिसे समस्या हल करने का एक सशक्त साधन होना चाहिए था, स्वयं ही आंतरिक अंतर्विरोधों से घिरी हुई है और जड़ता तथा विमार्गदर्शन से ग्रस्त है। लाक्षणिक भाषा में कहा जाए तो शिक्षा एक ऐसा चिकित्सक है जिसे विभिन्न और जटिल विकारों वाले अपने रोगी (अर्थात् मानवजाति) के इलाज से पहले स्वयं अपना इलाज करना चाहिए।

मानव-भविष्य के संबंध में किसी प्रकार का सार्थक चिंतन तब तक संभव नहीं है, जब तक शिक्षा के अंतर्भूत एवं साधक मूल्य तथा भविष्य के पुनर्निर्माण की दिशा में उसके संभव योगदान पर एक साथ विचार न किया जाए। शिक्षा के शाश्वत सत्यों के संबंध में उच्च दार्शनिक उड़ानों में व्यस्त होना और उसके मानवीय पक्ष की तेजी से बदलती वास्तविकताओं की ओर ध्यान न देना व्यर्थ है। अध्यापक-शिक्षा की संभावनाओं के बारे में किसी भी प्रकार की चर्चा का कोई लाभकारी परिणाम नहीं निकलेगा, यदि हम उसे संपूर्ण मानव-व्यवस्था और उसके शिक्षा-पक्ष के संकट के संदर्भ से जोड़कर नहीं देखेंगे।

पहले मनुष्य के भविष्य को ही लिया जाए। इस नाजुक घड़ी में जो आशाजनक पूर्वानुमान संभव है, वह है : स्थिति अच्छी नहीं है; और हालाँकि यह दिन-ब-दिन बिगड़ती जा रही है, फिर भी उसमें आशा की एक किरण दिखायी दे रही है। मनुष्य अब भी इसमें सार्थक हस्तक्षेप कर सकता है और आनेवाले विपत्ति को टाल सकता है। मानव ने—जिसने स्वयं को 'बुद्धिमान', 'निर्माता', 'स्रष्टा' और 'विचारक' जैसे सम्मानसूचक विशेषणों से विभूषित किया— बहुत कुछ ऐसा किया है जिस पर वह गर्व कर सकता

है, परंतु साथ ही उसके जीवन-अभिलेख में बहुत कुछ ऐसा भी है जिस पर उसे लज्जित होना चाहिए। यदि उसकी कुछ उपलब्धियाँ महान हैं, तो अनेक मूर्खताएँ भी अन्यतम हैं। उसने अपने संसाधनों और पर्यावरण का कुशलतापूर्वक प्रबंधन नहीं किया, जिसके फलस्वरूप अपनी ही प्रजाति का जीवन खतरे में डाल दिया है। अनेक आवश्यक संसाधन तेज़ी के साथ खत्म किए जा रहे हैं और उनका विकल्प हमारे पास नहीं है। पर्यावरण-प्रदूषण खतरनाक हद तक जा रहा है और प्रकृति का संवेदनशील पारिस्थितिक संतुलन बुरी तरह बिगड़ गया है। इससे भी बड़ी बुराई यह है कि मनुष्य अन्यायपूर्ण और असमतावादी व्यवस्था से पैदा होनेवाले तनावों और द्वंद्वों का रचनात्मक ढंग से मुकाबला करने में असमर्थ है। यद्यपि ये समस्याएँ बहुत विकराल और जटिल हैं, फिर भी इनका समाधान किया जा सकता है। यह आवश्यक है कि मानव अपने अतीत के कुछ जीवन-प्रकारों को भूले और श्रेयस्कर भविष्य की नयी अपेक्षाओं के अनुसार जीवन-यापन करने की दृढ़ आकांक्षा विकसित करे। भूलने और सीखने की इन्हीं प्रक्रियाओं में उसके अस्तित्व का मूल है। यह अपने-आपमें एक विराट शैक्षिक प्रयास होगा।

क्या हमारी शिक्षा-प्रणाली में इस चुनौती को स्वीकार करने का पर्याप्त क्षमता है ? इस प्रणाली की जो कटु आलोचना की जाती है, उससे पता चलता है कि यह उन सीमित लक्ष्यों को भी प्राप्त नहीं कर सकती जो इस समय इसे सौंपे गए हैं। जिन नए लक्ष्यों की कल्पना की जा रही है, उनके लिए यह एक ऐसा साधन है जिसकी वैधता संदिग्ध है और उसके कारण भी स्पष्ट हैं। पहला यह कि शिक्षा-प्रणाली तीव्र अनुकूलन और गतिशील परिवर्तन को अपनाने के बजाय अपने पहले से चले आए स्वरूप को बनाए रखने में प्रवृत्त है। दूसरा यह कि उसका झुकाव समाज के सुविधाप्राप्त वर्गों की ओर अधिक है। तीसरा यह है कि वह विद्यार्थियों को उन्मुक्त करने की अपेक्षा उन्हें कुंठित करने की दिशा में अधिक सक्रिय है। और चौथा, सामाजिक प्रक्रियाओं और परिवर्तन की गति इतनी तीव्र है कि मंदगति शिक्षा उनको पकड़ नहीं पाती। इनके अलावा कुछ और जानी-मानी कमियाँ भी इस प्रणाली में हैं— यह जिज्ञासा और सृजनशीलता का गला घोंट देती है; इसमें अधिप्रमाणन पर बल दिया जाता है, न कि शिक्षा पर; यह प्रतियोगिता को जन्म देती है और सहयोग के स्थान पर उसे ही श्रेयस्कर मानती है; इसमें व्यक्तियों को जिन श्रेणियों में बाँटा जाता है, उनसे उनकी सर्जनात्मक क्षमता का कठिनाई से आभास होता है; इसे प्राप्त करनेवालों में फेल होनेवालों और स्कूल छोड़कर चले जानेवालों की संख्या पास होने वालों से हमेशा अधिक रहती है, आदि-आदि। तीसरी दुनिया के संदर्भ में हमें यह बात भी ध्यान में रखनी चाहिए कि शिक्षा का खर्च गरीब देशों के लिए असंभव है और वह विकसित तथा विकासशील देशों के बीच ज्ञान की खाई को बढ़ाता है। क्या हमारे भाग्य में यही लिखा है कि हम ज्ञान के क्षेत्र में भी दूसरों पर निर्भर और उनके अधीन रहें ?

शिक्षा-प्रणाली के इन दोषों के उल्लेख का अभिप्राय यह नहीं है कि समस्याओं

का समाधान करने और वर्तमान संकटों का सामना करने के लिए समाज को तैयार करने में शिक्षा का महत्त्व किसी प्रकार कम है। आवश्यकता इस बात की है कि हम वर्तमान प्रणाली में सोद्देश्य नवाचार लाएँ, साथ ही एक ऐसी वैकल्पिक प्रणाली विकसित करने की दिशा में प्रयत्न करें जो वर्तमान और भावी आवश्यकताओं के लिए प्रासंगिक हो और जिसमें समस्या का समाधान करने की क्षमताओं को निखारने पर बल दिया जाए। वर्तमान स्कूल-प्रणाली में भी कुछ हद तक परिवर्तन किए जा सकते हैं और उन्हें एक सीमा तक उद्देश्यों के अनुकूल बनाया जा सकता है। इसे ढहाने और इसके स्थान पर एक बिल्कुल नयी इमारत बनाने का क्रांतिकारी विकल्प तभी संभव होगा, जब समाज की सत्ता का ढाँचा भी साथ ही नष्ट कर दिया जाए। इस प्रकार का अतिवादी उपाय वांछनीय ही नहीं, आवश्यक भी हो सकता है, लेकिन हमें याद रखना चाहिए कि ऐसे कदम का कोई भी व्यवस्था-तंत्र शायद ही समर्थन करेगा। इसलिए यदि हमें इसी प्रणाली को जारी रखते हुए कुछ करना है तो शिक्षा के ढाँचे के क्रमिक नवीनीकरण के प्रस्ताव पर विचार करना होगा और प्रणाली को धीरे-धीरे परिवर्तित करने के गतिशील विचारों पर आश्रित रहना होगा। परंपरागत स्कूल-प्रणाली के साथ-साथ एक ऐसी वैकल्पिक प्रणाली के जन्म और विकास की भी कल्पना की जा सकती है जो या तो स्थापित ढाँचे की पूरक बनेगी या उसका स्थायी प्रतिस्थापन प्रदान करेगी। सामान्य तथा विशिष्ट शिक्षा की समानांतर प्रणालियाँ विश्व के अनेक देशों में पायी जाती हैं। वे एक-दूसरे के साथ स्पर्धा भी करती हैं, और सहयोग भी। यद्यपि इन समानांतर संस्थाओं की स्थापित प्रणाली के पक्षधरों द्वारा सामान्यतः निंदा की जाती है, फिर भी वे उन्नति करती हैं और उनके विद्यार्थियों की संख्या दिन-प्रतिदिन बढ़ती जाती है। जाहिर है कि उनमें से सभी बेकार और मात्र पैसा बनानेवाली संस्थाएँ नहीं हो सकतीं, क्योंकि यदि ऐसा होता तो उनमें से कुछ संस्थाएँ जो टिक पायी हैं, वे कभी न टिक पातीं।

अनौपचारिक शिक्षा को अब लोकव्यापी मान्यता प्राप्त हो चुकी है और शिल्प तथा व्यवसायोन्मुख शिक्षा के क्षेत्र में जो परिणाम निकले हैं, उनकी पर्याप्त प्रशंसा हुई है। कई नयी अनौपचारिक सरणियाँ उभर रही हैं और यद्यपि उनका खर्च बहुत है, फिर भी वे लोकप्रिय सिद्ध हुई हैं। यह सच है कि शिक्षा-प्रक्रिया का औपचारिक पद्धति के वरदान ही से आरंभ या अंत नहीं हो जाता, न ही इसका दारोमदार अनौपचारिक विकल्प के द्वारा विशेष रूप से तैयार किए कार्यक्रमों पर है।

शिक्षा की प्रक्रिया शिक्षार्थी के किसी शिक्षा-संस्थान में प्रवेश करने से पहले ही परिवार, साथी-संगियों और पास-पड़ोस में शुरू हो जाती है। हाल के दशकों में जन-संचार साधनों का बहुत अधिक विस्तार हुआ है और उन्होंने अपने पाठकों, दर्शकों और श्रोताओं पर जोरदार प्रभाव डाला है। समाचार-पत्र, सिनेमा, रेडियो और टेलिविजन भिन्न-भिन्न मात्रा में तीन कार्य संपन्न करते हैं—मनोरंजन करना, सूचना देना और शिक्षा देना। एक ओर यदि वे औपचारिक और अनौपचारिक शिक्षा-प्रणालियों के प्रयत्नों में सहायक होते

हैं तो कुछ मामलों में उनकी इनके साथ होड़ भी रहती है। पुस्तकें सबसे बड़ी शिक्षक रही हैं और आज भी हैं। साक्षरता के लोकव्यापीकरण या दीर्घ विस्तार के साथ पुस्तकों की माँग भी बढ़ गयी है। साक्षरता के निम्न स्तरों पर भी लोकप्रिय मनोरंजन की पुस्तकों के अलावा आत्मसुधार और शिल्प-संबंधी मार्गदर्शन की पुस्तकों की भी भारी माँग है। समाजवादी देशों में गंभीर विषयों की पुस्तकें भी बड़ी संख्या में सामान्य पाठक तक पहुँचती थीं। अन्य देशों में भी मनोरंजन से इतर विशिष्ट रुचि-क्षेत्रों के लिए लिखी गयी पुस्तकें भारी संख्या में प्रकाशित की जाती हैं और बड़े पैमाने पर उनकी बिक्री होती है। इलेक्ट्रानिक संचार-साधनों द्वारा शिक्षा में नयी क्रांति आ ही रही है। रेडियो और दूरदर्शन के माध्यम से प्राप्त शिक्षा के अतिरिक्त घर या अध्ययन-केंद्रों में संगणक द्वारा बुनियादी और उच्च-शिक्षा या उनके अतिरिक्त और आगे की पढ़ाई में मदद मिलती है और वे जटिल से जटिल प्रक्रिया की सरल और चरणबद्ध ढंग से व्याख्या कर सकते हैं। शिक्षार्थी के अर्थग्रहण और ज्ञान के समाकलन तथा संश्लेषण और समस्या के समाधान के लिए उसका विश्लेषणात्मक ढंग से उपयोग करने की योग्यता की परख वे सावधानीपूर्वक बनाए गए प्रश्नों के आधार पर कर सकते हैं। यह प्रौद्योगिक साधन प्रभावशाली और उत्तेजक संभावनाओं के द्वार खोल देता है, लेकिन आनेवाले कई दशकों तक ये नवाचार धनाढ्य देशों के खिलौने ही बने रहेंगे और वहाँ से धीरे-धीरे चलकर बाद में विकासशील देशों के धनिक वर्ग तक पहुँचेंगे।

अध्यापक की भावी भूमिका और उन कार्यनीतियों पर विचार करते हुए, जो उसे इस भूमिका के लिए सक्षम बनाती हैं, हमें औपचारिक तथा अनौपचारिक प्रणालियों के अंतर और परस्पर व्यापन का ध्यान रखना होगा। इन दोनों को सोद्देश्य और समाज की वर्तमान तथा भावी आवश्यकताओं के अनुरूप बनाना होगा। जनसंपर्क साधनों की शैक्षिक भूमिका का पूर्वानुमान करना भी आवश्यक है। उनके कार्यक्रमों की मनोरंजनेतर अंतर्वस्तुओं अर्थात् सूचना और शिक्षा पर भी ध्यान देना होगा। रेडियो और दूरदर्शन को शैक्षिक लक्ष्यों के लिए प्रयुक्त किया जा सकता है और सावधानीपूर्वक बनायी गयी कार्यनीतियों से उनके कुछ कार्यक्रम ऐसे बनाए जा सकते हैं, जिनसे औपचारिक तथा अनौपचारिक प्रणालियों द्वारा प्रस्तुत कार्यक्रमों की कमी पूरी की जा सके और आवश्यकता पड़ने पर उनके कुछ अंश बदले भी जा सकें। शैक्षिक फिल्मों की भूमिका भी बड़ी सार्थक हो सकती है, बशर्ते उन्हें अन्य शैक्षिक कार्यक्रमों के साथ जोड़ा जाए और उन्हीं का एक अंग माना जाए। अपेक्षया कम महँगे और सरल शिक्षा-साधन, जैसे स्लाइड जिन्हें पहले रिकार्ड किये कैसेटों से जोड़ दिया गया हो, शिक्षा-प्रक्रिया में महत्त्वपूर्ण योगदान कर सकते हैं। इस प्रकार की कार्यक्रमबद्ध शिक्षा के लिए महँगा और पेचीदा होना जरूरी नहीं है। भविष्य में दी जानेवाली शिक्षा में इनमें से कुछ शिक्षा-साधन जुटाने होंगे और अध्यापक को उनका कुशलता से उपयोग करना सीखना होगा। हमें शिक्षा को अनिवार्यतः एक व्यापक प्रक्रिया के रूप में देखना होगा, जिसमें शिक्षाशास्त्रियों और गैर-शिक्षाशास्त्रियों,

दोनों की विशिष्ट भूमिकाएँ होंगी। अध्यापक को अपने प्रतियोगियों— इलेक्ट्रॉनिक शिक्षा-साधन और ग़ैर-शिक्षाशास्त्री—से नए सिरे से समझौता करना होगा और उन्हें सहयोगी और सहायक समझकर उनका उपयोग करना होगा। इस शिक्षा-प्रक्रिया का उद्देश्य, जिसमें बहुविध संपर्क-साधनों के अतिरिक्त नयी प्रविधियाँ भी होंगी, उत्सुकता जगाना, प्रयोग को प्रोत्साहन देना और आत्मशिक्षा को बढ़ावा देना होगा।

आइए, अब संक्षेप में शिक्षा-संस्थाओं की संचालन-प्रक्रिया पर भी दृष्टिपात करें और उन प्रतिबंधों की समीक्षा करें जिनके अधीन अध्यापक को कार्य करना पड़ता है। इस आकृति की रूपरेखाओं की जानकारी वैसे तो शायद अनेक लोगों को होगी, लेकिन फिर भी उन्हें यहाँ दोहरा देना जरूरी है, क्योंकि इसका अध्यापक की अपेक्षित और निष्पादित भूमिका से गहरा संबंध है। आदर्श संस्था के लिए ऐसे आदर्श अध्यापक को, जिसे आदर्श वातावरण में ही कार्य करना हो, प्रशिक्षित करना व्यर्थ होगा। यदि स्पष्ट कहा जाए तो आदर्श संस्थाओं और आदर्श वातावरण का कहीं अस्तित्व ही नहीं है।

आरंभ में शिक्षा-प्रणाली और उसका सांस्थानिक ढाँचा अत्यधिक सत्तावादी था। उसमें अधिकारी की आज्ञा का पालन निर्विवाद रूप से करना पड़ता था।

संस्था के प्रधान की आज्ञा का पालन, उसका सम्मान और उससे डरना सभी के लिए अनिवार्य था—चाहे अध्यापक हों, ग़ैर-अध्यापक कर्मचारी हों या विद्यार्थी हों। प्रधान से भी यही अपेक्षा की जाती थी कि वह अपने उच्चाधिकारियों के प्रति वैसा ही दृष्टिकोण अपनाए। निर्धारित कार्य-पद्धति का पालन बहुत ही कड़ाई के साथ और यंत्रवत् किया जाता था। भय के वातावरण में स्वतंत्रता से चर्चा कर सकना भी कठिन था। उसमें व्यक्ति के प्रति निष्ठा और चाटुकारिता की परिपाटी को प्रोत्साहन मिलता था। पाठ्यचर्या का निर्धारण किसी दूरस्थ अभिकरण द्वारा किया जाता था, न तो विद्यार्थियों का और न ही संस्था का इसके निर्माण में कोई दखल था। संस्था के प्रधान के कार्य का मूल्यांकन मुख्य रूप से दो मानदंडों के आधार पर किया जाता है—संस्था में अनुशासन बनाए रखना और सार्वजनिक परीक्षाओं में अधिक से अधिक छात्रों का उत्तीर्ण होना। ज्यों ही कृत्रिम ढंग से थोपा हुआ यह अनुशासन टूटना शुरू हुआ, स्थिति तेजी से बदल गयी। विद्रोह का झंडा उठानेवालों में विद्यार्थी सबसे आगे थे; उन्होंने अधिकारियों और अनुशासन के सिद्धांतों को चुनौती देना आरंभ कर दिया। विद्यार्थियों की माँगों और विरोधों के प्रति अधिकारियों का रूप कभी उदासीनता का रहा तो कभी अनुग्रह का। स्थिति शीघ्र ही नियंत्रण से बाहर हो गयी और विद्यार्थियों ने कानून अपने हाथ में लेना शुरू कर दिया। आंतरिक और बाह्य कारणों से प्रशासन को पीछे हटना पड़ा और उसने विद्यार्थियों के दबाव और जोर-जबर्दस्ती के आगे हथियार डाल दिए। सिद्धांतों की बड़ी-बड़ी डींगें हाँकी गयीं, लेकिन नतीजे के तौर पर तुष्टीकरण ही सिद्धांत बनकर रह गया। ग़ैर-अध्यापक कर्मचारियों ने भी अपनी यूनियन बनायी और आंदोलन का मार्ग अपना लिया। उनके मामले में भी प्रशासन को हार माननी पड़ी, फलस्वरूप अनुशासन

और प्रशासन का स्तर गिर गया। गैर-अध्यापक कर्मचारियों ने, जो सुसंगठित भी थे और लड़ाकू भी, न केवल अपने कुछ वैध अधिकार प्राप्त कर लिए बल्कि अपने नए शक्ति-बोध को विविध प्रकार से प्रकट करना भी शुरू कर दिया। कुछ ही समय बाद अध्यापक भी ऐसे ही आंदोलन में कूद पड़े। उन्होंने भी शक्ति की भाषा का प्रयोग करने में संकोच नहीं किया और जोर-जबर्दस्ती का मार्ग अपनाया। फलस्वरूप अनुशासन पूरी तरह छिन्न-भिन्न हो ग़या। अधिकारवादी संरचना को घोर आघात पहुँचा और उसमें एक विचित्र प्रकार की अराजकता व्याप्त हो गयी।

शिक्षा समुदाय के सभी भागों और स्तरों पर गुटबंदी फैल जाने से पर्यावरण अधिक विषाक्त हो गया है। शैक्षिक लक्ष्यों और उनकी कार्य-पद्धतियों के बारे में पहले जो सामूहिक निर्णय लिए जाते थे, वे भी व्यक्तिगत प्रतिद्वंद्विता और शक्ति-समीकरण के कारण विकृत हो गए। इस प्रकार के संघर्षपूर्ण वातावरण में नवाचारों की हत्या हो गयी।

शिक्षा-संस्थाएँ अपने स्वीकृत उद्देश्य के अनुरूप शायद ही कभी काम करती हों। वे तो सत्ता-क्षेत्र के विस्तार और संरक्षण-प्रयोग का अखाड़ा बन गयी हैं। अध्यापकों या ग़ैर-अध्यापकों की नियुक्ति में योग्यता की अपेक्षा संपर्क और प्रभाव अब अधिक काम करते हैं। उपकारों का बदला चुकाना भी जरूरी होता है, जो कभी तो अपने पसंदीदा विद्यार्थियों पर खास ध्यान देकर किया जाता है और कभी उनके परीक्षा-फल में हेर-फेर करके। जिनकी नियुक्ति इस प्रकार की जाती है, वे अपने प्रभावशाली संरक्षकों से चिपटे रहते हैं। और जब भी अवसर आता है, उनके आदेशानुसार कार्य करते हैं। प्राइवेट संस्थाओं, खास तौर से छोटी संस्थाओं में तो स्थिति और भी बदतर है। उन संस्थाओं के प्रबंधक कर्मचारियों से कई प्रकार की सेवाओं की अपेक्षाएँ रखते हैं और इन सेवाओं में उनके कामों में ऐसे निजी और घरेलू काम भी शामिल हैं जो औपचारिक रूप से निर्धारित कामों के अतिरिक्त होते हैं।

शैक्षिक वातावरण की समझ बहुत आवश्यक है, क्योंकि शिक्षा की प्रक्रिया में यह एक ऐसा प्रमुख तत्त्व है, जिस पर अध्यापकों का अपेक्षाकृत कम नियंत्रण होता है। अध्यापन-व्यवसाय का प्रशिक्षण प्राप्त करते समय इस प्रकार के वातावरण की वास्तविकता के प्रति किसी को भी सुग्राही नहीं बनाया जाता। शिक्षा-स्नातक (बी. एड.) के प्रशिक्षण के दौरान शिक्षा-संस्था की जो आदर्श छवि छात्र-अध्यापक के मानस में बनती है, वास्तविकता का सामना होते ही वह ध्वस्त हो जाती है और अध्यापक हतप्रभ रह जाता है।

वातावरण की इस कठोरता के अलावा और भी कई दबाव होते हैं। गत तीस-चालीस वर्षों में अध्यापक की सामाजिक-आर्थिक स्थिति और प्रतिष्ठा-स्तर का लगातार और निश्चित रूप से ह्रास हुआ है। अब उसे सामाजिक स्तर प्र वह सम्मान नहीं दिया जाता, जो एक-दो पीढ़ी पहले उसके पूर्ववर्ती अध्यापक को प्राप्त था। अन्य सरकारी कर्मचारियों की तुलना में उसकी परिलब्धियाँ भी बहुत कम रही हैं, हालाँकि अब इस दिशा में कुछ

सुधार हुआ है। उनके वेतन में जो वृद्धि की गयी है, उससे उनकी पद-प्रतिष्ठा में भारी अंतर नहीं पड़ा है। हमें यह बात ध्यान में रखनी चाहिए कि अध्यापक की विश्वसनीयता और उसके कथन की स्वीकृति का दारोमदार बहुत हद तक उनकी सामाजिक प्रतिष्ठा पर होता है। आज स्थिति यह है कि नगर के स्कूलों में उच्च और मध्यवर्गीय परिवारों के छात्र औसत प्राथमिक स्कूल के अध्यापकों का मजाक उड़ाते हैं। माध्यमिक स्कूल के अध्यापक की स्थिति कुछ बेहतर है। जहाँ तक विश्वविद्यालय के अध्यापकों का प्रश्न है, उनकी स्थिति भिन्न है। उनके वेतनमानों में वृद्धि तो हो गयी है, लेकिन परंपरागत रूप से प्रतिष्ठित और आकर्षक सेवाओं में वे अपने ही साथियों की तुलना में काफी पीछे हैं।

अध्यापकों की शिक्षा में खुद ही बहुत-सी खामियाँ और असंगतियाँ हैं। उनके कुछ सुस्पष्ट पूर्वाग्रह और पूर्ववृत्तियाँ हैं और वे अंधविश्वास और रूढ़िवाद से मुक्त नहीं हैं। इस आयाम की पहले कभी ठीक ढंग से परीक्षा नहीं की गयी। वैज्ञानिक दृष्टि के समर्थकों की भूमिका के लिए उन्हें सक्षम बनाने में उपचारी पुनर्शिक्षा की योजनाएँ आवश्यक होंगी।

आदर्श की दृष्टि से तो अध्यापकों से यह आशा की जाती है कि सीखना और निरंतर सीखते रहना ही उनकी संस्कृति होगी, किंतु परिस्थितियाँ उन्हें ऐसा करने से रोकती हैं। इन परिस्थितियों ने उन्हें ऐसा ज्ञानदाता बना दिया है, जो उसी ज्ञान का दान करते रहते हैं जिसे उन्होंने बहुत समय पहले अर्जित कर लिया था। उनकी आर्थिक स्थिति ऐसी नहीं है कि वे अनेक समाचारपत्र और पत्रिकाएँ आदि खरीद सकें। न ही वे सामान्य या विशिष्ट रुचि की नयी पुस्तकें खरीदने की क्षमता रखते हैं। ऐसी शिक्षा-संस्थाएँ भी बहुत कम हैं, जिनमें अच्छे पुस्तकालय हों। नतीजा यह है कि अध्यापक अपने विषय में होनेवाली महत्त्वपूर्ण प्रगति की अद्यतन जानकारी नहीं प्राप्त कर सकते। उन्हें इस बात की भी चिंता नहीं होती कि वे आधुनिक समाज का स्वरूप निर्धारित करनेवाली शक्तियों को जानें और परखें। उन्हें अपने ज्ञान के नवीनीकरण का अवसर ही नहीं मिलता। इस क्षेत्र में शिक्षा के कर्णधारों की ओर से कोई सार्थक पहल नहीं की जाती और यदि कोई प्रयास किया भी जाता है तो वह बहुत शिथिल और कल्पनाविहीन होता है।

अध्यापन प्रायः रूढ़िबद्ध हो जाता है। यदि कोई अध्यापन में कल्पनाशीलता, गतिशीलता और रचनात्मकता का पुट लाता भी है, तो उसे कोई प्रतिफल या पुरस्कार नहीं मिलता। आश्चर्य की बात है कि इस दिशा में किए गए अधिकांश प्रयत्नों को मान्यता देना तो दूर, उनका उपहास ही किया जाता है। अध्यापन-कार्य के बोझ के अलावा, जो खासा भारी होता है, अध्यापकों को अन्य कई कामों का भी दायित्व सौंप दिया जाता है, जिनका संबंध क्लर्कों या नौकरों से है, लेकिन वे उन्हें भी यंत्रवत् और सावधानी के साथ करते जाते हैं। ऐसी बहुत-सी मिसालें हैं जहाँ सामान्यता और आज्ञापालन को

ही मौन भाव से स्वीकृत और प्रच्छन्न रूप से मान्य मूल्य समझ लिया गया है। इसी में उनकी सुरक्षा निहित है।

इस प्रकार की प्रतिकूल और निराशापूर्ण पृष्ठभूमि में दो मुख्य प्रश्नों पर विचार करें। पहला, शिक्षा-प्रक्रिया में वह कौन-सा न्यूनतम आवश्यक निवेश है जिसकी हमें अध्यापक से अपेक्षा करनी चाहिए ? दूसरा, क्या अध्यापक-प्रशिक्षण संस्थाओं के पुनःस्थापन से अध्यापक को इस संबंध में योगदान देने में सक्षम बनाया जा सकेगा ?

समाज की प्रायः सभी कुरीतियों के लिए शिक्षा-प्रणाली को दोष देना एक आम बात हो गयी है। यह सही है कि प्रणाली में कुछ अपने दोष हैं और उनकी जानकारी उन लोगों से बढ़कर किसी और को नहीं है जो उसके संगठन से संबद्ध हैं, लेकिन आज के समाज में जो कुछ भी गलत हो रहा है उसके लिए शिक्षा-प्रणाली को ही जिम्मेदार ठहराना भी घोर अन्याय है। आखिरकार शिक्षा व्यापक समाज-व्यवस्था की ही एक उप-व्यवस्था है और उसे वर्तमान संदर्भ में जो स्वायत्तता मिली है, उसे अधिक से अधिक सांकेतिक ही कहा जा सकता है। यह निश्चित है कि इसमें समाज-व्यवस्था की बुराई और हमारे सामाजिक चरित्र की त्रुटियों का प्रतिबिंब दिखायी दे। जो लोग इस प्रणाली में सुधार की बातें करते नहीं थकते और चाहते हैं कि एक ऐसी नयी पीढ़ी बनायी जाए जिसमें परंपरागत और आधुनिक मूल्यों का सामंजस्य हो, स्वयं ही इसके स्वरूप को विकृत करने और इसके निष्पादन को नष्ट करने के लिए उत्तरदायी हैं। शिक्षा कोई चमत्कार नहीं कर सकती। वह वर्तमान सामाजिक प्रवृत्तियों के प्रति संवेदनशील है और उसपर प्रभावशाली तथा सबल व्यक्तियों के आए दिन दबाव पड़ते रहते हैं। इसलिए यह अधिक स्वाभाविक होगा कि हम अपने-आपके लिए ऐसे लक्ष्य निर्धारित न करें, जिन्हें प्राप्त ही नहीं किया जा सकता। अध्यापक से की जानेवाली आवश्यक किंतु न्यूनतम अपेक्षाओं को संभाव्य और व्यवहार्य आवश्यकताओं में परिणत करना हमारे लिए अधिक लाभकर होगा।

भारतीय संदर्भ में नवीकृत शिक्षाशास्त्र में चार महत्त्वपूर्ण तत्त्व शामिल होने चाहिए। पहला, सीखनेवाले की उत्सुकता को प्रोत्साहित करके, उसे बनाए रखकर और उसकी व्यक्तिगत खोज-वृत्ति को बढ़ावा देकर सीखने की सच्ची भावना जगानी चाहिए। शैक्षिक प्रयास में विभिन्न विषयों के केवल सामान्य और पूर्वनिर्धारित रूप पर ही बल नहीं दिया जाना चाहिए, जैसाकि अब तक हो रहा है, बल्कि उसमें विद्यार्थी की भी प्रमुख भागीदारी होनी चाहिए। अध्यापक को प्रत्येक शिक्षार्थी की रूढ़ियों, कुशलताओं और ज्ञान पर दृष्टि रखनी चाहिए और उसे ज्ञान के विभिन्न क्षेत्रों में प्रवेश के लिए मार्गदर्शन करना चाहिए शिल्प-कौशल और सामूहिक परियोजनाओं से संबद्ध क्रियाकलाप के माध्यम से भी बहुत कुछ सीखा जा सकता है। यदि अध्यापक की कुछ विशेष आदतें बन चुकी हैं और स्वभाव में जड़ता आ गयी है तो वह इस परिवर्तन के लिए बाधक सिद्ध होगा, लेकिन वह कार्य अपने-आपमें बहुत कठिन नहीं है। यदि ऐसा न हुआ तो पढ़ाई छोड़कर जानेवालों

की संख्या बढ़ती जाएगी और बहुत कम शिक्षार्थी ऐसे होंगे जो अपनी क्षमताओं का पूरा लाभ उठा पाएँ।

दूसरा, अध्यापक को यह मानकर चलना चाहिए कि ज्ञान एक एकीकृत क्षेत्र है और उसके स्वैच्छिक विखंडन को बनाए रखना उसका कार्य नहीं है। इस मत पर निरंतर बल दिया जाना चाहिए और इसे व्यवहार में भी प्रदर्शित किया जाना चाहिए। सामान्य विज्ञान और समाज-अध्ययन की संकल्पनाओं को विकृत किया गया है, क्योंकि अध्यापकगण अपने विशिष्ट विषय के प्रति निष्ठा को गलत ढंग से अभिव्यक्त कर कुछ विशिष्ट अनुशासनों पर ही बल देते रहे हैं। इस स्थिति में भी सुधार लाया जाना जरूरी है।

तीसरा, शिक्षा-क्षेत्र में देर से आई पहली और दूसरी पीढ़ी के प्रति अध्यापक को अपने मन में सहानुभूति के भाव विकसित करने चाहिए और उनकी विशेष समस्याओं को गहराई से समझने का प्रयास करना चाहिए। यह बात आम तौर पर मानी जाती है कि इस श्रेणी के विद्यार्थियों को मूर्त अनुभवों का अभ्यास अधिक है, किंतु अमूर्त चिंतन में वे डगमगा जाते हैं। उनकी अभिव्यक्ति-क्षमता बहुत सीमित होती है और जहाँ तक गणितीय विवेचन का प्रश्न है, उनकी क्षमता अधिक विकसित नहीं होती। इन सामान्य धारणाओं में से प्रत्येक विवादास्पद है। अध्यापक अपने छात्र पर अपेक्षित प्रभाव डालने में यदि असफल रहता है, तो इसका कारण उसका पृथकताबोध है। अध्यापक का संप्रेषण-जगत इन छात्रों की संप्रेषण-व्यवस्था से भिन्न होता है। उसे उनकी चिंतन-प्रक्रिया और भाषा को समझने का प्रयास करना चाहिए और बजाय इसके कि वह अमूर्त से मूर्त की ओर बढ़े, उसे मूर्त से अमूर्त की ओर चलना चाहिए। सामान्य कार्य दिवस को तीन भागों में बाँट देना चाहिए—एक में औपचारिक शिक्षा दी जाए, दूसरे में सामूहिक परियोजनाएँ और मिल-जुलकर शिल्प-कौशल सिखाने का सत्र हो और तीसरा भाग स्वाध्याय के लिए हो—जिसमें छात्र का मार्गदर्शन भी किया जाए और उसके कार्य का पर्यवेक्षण भी। यह भी स्मरण रखना चाहिए कि शिक्षार्थियों की पहली और दूसरी पीढ़ी को अपनी पढ़ाई में शायद ही कभी अपने परिवार से किसी प्रकार का मार्गदर्शन मिलता है या गृह-कार्य पूरा करने में सहायता मिलती है।

चौथा, अध्यापक को आज की बहुविध साधन-संपन्न शिक्षा-प्रक्रिया में अपने स्थान की पहचान होनी चाहिए और इसके लिए उसे अपने को तैयार भी करना चाहिए। शिक्षार्थियों को उनके क्षेत्रों से परिचित कराने तथा उन्हें विशेष शिल्प सिखाने के लिए गैर-शिक्षाविदों का भी उपयोग करना होगा। अध्यापक को यह जानना चाहिए कि उनकी निवेश-सामग्री को विद्यार्थी अपने अनुभव के साथ कैसे एकीकृत कर सकता है। दृश्य-श्रव्य शिक्षा-साधनों को अभी तक केवल एक युक्ति माना जाता है, लेकिन शिक्षा-प्रक्रिया में उन्हें सुनिश्चित और स्वीकृत शैक्षिक यंत्रों के रूप में शामिल किया जाना चाहिए। यह जिम्मेदारी भी अध्यापक की ही है।

भारत में अध्यापक-प्रशिक्षण संस्थाओं ने काफी अच्छा काम किया है। हमें उनकी जानी-मानी सीमाओं और अनेक प्रतिबंधों को समझना चाहिए, जिनके अंतर्गत उन्हें काम करना पड़ता है। परंतु लगता है, ये संस्थाएँ भी परंपरा से बहुत अधिक प्रभावित हैं और उनमें उतने नवाचार देखने में नहीं आते जितने कि अपेक्षित हैं। नयी चुनौतियों को स्वीकार करने की दिशा में अध्यापक की भूमिका स्पष्टतः रचनात्मक नहीं रही है। पाठ्यक्रमों में अभी तक अनेक ऐसी पुरानी बातें शामिल हैं, जिनकी अब कोई प्रासंगिकता नहीं रही और जिन्हें अब निकाल ही देना चाहिए। उनमें विभिन्न महत्त्वपूर्ण और संवेदनशील क्षेत्रों पर जो ध्यान दिया गया है, वह यदि व्यर्थ नहीं तो अपर्याप्त तो है ही। यदि पाठ्यक्रमों को प्रासंगिक और उपयोगी सिद्ध होना है तो उन्हें ऐसी सामूहिक शिक्षा पर ध्यान केंद्रित करना होगा, जिसमें एक-एक शिक्षार्थी पर दृष्टि रखी जा सके। हमें समूह-परियोजनाओं और मिल-जुलकर सीखने के कार्यक्रमों के सार्थक गठन पर बल देना होगा। शिक्षार्थियों की पहली और दूसरी पीढ़ी के लिए सद्‌भाव और सहानुभूति पैदा करनी होगी, सभी प्रकार के ज्ञान के अंतरावलंबन पर बल देना होगा और शिक्षा की नई प्रौद्योगिकी को अपनाने और समाकलित करने की क्षमता प्रदर्शित करनी होगी।

यह वास्तव में एक सीमित कार्यसूची है। एक 'नये वीर संसार' की माँग करना बेकार है, ऐसे अनेक कल्पना-जगत संजोए गए हैं जो आज तक साकार नहीं हो सके। समय की माँगों को देखते हुए यदि कुछ सुनिश्चित उपाय किए जाएँ तो उनकी सफलता की अधिक संभावना है, बनिस्बत ऐसी महत्त्वाकांक्षी योजनाओं के, जिनके लिए न संसाधन हैं और न ही अनुकूल वातावरण।

शिक्षा के नए सीमांत—जिनमें प्रौढ़ शिक्षा, लोकव्यापी शिक्षा, पत्राचार शिक्षा, सतत शिक्षा, आजीवन शिक्षा आती है—एक नए शिक्षाशास्त्र और नयी शिक्षा-प्रौद्योगिकी की माँग करते हैं। मुख्यतः प्राचीन शैली के आदि प्रारूपों पर आधारित आशुक्रियाएँ संतोषजनक सिद्ध नहीं हो पातीं। ये नए क्षेत्र हमारी कल्पना और सर्जन-शक्ति के लिए और अधिक चुनौतियाँ प्रस्तुत कर रहे हैं, क्योंकि इनमें से प्रत्येक के लिए एक अलग प्रकार का अध्यापक चाहिए।

जिन लोगों ने स्कूल की मृत्यु की भविष्यवाणी की थी, वे मिथ्या भविष्यवक्ता सिद्ध हुए। छपी हुई पुस्तकें अध्यापक का स्थान नहीं ले सकतीं, इलेक्ट्रॉनिक संपर्क-साधन भी उसे अनावश्यक नहीं बना सकते। शिक्षा-प्रक्रिया को गतिशील बनाए रखने के लिए अध्यापक को समय की अनिवार्य माँगों को स्वीकार करना होगा। परिवेश के साथ निरंतर अनुकूलन और पुनः अनुकूलन ही अध्यापक-शिक्षा का प्रधान कार्य है।

9

अनुसूचित जातियों और अनुसूचित जनजातियों के लिए शिक्षा

कार्यनीति की असफलता

भारतीय संविधान-निर्माताओं ने सोच-समझकर अनुसूचित जातियों और अनुसूचित जनजातियों के पक्ष में प्रतिपूरक भेदभाव की नीति अपनायी थी। आरक्षित निर्वाचन क्षेत्रों के बन जाने से उन्हें संसद तथा राज्य विधानसभाओं में पर्याप्त प्रतिनिधित्व का आश्वासन मिल गया था। शिक्षा-संस्थाओं और लोक-सेवाओं में उनके लिए स्थान आरक्षित कर दिए गए थे। इसके अलावा उनके लिए अनुपूरक प्रावधान किए गए थे, जिनसे उनका तेजी से विकास संभव हो सके। शिक्षा के क्षेत्र में भी उन्हें छात्रवृत्तियों और अन्य अनेक सुविधाओं के रूप में विशेष आर्थिक सहायता दी गयी। स्थिति की एक नियत अवधि के बाद इस दृष्टि से समीक्षा की जानी थी कि इन संरक्षणात्मक और प्रतिपूरक उपायों को आगे जारी रखा जाए या समाप्त कर दिया जाए।

इस कार्य-नीति के पीछे जो उद्देश्य था, वह ईमानदारी का था : इसका लक्ष्य सदियों की उपेक्षा और शोषण के कुपरिणामों को नष्ट करना था, जिनके ये लोग शिकार थे और उन्हें इतना सशक्त और स्वावलंबी बनाना था कि वे दस-बीस वर्षों में अधिक सुविधा-प्राप्त समुदाय के साथ समानता के आधार पर स्पर्धा कर सकें। परंतु दोषपूर्ण योजना और कल्पनाविहीन कार्यान्वयन ने उन उद्देश्यों को निष्फल कर दिया, जिनकी भारतीय संविधान के निर्माताओं ने कल्पना की थी। इनके एक नगण्य वर्ग को छोड़कर इन समुदायों ने आर्थिक या सामाजिक और सांस्कृतिक दृष्टि से कोई विशेष उन्नति नहीं की। इस बात पर विश्वास करने के भी कारण हैं कि उनकी स्थिति वास्तव में कुछ बिगड़ी है। इसमें दो राय नहीं कि उनमें से अधिकांश की सामाजिक स्थिति बहुत गिरी हुई है, बल्कि वे उन लोगों की तुलना में सचमुच गए-गुजरे हैं जो बहुचर्चित ग़रीबी की

रेखा के नीचे रहते हैं।

इसी बीच सामाजिक और मनोवैज्ञानिक पर्यावरण में कुछ आधारभूत परिवर्तन हुए हैं, जिसका परिणाम यह हुआ है कि इन वर्गों की दरिद्रता की संस्कृति अब संतोष और शांति की संस्कृति नहीं रह गयी है। उन्हें जो नया अधिकार मिला है, उसके बल पर अनुसूचित जनजातियों और अनुसूचित जातियों ने अनुष्ठानिक विकास-कार्यक्रमों को चुनौती दी है, ज़िनके माध्यम से उन्हें केवल नाममात्र के लाभ मिल पाते हैं। ज्यों-ज्यों समता और न्याय के लिए उनके संघर्ष में जुझारूपन आया, समाज ने परोपकारिता का अपना मुखौटा उतार फेंका। आतंक और अत्याचार से उन पर जवाबी हमले शुरू हुए। उनके घर जलाए गए, स्त्रियों के साथ बलात्कार किया गया और उनके सभी वर्गों के साथ जिनमें स्त्रियाँ, बूढ़े और बच्चे शामिल थे—ऐसी क्रूरता बरती गई और यातनाएँ दी गईं कि जिनकी मिसाल मिलना मुश्किल है। आरक्षण-नीति, जिस पर पच्चीस वर्षों तक राष्ट्रीय सहमति रही, जबर्दस्त विवाद और बहस का विषय बन गयी है। दोनों पक्षों की ओर से ऐसे भयंकर प्रतिशोधात्मक आंदोलन चलाए गए कि पहले से बिगड़ती हुई कानून और व्यवस्था की स्थिति ने भयानक रूप लेकर राष्ट्रीय एकता के लिए संकट पैदा कर दिया।

समस्या वास्तव में बड़ी जटिल है; इसका न तो लाक्षणिक उपचार किया जा सकता है और न कोई आसान-सा हल ढूँढ़ा जा सकता है। विकास के लिए चालीस-पैंतालीस वर्ष तक किए गए प्रयत्न प्रायः निष्फल हुए, क्योंकि गलत प्राथमिकताएँ अपनायी गयीं, भोंडे ढंग से उन्हें कार्यान्वित किया गया और प्रयास की सही दिशा नहीं चुनी गयी। शिक्षा की दृष्टि से न तो अनुसूचित जनजातियों को और न अनुसूचित जातियों को ऐसा लाभ मिला जिसके लिए वे गौरव का अनुभव कर सकें। जो सबसे अधिक निर्धन और सबसे अधिक ज़रूरतमंद हैं, उन्हें लाभ पहुँचा ही नहीं। उन्होंने जो भी थोड़ी-बहुत शिक्षा पायी है, वह अधिकतर अप्रकार्यात्मक सिद्ध हुई है। उसने उन्हें परंपरागत परिवेश से अलग तो कर दिया, किंतु उन्हें देश की उभरती सामाजिक आर्थिक धारा में शामिल होने के योग्य नहीं बनाया। सरकारी नौकरियों में आरक्षण का विरोध हुआ। उसके बावजूद राज्यों तथा केंद्र दोनों की लोकसेवाओं में उनका प्रतिनिधित्व है, मगर बहुत कम। यदि आरक्षण-विरोधियों के उलटे-सीधे तर्कों को स्वीकार कर लिया जाए तो अनुसूचित जनजातियाँ और अनुसूचित जातियाँ सदा के लिए दरिद्रता और दासता का जीवन जीने के लिए विवश हो जाएँगी।

शिक्षा का सवाल ही लीजिए, जो अनुसूचित जनजातियों और अनुसूचित जातियों के लिए बनायी गयी विकास-योजनाओं का एक बड़ा घटक था। यह मानकर कि शिक्षा लोगों का जीवन-स्तर उठाने का एक कारगर साधन है, इन दोनों वर्गों को छात्रवृत्तियों और आरक्षित कोटे के रूप में विशेष प्रोत्साहन दिया गया। शिक्षा के अवसर में समानता लाने का लक्ष्य समाज के सभी कमजोर वर्गों, विशेष रूप से अनुसूचित जनजातियों और

अनुसूचित जातियों के लिए अपनाया गया था। विगत तीस वर्षों में इसके जो परिणाम सामने आए हैं, वे बड़े निराशाजनक हैं। समान अवसर आज भी एक सुदूर और अप्राप्य आदर्श बना हुआ है। अनुसूचित जनजातियों और अनुसूचित जातियों की जनसंख्या के एक बहुत बड़े भाग के लिए आर्थिक अवसरों का ढाँचा पहले की तरह आज भी प्रतिबंधित है। अच्छे परिणाम न निकलने का दोष किसे दिया जाए ? क्या अनुसूचित जनजातियों और अनुसूचित जातियों में कोई ऐसी वंशानुगत अयोग्यताएँ हैं, जिनके कारण वे दिए गए समान अवसरों का लाभ नहीं उठा सकते ? या इन कमियों और अपर्याप्तताओं का कारण हमारी वह योजना और शिक्षा-पद्धति है, जो इन वर्गों की शैक्षिक उन्नति के लिए अपनायी गयी थी ?

अनुसूचित जनजातियों और अनुसूचित जातियों के बच्चों के लिए शिक्षा-संस्थाओं में आरक्षित स्थान और आर्थिक सहायता ही का अर्थ शिक्षा का समान अवसर नहीं होता। उनके जीवन की कठोर वास्तविकताओं के कारण वे स्कूल में प्रवेश के पहले वर्षों में ही उच्चशिक्षा-प्राप्ति के संघर्ष में हार जाते हैं। कैलॉरी और प्रोटीन जैसे पोषक तत्त्वों की कमी के कारण उनका मानसिक विकास अवरुद्ध हो जाता है। शिक्षा-प्रणाली का इस परिस्थिति पर कोई वश नहीं है और इसके कारण हुई क्षति अक्सर पूरी नहीं हो पाती। इस आरंभिक बाधा की शिकार अनुसूचित जनजातियों की अपेक्षा अनुसूचित जातियाँ अधिक होती हैं। शिक्षा के अवसरों को समान बनाने की दिशा में पहला कदम यह है कि उनके आहार में सुधार किया जाए। उनकी स्कूली शिक्षा के पहले तीन-चार वर्षों में ये प्रयत्न बराबर जारी रहने चाहिए।

अनुसूचित जनजातियों और अनुसूचित जातियों के बच्चों को शिक्षा-संस्थाओं के नए लोकाचार के अनुकूल बनाने का कार्य भी एक गंभीर समस्या प्रस्तुत करता है। बच्चे को स्कूल भेजने से परिवार अपने जीविकोपार्जन के कार्यकलाप में उनके योगदान से वंचित हो जाते हैं, चाहे वह कितना ही साधारण क्यों न हो। शिक्षा के लक्ष्यों को कभी स्पष्ट रूप से नहीं बताया जाता। अनुभव बताता है कि स्कूलों और कॉलेजों में जिस प्रकार की शिक्षा दी जाती है, वह सीखनेवाले को अपने परिवार और समुदाय से विमुख कर देती है। जहाँ तक स्कूलों का प्रश्न है, उनमें अभी बहुत कुछ सुधार अपेक्षित है। अध्यापक को अक्सर कई कक्षाएँ पढ़ानी पड़ती हैं और इसके लिए उसे जो उपकरण सुलभ होते हैं, वे अपर्याप्त और अनुपयुक्त होते हैं। उसपर कुछ और जिम्मेदारियाँ भी थोप दी जाती हैं। दूरस्थ जनजातीय स्कूलों में अध्यापकों का कक्षाओं से गायब रहना जानी-मानी बात है। स्कूल का वातावरण भी पढ़ाई के लिए अनुकूल नहीं होता। साधारण कोटि के अध्यापन के अतिरिक्त अनुसूचित जनजाति अनुसूचित जाति के विद्यार्थियों को अनेक प्रकार का दृश्य-अदृश्य भेदभाव और निरादर भी झेलना पड़ता है। जनजाति के विद्यार्थी को अक्सर यह कहकर चिढ़ाया जाता है कि वह इंसान नहीं, जंगली जानवर है। अनुसूचित जाति के विद्यार्थियों पर अपवित्र और अंत्यज होने का दाग सदा लगा

रहता है। उनकी जिज्ञासा और शैक्षिक योग्यता के बावजूद उन्हें अपने सहपाठियों में से उन छात्रों से समानता का व्यवहार नहीं मिलता जो स्वयं को उच्च या मध्य वर्ग का समझते हैं। इस प्रकार स्कूल का पर्यावरण उनके लिए प्रतिकूल सिद्ध होता है। स्वाभाविक है कि उनमें से अनेक हतोत्साहित हो जाते हैं और स्कूल छोड़ देते हैं। जो इन बंधनों को सहन कर अपनी योग्यता सिद्ध कर देते हैं, उनकी उपलब्धि निश्चय ही चमत्कारपूर्ण होती है।

दारिद्र्य की संस्कृति में पले-बड़े बच्चों की शैक्षिक क्षमताओं और संभावनाओं के संबंध में हमारा अभिमत भ्रमपूर्ण है। इसके तीन पक्ष हैं। पहला, उनकी संस्कृति में मूर्त पर अधिक बल दिया जाता है, परिणामस्वरूप अमूर्त चिंतन की उनकी क्षमता निम्न कोटि की होती है। दूसरा, उनकी अभिव्यक्ति-क्षमता बोलने और लिखने दोनों में बहुत अपरिष्कृत होती है। तीसरा, वे गणितीय विवेचन में कमजोर होते हैं। इन तीनों अभिधारणाओं का खंडन किया जा सकता है। जनजातीय बालक अपने पर्यावरण को भली प्रकार समझता है। वह आकाश, लहरों और हवाओं के संदेशों को समझ सकता है। अमूर्त धारणाएँ उसके लिए अपरिचित नहीं होतीं, यदि उनकी जड़ें उसके सांस्कृतिक परिवेश में हों। यही बात अनुसूचित जाति के बच्चों पर भी लागू होती है। वास्तव में कठिनाई यह थी कि एक अपरिचित संस्कृति के अमूर्त प्रत्ययों से उनका साक्षात्कार कराने के लिए जो शिक्षा-विधि अपनाई गयी, वह पर्याप्त रूप से विकसित नहीं थी। उनकी अभिव्यक्ति-क्षमता के संबंध में बनी अभिधारणा भी गलत सूचना और सदोष निर्वचन पर आधारित है। उसमें संप्रेषण के सांस्कृतिक संदर्भ की उपेक्षा की गई है। अभिव्यक्ति के रूप और सीमा का निर्धारण परिस्थितियाँ करती हैं। यहाँ चोम्स्की के सुविवेचित सिद्धांत का उल्लेख उपयोगी होगा। उसका कथन है कि बालक जब संसार में प्रवेश करता है तो कुछ सहजात विचार लेकर आता है, जिनमें एक विश्वव्यापी व्याकरण की मानसिक छवि भी होती है जो उसे कोई भी भाषा बहुत छोटी उम्र में सीखने के योग्य बनाती है। यह सब वह सामान्य व्यवहार के तौर-तरीके सीखने के पहले ही जान जाता है। इन समूहों के साथ जिस शिक्षा-पद्धति का प्रयोग किया जाता है, शिक्षा-साधन के रूप में वह इस भाषा की संभावनाओं का सदुपयोग नहीं कर पाती। गणितीय विवेचन का भी उनमें अभाव नहीं है, असल परेशानी उसकी अपरिचित प्रतीक-प्रणाली के कारण होती है जो उनकी समझ में नहीं आती। यह बात नहीं भूलनी चाहिए कि प्राचीन काल में अनपढ़ आदिम मानवों ने गणित के क्षेत्र में बड़े विलक्षण कार्य किए थे। दोष अनुसूचित जनजाति और अनुसूचित जाति के बच्चों का नहीं है, दोष सुस्थापित शिक्षा-सिद्धांतों के ऐसी स्थिति में गलत प्रयोग का है। योजना और उसके कार्यान्वयन में जो अनुष्ठानिकता अपनायी जाती है, उसका परिणाम यह हुआ है कि अनुसूचित जनजातियों और अनुसूचित जातियों की शैक्षिक उन्नति की दिशा में किए गए प्रयत्नों में जो भारी वित्त-निवेश किया गया है, उसका प्राप्त लाभ बहुत ही निराशाजनक है।

भविष्य के लिए दिशा-निर्देश

अनुसूचित जनजातियों और अनुसूचित जातियों के लिए विगत चार दशकों में जो शिक्षा-नीति अपनायी गई थी, उसका लाभ नगण्य रहा है। उसके प्रमुख हिताधिकारी इन समुदायों के ऊपरी झीनी संतह के बच्चे ही रहे हैं। उनके लिए शिक्षा उनकी विशिष्टवर्गीय हैसियत सुदृढ़ बनाने और अपने लाभ सँजोने का साधन थी। यदि केवल आर्थिक मानदंडों से ही देखा जाए तो इस वर्ग का काम संरक्षणात्मक और प्रतिपूरक उपायों के बिना भी चल सकता था, परंतु सत्ता की राजनीति उन सुविधाओं को समाप्त नहीं करने देती जिनका वे लाभ उठा चुके हैं। इससे उन लोगों को चिंता नहीं होनी चाहिए, क्योंकि शिक्षा और लोकसेवाओं के क्षेत्र में इस अतिरिक्त लाभ को उठाने वालों की संख्या बहुत कम है और इनमें जो धन खर्च होता है, वह भी मामूली है। लेकिन जिस बात से हमें चिंतित होना चाहिए, वह एक ठोस वास्तविकता है और वह यह कि अनुसूचित जनजातियों और अनुसूचित जातियों में जो सबसे अधिक पिछड़े हुए और जरूरतमंद हैं, उनकी घोर उपेक्षा की जा रही है। उनके लाभ के लिए विशेष प्रोत्साहन और नवाचारयुक्त सांस्थानिक व्यवस्था की तत्काल आवश्यकता है।

यह बहुत जरूरी है कि हम शिक्षा को विकासात्मक और समग्र पद्धति की दृष्टि से देखें। जैसाकि हम कह चुके हैं, अशैक्षिक घटकों के कारण भी बहुत बड़ा अंतर पड़ जाता है। जाहिर है कि शिक्षाप्रणाली स्कूल में प्रवेश के पहले की अवस्था में अनुसूचित जनजाति और अनुसूचित जाति के बच्चों की पोषण-संबंधी आवश्यकताओं की पूर्ति नहीं कर सकती। इस जरूरत को संबद्ध विकास-योजनाएँ ही पूरा कर सकती हैं, किंतु इसके कार्यक्रमों की सफलता सुनिश्चित करने के लिए शिक्षा विभाग का सहयोग आवश्यक है। शिक्षा के लक्ष्य क्या हैं, यह इन समुदायों को बताया जाना चाहिए। उनके परामर्श से शिक्षा को उनकी आवश्यकताओं के अनुरूप बनाया जाना चाहिए और उनमें अलगाव पैदा करनेवाले तत्त्वों पर नियंत्रण रखना चाहिए। शैक्षिक क्रम इस प्रकार तैयार किए जाएँ कि उनसे संबद्ध समुदायों को आगे बढ़ने की प्रेरणा मिले। उनकी मौखिक परंपरागत संस्कृति से मानवीय और वैज्ञानिक शिक्षा-संस्कृति की ओर संक्रमण को सरल और सुचारु बनाया जाए। संस्कृति-संक्रमण की प्रक्रिया में जो आघात झेलने होते हैं, उनमें सावधानी बरती जाए ताकि उससे वे कम-से-कम आहत हों।

प्रचलित शिक्षाशास्त्र की सामान्य कार्यसाधकता और प्रासंगिकता ऐसा विषय है, जिस पर लंबी बहसें हुई हैं। जब ये सिद्धांत अनुसूचित जनजातियों और अनुसूचित जातियों पर लागू किए जाते हैं तो वे अस्थिर और निरर्थक साबित होते हैं। इन वर्गों के लिए जो शिक्षा-सिद्धांत प्रचलित हैं, उनमें पर्याप्त परिवर्तन किया जाना चाहिए। और उन्हें सार्थक नवाचारों से युक्त करना चाहिए। यह बात स्मरणीय है कि शिक्षा के अवसर की समान उपलब्धता का यह अर्थ नहीं है कि उन्हें सबके लिए समान कर दिया गया

है। इसका पहला कारण तो यह है कि जो प्रोत्साहन दिए गए हैं, वे सबसे गरीब धरातल के लिए अपर्याप्त हैं, क्योंकि आर्थिक सहायता मिलने के बावजूद बहुत अधिक विद्यार्थी उच्चशिक्षा प्राप्त नहीं कर सकते। दूसरे, शिक्षा के अवसरों को सही अर्थों में समान बनाना तभी संभव हो सकता था जबकि अनुसूचित जनजाति और अनुसूचित जातियों के बच्चों की उपलब्धियाँ कुल जनसंख्या में अपने अनुपात की दृष्टि से उतनी ही होतीं, जितनी समाज के अधिक सुविधा-प्राप्त वर्गों के बच्चों की होती हैं। यही वस्तुतः समस्या का मूल है और इसी महत्त्वपूर्ण पहलू पर विचार और अमल की आवश्यकता है।

आश्चर्य है कि हमारी शिक्षा-संस्थाओं ने उन चुनौतियों का रचनात्मक ढंग से सामना नहीं किया जो अनुसूचित जनजातियों और अनुसूचित जातियों के लिए शिक्षा के प्रश्न से उत्पन्न हुई थीं। अध्यापक-प्रशिक्षण-कार्यक्रमों में पहली और दूसरी पीढ़ी के विद्यार्थियों की विशेष आवश्यकताओं और समस्याओं पर कोई बल ही नहीं दिया गया। प्रचलित शिक्षा-सिद्धांत समाज के कमजोर वर्गों, खास कर अनुसूचित जनजातियों और अनुसूचित जातियों के लिए अनुपयुक्त है। शिक्षाविदों के परामर्श के बावजूद हम प्रारंभिक शिक्षा का ऐसा स्वरूप विकसित करने में सफल नहीं हो पाए हैं जो सच्चे अर्थों में पर्यावरण पर आधारित हो और शिल्पोन्मुखी हो। ऐसी कोई संतोषजनक व्यवस्था मौजूद नहीं है जो माध्यमिक और उच्च-शिक्षा के लिए हितकर सामग्री की खोज कर सके। माध्यमिक शिक्षा के क्षेत्र में जो महत्त्वपूर्ण व्यावसायिक पक्ष जोड़ा गया है, वह जनजातीय समुदायों और ग्रामीण क्षेत्रों में कारगर नहीं हुआ है। पाठ्यक्रम में जो कुछ पढ़ाया जाता है उसमें वनविद्या, बागबानी, ग्रामोद्योग और उनके प्रबंधन जैसे विषयों का कहीं जिक्र नहीं है। यदि ऐसा किया जाता तो उससे रोजगार और स्वयं-नियोजन के अवसर अनुसूचित जनजातियों और अनुसूचित जातियों के युवाओं को भी सुलभ हो जाते। नयी शिक्षा-पद्धति का सबसे अधिक महत्त्वपूर्ण अंग एक ऐसी पद्धति का विकास है, जिसमें शिक्षा सद्भाव और सहानुभूति के वातावरण में दी जाए। अनुसूचित जनजातियों और अनुसूचित जातियों के विद्यार्थियों को समकालीन संप्रेषण के वातावरण में अंशभागी बनाने के लिए आध्यापक को उन मूलभूत सांस्कृतिक स्वरूपों को समझना होगा जिनमें समाज के इन वर्गों के बच्चे पहले-पहल दीक्षित होते हैं। सांस्कृतिक संक्रमण की प्रक्रिया का इस संदर्भ में महत्त्व बहुत अधिक हो जाता है। अभिव्यक्ति-क्षमता का विकास समूह-चर्चा के ऐसे प्रसंगों के माध्यम से किया जा सकता है, जिनका इन बच्चों को परंपरा से ही अभ्यास हो जाता है। गणितीय विवेचन-क्षमता ऐसे सुनियोजित अभ्यास के सहारे बढ़ायी जा सकती है, जिनमें मूर्त से अमूर्त की कल्पना की जाती है। इस सबके लिए शिक्षक में असाधारण धैर्य, स्वभाव और सहानुभूति का होना जरूरी है।

यह पहले कहा जा चुका है कि स्कूल के सामान्य दिन को तीन भागों में विभक्त करना होगा—एक-तिहाई औपचारिक शिक्षा के लिए, एक-तिहाई ऐसे सामूहिक कार्यकलापों के लिए जिनमें मिल-जुलकर सीखने की प्रक्रिया और शिल्प-शिक्षा के सत्र हों और शेष

एक-तिहाई स्वाध्याय के लिए, जिसमें आवश्यक मार्गदर्शन भी शामिल हो। उच्चशिक्षा के लिए प्रत्याशित उपचारी और अनुपूरक शिक्षा के कल्पनापूर्ण कार्यक्रम बनाने होंगे। इस काम को यदि आनुष्ठानिक रूप दिया गया तो इसका उद्देश्य विफल हो जाएगा, क्योंकि इसके लिए उच्च कोटि की कल्पनाशीलता और प्रतिबद्धता आवश्यक है। इस संबंध में जो आदि-प्रारूप विकसित किए जाएँ, उनमें कल्पनाप्रवणता हो, उनकी भली प्रकार परीक्षा की जाए और उन्हें विवेकपूर्ण ढंग से विस्तारित किया जाए। यदि ऐसा न किया गया तो अनुसूचित जनजातियों और अनुसूचित जातियों के विद्यार्थियों में स्कूल छोड़कर जानेवालों की संख्या बढ़ती ही रहेगी और उनका निष्पादन-स्तर निम्न बना रहेगा। इससे देश की महान क्षति होगी और समतावादी समाज-स्थापना का स्वप्न भी भंग हो जाएगा।

अनुसूचित जनजातियों और अनुसूचित जातियों के लिए शिक्षा के क्षेत्र में किए गए प्रयास अब तक विफल रहे हैं। इस कार्यक्रम में जो समस्याएँ अंतर्निहित हैं, उनका रूप अब उभरकर सामने आया है। लक्ष्य-प्राप्ति के लिए हमारे प्रयास रचनात्मक और कार्यनीतियाँ यथार्थवादी होनी चाहिए।

10

शिक्षा और नयी अंतर्राष्ट्रीय व्यवस्था

अंतर्राष्ट्रीय व्यवस्था के प्रश्न पर बीसवीं सदी में अनेक मंचों पर भिन्न-भिन्न प्रकार से और भिन्न-भिन्न दृष्टिकोणों से चर्चा होती रही है। इस समस्या को जिन परिप्रेक्ष्यों में देखा गया उनमें व्यापक मतभेद था और इसके उद्देश्यों और महत्त्व पर भी सहमति नहीं थी। इन मतभेदों के बावजूद इस समस्या में सभी राजनेताओं, विचारकों और प्रबुद्ध नागरिकों की समान रूप से दिलचस्पी रही है। समस्या के स्वरूप के संबंध में अंतर्राष्ट्रीय व्यवस्था के सिद्धांतों के प्रवर्तकों ने जो दृष्टियाँ अपनायीं; उनमें भी आकाश-पाताल का अंतर था। एक छोर पर ऐसे युटोपिया के सर्जक थे जिनका विश्वास था कि मानव कार्य-व्यापार की, जिनमें अंतर्राष्ट्रीय संबंध भी शामिल हैं, भली प्रकार व्यवस्था की जा सकती है और यदि मानवजाति युद्ध की निस्सारता को स्वीकार कर ले तो उन्हें अपेक्षित दिशा में मोड़ा जा सकता है। दूसरे छोर पर 'रिअल-पॉलिटिक' के समर्थन और उनपर अमल करनेवाले लोग थे, जो शक्तिशाली देशों के हितों की प्राथमिकता को ही स्वीकार करते थे। विकास, जिसमें शिक्षा भी शामिल है, प्रभुता प्राप्त देशों के हित में सत्ता-समीकरण बनाए रखने का साधन माना गया। इन पक्षों द्वारा प्रस्तुत लक्ष्यों में भारी असमानता थी। एक पक्ष वर्तमान व्यवस्था को पूरी तरह बदल देना चाहता था और उसकी बुनियाद भी नए सिरे से रखना चाहता था, ताकि संघर्ष के उन सभी स्रोतों को समाप्त किया जा सके जो संकट उत्पन्न करते हैं और युद्ध भड़काते हैं। दूसरा पक्ष लाक्षणिक उपचार के द्वारा केवल अस्थायी शांति स्थापित करना चाहता था। अंतर्राष्ट्रीय व्यवस्था संबंधी चिंतन में पर्याप्त संस्कार-परिष्कार आया है, किंतु मूलभूत परिवर्तन के पक्षधरों और उन लोगों के बीच मतभेद बराबर बना हुआ है जो पीड़ानाशक दवाई देकर सिर्फ तात्कालिक उपचार करना चाहते हैं।

अंतर्राष्ट्रीय व्यवस्था के प्रश्न पर पुनः विचार करने का पहला गंभीर प्रयास अंतर्राष्ट्रीय संबंधों के अध्येताओं द्वारा किया गया था। उनका विचार था कि संसार

राज्य-केंद्रिक है और वह अंतर्राष्ट्रीय व्यवस्था का नहीं, बल्कि अंतर्राष्ट्रीय अराजकता का प्रतीक है। यह मान लिया गया था कि राज्यों के लिए सत्ता का संघर्ष एक सामान्य और स्वाभाविक क्रिया है, दूसरे स्वार्थ सत्ता-प्राप्ति के बाद ही सामने आते हैं। ऐसी स्थिति में यदि शांति बनाए रखने की संभावनाओं में सुधार करना है तो शक्ति-संतुलन या भय-संतुलन को सुरक्षित रखने के लिए जागरूकता के साथ काम करना होगा। इस संदर्भ में बड़ी शक्तियों की प्रासंगिकता मध्यम और छोटी शक्तियों की अपेक्षा अधिक है। इस संतुलन को इस दृष्टि से समझना होगा कि बड़ी शक्तियों के पास शस्त्रास्त्रों का कितना भंडार है, वे शस्त्रास्त्र कितने समुन्नत हैं और महाशक्तियों की मध्यम और छोटी शक्तियों के साथ किस प्रकार की संधियाँ हैं।

यह दृष्टिकोण महाशक्तियों की उच्चता की स्वीकृति पर आधारित था, जो उनके मित्रों और समर्थकों की शक्ति को शामिल करके आँकी जाती थी। उसका सबल देशों और उनके हितों की ओर झुकाव होना स्वाभाविक था। वर्तमान शक्ति-समीकरणों को बदलने की जगह उसने यथापूर्णस्थिति को जारी रखने का प्रयास किया। महाशक्तियाँ दीर्घ और दुखदायी वार्ता के द्वारा अपने शस्त्रास्त्रों और सेनाओं को ऐसे स्तर तक कम करने का निर्णय करती रहीं, जिस पर सहमति हो चुकी हो और इस संतुलन को बनाए रखने के लिए संधियाँ संपन्न की जाती रहीं। महाशक्तियों के पास सैनिक शक्ति कम कर देने के बाद भी इतने शस्त्रास्त्र बाकी रह जाते हैं, जिनसे वे मानव-जाति का कई बार नाश कर सकती हैं। वे संधियाँ संकट अथवा अन्य तनाव की स्थितियों में बहुत कमजोर सिद्ध होती हैं और किसी भी समय विनाशकारी युद्ध छिड़ जाने की आशंका बनी रहती है। मध्यम और छोटी शक्तियाँ महाशक्तियों पर आश्रित रहती हैं। न्यायपूर्ण और समता पर आधारित व्यवस्था लाने का प्रश्न केवल शास्त्रीय रुचि के विषय के रूप में उठाया जा सकता है। विनाश के ऐसे नये उपकरणों के अन्वेषण को लक्ष्य बनाकर किए गए अनुसंधान का, जो उन शस्त्रों से अधिक शक्तिशाली हों जो महाशक्तियों के शस्त्रागारों में पहले से मौजूद हैं, न तो इन संधियों में कोई उल्लेख नहीं होता था और न उन पर कोई कारगर रोक लगाई जाती थी। अंतिम विश्लेषण में कहा जा सकता है कि इन मामलों में निर्णायक मत महाशक्तियों का ही होता था और कमजोर देशों को डरा-धमकाकर शांत कर दिया जाता था। जब तक महाशक्तियों के पास पर्याप्त शस्त्रास्त्र हैं, तब तक वे एक-दूसरे की गतिविधियों के प्रति उदासीन नहीं रह सकतीं और बहुत सोच-समझकर कोई कदम उठाती हैं। कम शक्तिशाली देश केवल यह प्रार्थना कर सकते हैं कि ईश्वर महाशक्तियों को सद्बुद्धि दें और यदि उनकी प्रार्थना स्वीकार नहीं होती तो एक अनिश्चित भाग्य से सामने झुक जाने के अतिरिक्त उनके पास कोई विकल्प नहीं रह जाता। परिणामस्वरूप उनके संसाधन, जिनकी सहायता से समस्त विश्व में मानवजीवन के स्तर में सार्थक परिवर्तन किए जा सकते हैं, आक्रमण तथा सुरक्षात्मक हथियारों पर लगाए जाते रहे हैं। विश्वव्यापी भुखमरी और गरीबी की समस्या को बहुत

कम महत्त्व दिया गया है। एक ऐसी विश्व-व्यवस्था को किसी तरह बनाए रखने का प्रयास किया जा रहा है जो पहले से ही टूटी-फूटी है। शांति पर बल दिया जाता है, लेकिन विकास और उन्नति की आवश्यकता पर यथेष्ट विचार नहीं किया जाता।

अंतर्राष्ट्रीय व्यवस्था के प्रश्न पर एक दूसरी दृष्टि भी है, जो जागरूक पर्यावरण-बोध से उत्पन्न हुई है। पारिस्थितिक संतुलन और उन संसाधनों का संरक्षण, जिनका समय-समय पर नवीनीकरण संभव नहीं है, विगत पचास वर्षों में ऐसी समस्या के रूप में उभरे हैं, जिनके प्रति सारी दुनिया चिंतित है। मैं यहाँ अंतर्राष्ट्रीय संबंधों के पारिस्थितिक उदाहरण प्रस्तुत नहीं कर रहा—जो एक व्याख्यात्मक उपाय है और भू-राजनीति की दृष्टि से सैनिक विस्तार के वातावरण या योजनाओं के संदर्भ में राष्ट्रीय राजनीतिक व्यवहार के अंतर की व्याख्या करता है—न मैं किसी प्रकार के भ्रमित पर्यावरणवाद का समर्थन कर रहा हूँ। मेरा यह उल्लेख तो हेरल्ड और मार्गरिट स्प्राउट की विवेकपूर्ण दृष्टि के अनुरूप है, जिन्होंने अंतर्राष्ट्रीय संबंधों के अध्ययन को मानवीय बनाने के लिए सबल तर्क प्रस्तुत किए हैं। विश्व को हमें एक व्यवस्था की दृष्टि से नहीं, बल्कि मानव-विकास की संभावना के रूप में देखना चाहिए। यह तथ्य सभी को स्वीकार करना चाहिए कि प्राकृतिक संसाधनों—कृषियोग्य भूमि, उपयोगी खनिज, अनुकूल जलवायु आदि—के असमान और अनियमित वितरण का मानव के संगठित प्रयासों और पारस्परिक अंतःक्रिया के स्वरूप पर निश्चित प्रभाव पड़ता है। संसाधनों का असमान वितरण राष्ट्रों के बीच तनाव और वैमनस्य उत्पन्न करता है। स्प्राउट दंपति ने इस बात पर ठीक ही बल दिया है कि आर्थिक और राजनीतिक विकल्प अपनाने में पर्यावरण के प्रत्यक्ष हस्तक्षेप की संभावनाएँ सीमित हैं, और पर्यावरण के संबंध में राजनेताओं की जो अभिधारणाएँ हैं, उनका ही अधिक महत्त्व है। प्रमुख निर्णय मानव करता है, पर्यावरण नहीं; पर्यावरण के कारण मानव क्रियाकलाप पर कुछ प्रतिबंध अवश्य लग जाता है।

पारिस्थितिक उदाहरण के मूल में कुछ कठोर तथ्य भी हैं। वायु या समुद्र-प्रदूषण का पड़ोसी और दूरस्थ देशों पर कई प्रकार से दुष्प्रभाव पड़ता है। एक देश के पारिस्थितिक असंतुलन के दुष्परिणाम दूसरों को भी भुगतने पड़ते हैं। दुर्लभ और अपूर्व प्राकृतिक संसाधनों का वितरण न्यायपूर्ण ढंग से किया जाना चाहिए। उनके वितरण में होनेवाले असंतुलन से आर्थिक और राजनीतिक संकट पैदा होते हैं और तनाव इतना बढ़ जाता है कि युद्ध का खतरा उठ खड़ा होता है। पर्यावरण तथा उसके संसाधनों के संरक्षण और पारिस्थितिक संतुलन को बनाए रखने के लिए सम्मिलित मानव-प्रयास आवश्यक है, जिनमें सार्वभौम नीति-निर्माण और उनके कठोर प्रवर्तन का पूरा-पूरा ध्यान रखा जा सके। पारिस्थितिक संरक्षण की बात आकस्मिक नहीं है, मानवजाति का अस्तित्व अंततोगत्वा इसी पर निर्भर है। अतः पारिस्थितिक आयाम में राष्ट्रों के पारस्परिक संबंधों को पुनर्व्यवस्थित करने की आवश्यकता को दोहराया और उस पर बल दिया जाता है। विश्व की संकल्पना मानव निवास—समस्त मानवजाति के घर—के रूप में की जानी चाहिए।

पर्यावरण का गुण-धर्म सुनिश्चित करने के लिए एक समाकलित दृष्टि का विकास आवश्यक है।

एक ओर दृष्टिकोण भी है जो नयी अंतर्राष्ट्रीय व्यवस्था का जबर्दस्त समर्थक है और समकालीन विश्व में असमान विकास से आयी विकृतियों के मूल्यांकन पर आधारित है। दुनिया के कुछ ऐसे देश हैं जो उत्पादन और आर्थिक वृद्धि के उच्च शिखर तक पहुँच गए हैं, जिसके फलस्वरूप उनके लिए सुसमृद्धि और उनकी जनता के एक बड़े वर्ग के लिए संपन्नता सुनिश्चित हो गई है। लेकिन दुनिया का दो-तिहाई से अधिक भाग दरिद्र और अल्प-विकसित ही बना हुआ है और वहाँ की बहुसंख्यक जनता मुश्किल से दो जून भोजन जुटा पाती है। अल्प-विकास के तथ्य की व्याख्या भिन्न प्रकार के अनेक सिद्धांतों से की गई है, परंतु हाल में हुए अध्ययनों में यह बात स्पष्ट होती जा रही है कि मुट्ठीभर लोगों की अतिसमृद्धि ही असंख्य लोगों की असामान्य दरिद्रता का प्रमुख कारण है। पहले के अधिकांश उपनिवेश और आश्रित राज्य अब स्वाधीन और संप्रभुता-संपन्न राज्य बन गए हैं, किंतु विश्व-स्तरीकरण प्रणाली में प्रभुत्व और पराधीनता के भेद अभी तक बने हुए हैं। पराधीनता की परिस्थितियों में तीसरी दुनिया के देश अपने को बहुत दबा और बँधा हुआ पाते हैं और विकास के किसी स्वतंत्र मार्ग का अनुसरण वे नहीं कर सकते । सहायता के साथ कड़ी शर्तें और जटिल बंधन होते हैं और व्यापार भी असमानता के आधार पर ही संभव होता है। वे जो प्रौद्योगिकी आयात करते हैं, वह भी पुरानी होती है। पूँजी-प्रधान होने के अलावा उसमें ऊर्जा का व्यय भी बहुत अधिक होता है और प्रायः उसमें रक्षा के वे उपाय अंतर्निहित नहीं होते जिनसे पर्यावरण का प्रदूषण रोका जा सके। जो भी आर्थिक सहायता ऋण के रूप में ली जाती है, उसे ब्याज सहित वापस करना होता है और दस-बीस वर्ष में स्थिति ऐसी हो जाती है कि पूर्व ऋणों के भुगतान के लिए नए कर्ज़ भी लेने पड़ते हैं। इस प्रकार के कर्ज़ लेने का परिणाम यह होता है कि भावी पीढ़ियों का भाग्य ऋणदाता देशों के नाम गिरवी रख दिया जाता है। व्यापार की शर्तें विकसित देशों के लिए ही लाभकर सिद्ध होती हैं, क्योंकि उनका एक मात्र उद्देश्य विकासशील देशों से असंसाधित तथा अर्द्ध-संसाधित सामग्री हड़प लेना है। नतीजा यह है कि तीसरी दुनिया, आर्थिक तथा तकनीकी सहायता के बावजूद, अपने को एक दुश्चक्र में फँसा हुआ पाती है। उसके लिए शोषक-जाल से मुक्ति पाना असंभव हो जाता है। एक बार यदि तीसरी दुनिया सहायता के भँवर में फँस गयी तो फिर विकास के लिए आत्मनिर्भरता के मार्ग पर उसका अग्रसर होना प्रायः असंभव हो जाता है। मानवजाति के एक छोटे-से वर्ग को उपलब्ध विश्वव्यापी संसाधनों के असंगत रूप से एक बड़े भाग की आवश्यकता है और उसपर उसका नियंत्रण भी है। नतीजा यह होता है कि बहुसंख्यक लोगों को अपने विकास में लगाने के लिए कुछ बचता ही नहीं। यह स्थिति निश्चित रूप से अन्यायपूर्ण है। वर्तमान परिस्थितियों में यदि विश्व-संसाधनों का न्यायोचित वितरण नहीं किया जाता और समस्त मानवजाति

की समस्याओं के समाधान करने की क्षमता को पुष्ट करके न्यूनतम मान्य स्तर तक विश्व-विकास के कार्य में नहीं लगाया जाता तो तीसरी दुनिया का विकास आकर्षक, किंतु अप्राप्य लक्ष्य ही बना रहेगा।

अंतर्राष्ट्रीय समाज कोई स्वप्न नहीं है। जॉन बर्टन ने सिद्ध किया है कि मकड़ी के जाले की तरह बना हुआ यह तंत्र राष्ट्रों के परस्पर संबंधों का प्रतीक है और उसे एक व्यवस्था के रूप में अधिक अच्छी तरह समझा जा सकता है। जिधर देखो, मनुष्यों और उनके संदेशों का ताँता लगा रहता है और भाँति-भाँति के तकनीकी, आर्थिक और सांस्कृतिक आदान-प्रदान होते हैं। परंतु वर्तमान विश्वव्यापी स्तरीकरण-प्रणाली में प्रत्येक वस्तु का झुकाव आर्थिक और सैनिक दृष्टि से शक्तिशाली राष्ट्रों के पक्ष में होता है। विश्व-स्थिति और उससे उभरनेवाली प्रवृत्तियों का विवेचनात्मक अध्ययन यह स्पष्ट करता है कि यदि विश्वव्यापी स्तर पर चल रहे लड़ाई-झगड़ों से बचना अभीष्ट है तो एक नयी अंतर्राष्ट्रीय व्यवस्था स्थापित करना आवश्यक है। वर्तमान व्यवस्था में हमें आमूल सुधार करना होगा। इस संदर्भ में हमें इन निराशाजनक चेतावनियों पर भी ध्यान देना है कि सबसे अधिक संपन्न देश अपने विकास की चरम सीमा तक पहुँच चुके हैं। यह भी सुझाव दिया गया है—और वह भी बड़ी गंभीरता तथा थोड़ी-बहुत निर्दयता के साथ—कि कमजोर देशों को अपने-अपने भाग्य पर छोड़ देना चाहिए और यदि अपना जीवन-स्तर सँवारने की प्रक्रिया में वे मर-खप भी जाएँ तो न उससे घबराना चाहिए और न उसकी चिंता करनी चाहिए। लेकिन ये सब कहने की बातें हैं। अल्प-विकसित देश मृत्यु को अवश्यंभावी समझकर गले नहीं लगाएँगे, मरते-मरते भी उनकी अंतिम साँसें ऐसी खलबली मचा देंगी जो न तो देखी और न सुनी गयी हो ! विकास और शांति परस्पर संबद्ध हैं और केवल एक नई अंतर्राष्ट्रीय व्यवस्था ही इन दोनों को सुनिश्चित कर सकती है।

जिन आदर्शों और दृष्टिकोणों के संबंध में अब तक चर्चा की गयी है, वे इस अर्थ में वास्तविक हैं कि उनका संबंध बातों से है जो आज के यथार्थ से जुड़ी हैं, उनसे नहीं जो होनी चाहिए। इस क्षेत्र में कुछ महत्त्वपूर्ण प्रयोग भी किए गए हैं जिनमें 'है' और 'होना चाहिए'—दोनों प्रश्नों पर विचार किया गया है। क्लब ऑफ रोम की पुस्तक 'दि लिमिट्स टु ग्रोथ' से लेकर जो कुछ निराशाजनक चित्र प्रस्तुत करती है, 'मैनकाइंड एट टर्निंग प्वाइंट' तक, जिसमें स्थिति का अपेक्षाकृत अधिक आशाजनक चित्रण है, हमें आज स्थिति कैसी है और सुनियोजित तथा सप्रयोजन कार्य से कल वह कैसी हो सकती है, इन दोनों के संबंध में एक परिप्रेक्ष्य मिल जाता है। हमारे सामने कुछ दूसरे सार्वभौम आदर्श भी हैं, जैसे 'आलटरनेटिव वर्ल्ड मॉडल' जिसे वैरिलोश मॉडल भी कहा जाता है और 'यू. एन. वर्ल्ड मॉडल' (लियान्टीफ़ मॉडल)—ये दोनों प्रारूप ऐसे विकल्प प्रस्तुत करते हैं जिनसे विश्व के देशों को अपने संबंधों का नया अधिक न्यायपूर्ण आधार मिले। 'द्वितीय विकास' और 'अन्य विकास' को लेकर भी खासी बहस हुई है। विकास के वैकल्पिक मार्गों पर चर्चा आज भी बौद्धिक चिंता का एक प्रमुख विषय है, जिनमें

तात्कालिक आवश्यकताओं और साथ ही वर्तमान तथा भावी जीवन-स्तर के प्रश्नों पर चर्चा की गयी है। एक दशक पूर्व हुआ उत्तर/दक्षिण संवाद भी वर्तमान की विवेचना और साथ ही भविष्य के लिए व्यवहार्य युटोपिया की प्रस्तुति का एक और पहलू है। दक्षिण आयोग ने हाल ही में एक सुचिंतित अध्ययन प्रस्तुत किया है। इन आदर्शों और दृष्टिकोणों में जो मूलभूत तर्क प्रस्तुत किए गए हैं, वे नए नहीं हैं। यदि पुरानी अंतर्राष्ट्रीय व्यवस्था को बदलकर नयी अंतर्राष्ट्रीय व्यवस्था स्थापित नहीं की जाती और संसाधनों का न्यायपूर्ण वितरण सुनिश्चित नहीं किया जाता तो संसार को गंभीर खतरे का सामना करना पड़ेगा। हर दशक में खलबली और संकट की स्थिति बढ़ती जाएगी और संसार विनाश के कगार तक पहुँच जाएगा। मानवीय प्रयोगों को मात्र आदर्शवादी स्वप्न कहकर नहीं छोड़ा जा सकता, ऐसा करना खतरा मोल लेना होगा। मानवजाति किस दिशा में बढ़े, इसका बहुत स्पष्ट प्रारूप निर्धारित किया जाना चाहिए।

अब अंतर्राष्ट्रीय संबंधों के स्वरूप की पुनर्व्याख्या के प्रश्न से हटकर उनके अंतर्राष्ट्रीय स्वरूप के सवाल पर चर्चा करें।

वर्तमान चिंतन में प्रभुतासंपन्न राज्यों के बीच संबंधों के स्वरूप की पुनर्व्यवस्था पर बल दिया जाता है, समूहों और समुदायों के बीच अंतर्राष्ट्रीय संबंधों को पुनर्व्यवस्थित करने की आवश्यकता को कम महत्त्व दिया जा रहा है। धनाढ्य और शक्तिशाली राष्ट्रों का विकासशील देशों के विशिष्ट वर्ग के एक प्रमुख भाग पर पूरा नियंत्रण है। उन्हीं के माध्यम से निर्णय-प्रक्रिया प्रत्यक्ष रूप से प्रभावित की जाती है। मध्यम और कम शक्तिशाली राज्य उसी प्रकार अपनी प्रभुसत्ता के संरक्षण के लिए उत्सुक हैं, जिस प्रकार बड़ी शक्तियाँ अपनी प्रभुसत्ता के लिए। वे शक्तियाँ जो अपने क्षेत्र में यथापूर्वस्थिति बनाए रखने की समर्थक हैं, उतनी ही सशक्त हैं जितनी अंतर्राष्ट्रीय व्यवस्था की अन्य शक्तियाँ जो कि महाशक्तियों का आधिपत्य बनाए रखना चाहती हैं। जिस तथ्य को पर्याप्त मान्यता नहीं दी गई, वह यह है कि अंतर्राष्ट्रीय व्यवस्था में मूलभूत परिवर्तन करने के लिए यह अनिवार्य है कि उसके घटक राज्य भी अपने यहाँ आमूल परिवर्तन करें। यदि विकासशील राज्यों में भी परिवर्तन नहीं होते तो वे गतिरोध से नहीं बच सकते इसलिए यह बात ध्यान में रखनी चाहिए कि नयी अंतर्राष्ट्रीय व्यवस्था के निर्माण के लिए जरूरी है कि राष्ट्रीय व्यवस्थाओं में भी परिवर्तन किए जाएँ, हालाँकि ऐसे परिवर्तन इस बात का प्रमाण नहीं हो सकते कि एक नयी आर्थिक व्यवस्था अंततः स्थापित हो ही जाएगी।

राष्ट्रों के अंदर और अंतर्राष्ट्रीय स्तर पर एक नई व्यवस्था के निर्माण के आधार होंगे—मुक्ति, स्वायत्तता में समता, अंशभागिता, सर्जनात्मक अभिव्यक्ति के अवसर और समस्या के पूर्वानुमान तथा समस्या-समाधान के सहयोगी प्रयत्न। मुक्ति की धारणा को राष्ट्र-राज्यों तक ही सीमित नहीं करना चाहिए, बल्कि इसका विस्तार समुदायों, समूहों और व्यक्तियों तक होना चाहिए। समता, न्याय और शांति को समर्पित अंतर्राष्ट्रीय व्यवस्था के नियंत्रण में रहते हुए भी राष्ट्र-राज्यों को पूर्ण स्वायत्तता दी जानी चाहिए। इतिहास

गवाह है कि राष्ट्र-राज्य की स्वायत्तता का घोर दुरुपयोग भी किया गया है, इसलिए हमें राष्ट्र-राज्य की स्वायत्तता की संकल्पना में समुदायों की स्वायत्तता की धारणा को भी स्थान देना होगा। अंतिम आदर्श है व्यक्तियों की स्वायत्तता, जो राष्ट्र-राज्य के नागरिक होने के साथ ही विश्व के भी नागरिक हैं। राष्ट्र-राज्यों में और अंतर्राष्ट्रीय व्यवस्था में इस प्रकार की स्वायत्तता के लिए एक ओर तो व्यक्तियों और समुदायों के साथ समता और न्याय के व्यवहार और दूसरी ओर निर्णय-प्रक्रिया में उनकी मुक्त और पूर्ण सहभागिता आवश्यक होगी। मुक्ति और स्वायत्तता को सार्थक बनाने के लिए अभिव्यक्ति और सर्जना के निर्बाध अवसरों की आवश्यकता है। समस्याओं और बार-बार आनेवाले संकटों से ग्रस्त संसार में समुदायों, राष्ट्रों और अंतर्राष्ट्रीय परिवार के लोगों की समस्या-समाधान की क्षमताओं को निखारना होगा। उन्हें आनेवाली समस्याओं का ठीक-ठीक अनुमान कर सकने की क्षमता को विकसित करना होगा और इससे पहले कि वे बीभत्स रूप में प्रकट होने लगें, उनका हल खोजना होगा। इस क्षेत्र में शिक्षा महत्त्वपूर्ण योगदान कर सकती है।

यह सर्वमान्य है कि शिक्षा मानव-व्यवस्था के पुनर्निर्माण में एक सजीव भूमिका का निर्वाह कर सकती है। इसमें मानव विचारधारा और कार्य-दिशा को परिवर्तित करने की अपार क्षमता है। विश्व-भर में समय-समय पर शिक्षा-प्रणालियों को प्रेरित किया जाता रहा है कि वे राष्ट्रीय व्यवस्था और अंतर्राष्ट्रीय व्यवस्था के भीतर रहते हुए मानव के अंतःसंबंधों के स्वरूप में मूलभूत परिवर्तन करने के कार्य में लगें। राष्ट्रीय शिक्षा-प्रणाली के प्रबंधक इस चुनौती को स्वीकार करते हुए भी शिक्षा उपप्रणाली और उन अन्य अनेक उपप्रणालियों के बीच के संबंधों को मानने के लिए तैयार नहीं होते, जिनसे राष्ट्रीय व्यवस्था का निर्माण होता है। शिक्षा-क्षेत्र अपनी स्वायत्तता को इसलिए अक्षुण्य नहीं रख सकता कि उस पर हर समय विभिन्न प्रकार के सामाजिक, आर्थिक और राजनीतिक दबाव पड़ते रहते हैं। शिक्षा अपने लक्ष्य भी निर्धारित नहीं कर सकती, क्योंकि शैक्षिक नीति-संबंधी निर्णय प्रायः राजनीतिक स्तर पर किए जाते हैं। राज्य कम-से-कम तीसरी दुनिया के राज्य ही शिक्षा-तंत्र को चलाने के लिए आवश्यक साधनों की व्यवस्था करते हैं। इस प्रकार शिक्षा सत्ताधारी वर्गों के हितों का ही प्रतिनिधित्व करती है। उन समाजों में शिक्षा के अवसरों को सबके लिए समान बनाने के मार्ग में अनेक कठिनाइयाँ आती हैं, जिनका स्तरीकरण मूलतः असमानता के आधार पर हो चुका है। शिक्षा को यदि ऐसी समाज-व्यवस्था में न्याय दिलाने का सशक्त साधन बनाना है जिसमें विभिन्न प्रकार के अन्याय को वैध कर दिया गया है तो उसे एक लंबी और कठिन लड़ाई लड़नी होगी। राज्य द्वारा संचालित शिक्षा-प्रणाली उन तत्त्वों से लड़ाई मोल नहीं ले सकती जो उसका पोषण करते हैं। इसलिए क्रांतिकारी परिवर्तनों की अपेक्षा केवल शिक्षा से ही करना निरर्थक होगा।

आज की स्थिति में सबसे अधिक आवश्यक है सामाजिक सक्रियता। यह बात भी ध्यान में रखी जाए कि यदि शिक्षा से रूढ़िवाद और पुराणपंथ के हित सिद्ध होते

हैं तो वह क्रांतिकारी विचारों को भी कार्यरूप दे सकती है। दूसरे शब्दों में यदि वह कुछ न्यस्त हितों को समाप्त करती है तो कुछ नए स्वार्थों को भी जन्म देती है। लेकिन इस सबके बावजूद अंततः वह ज्ञान की सीमाओं का विस्तार करती है और मानसिक क्षितिजों को व्यापकता देती है, जिससे उन लोगों को जो इस अनुभव से गुजरते हैं, अंतर्राज्यीय और अंतर्राष्ट्रीय प्रवृत्तियों को देखने और समझने के वैकल्पिक परिप्रेक्ष्य मिल जाते हैं। क्रांतिकारी सामाजिक क्रिया के अभाव में शिक्षा के लिए यह संभव नहीं है कि वह निरुद्देश्यता से उबर सके। राष्ट्रीय शिक्षा-प्रणाली में जो असंतुलन है, वह शायद ही कभी समाप्त हो; और इसका प्रमाण यह है कि वह श्रेष्ठ शिक्षा तो अधिक सुविधा-संपन्न समूहों के बच्चों को देती है और नाममात्र की शिक्षा उन्हें देती है जो समाज के वंचित और शोषित वर्ग से संबद्ध हैं। जब तक शोषक सत्तारूढ़ रहेंगे और शैक्षिक नीति का निर्धारण करते रहेंगे, उत्पीड़ित जनता के लिए उपयुक्त शिक्षा-पद्धति कभी नहीं आएगी। यह तो निश्चित है कि शिक्षा का सुप्त प्रभाव होता है, लेकिन यह अनिश्चित है कि ये सुप्त विचार कब सक्रिय हो जाएँगे और उन्हें नयी दिशा मिल जाएगी।

शिक्षा के वास्तविक अंतर्राष्ट्रीयकरण के आसार दूर-दूर तक दिखायी नहीं देते। अंतर्राष्ट्रीय सहयोग से केवल विचारों का आदान-प्रदान बढ़ा है, जिनमें से कुछ में शाश्वत और अनुभवातीत गुण हैं और कुछ दूसरे ऐसे हैं जिनमें एक व्यावहारिक पूर्वाग्रह हैं। अधिकांश प्रयत्न द्विपक्षीय व्यवस्था पर आधारित है। भूतपूर्व उपनिवेश और आश्रित राज्य अपने विद्यार्थियों को भारी संख्या में बड़े-बड़े देशों को भेजते हैं। वहाँ के सुप्रतिष्ठित शिक्षा-संस्थानों में दाखिलों के लिए बड़ी प्रतिस्पर्धा रहती है। इस प्रकार की शिक्षा के निस्संदेह अपने कुछ लाभ हैं। दो संस्कृतियों के मेल से जन्मी शिक्षा नए मार्ग प्रशस्त करती है और समस्या को समझने तथा उसका समाधान करने के लिए मूल्यवान सहायता प्रदान करती है, लेकिन इसमें कुछ हानियाँ भी अंतर्निहित हैं। पहली, शिक्षा के क्षेत्र में यह बौद्धिक उपनिवेशवाद को कायम रखती है। दूसरी, ऐसे सिद्धांतों और व्यवहारों को प्रशिक्षण देती है जिनका तीसरी दुनिया की वास्तविकताओं से कोई सरोकार नहीं है। तीसरी, इस भय की पुष्टि के लिए पर्याप्त प्रमाण मिल जाते हैं कि यह शिक्षा प्रतिभापलायन को बढ़ावा देती है। अत्यंत कुशल प्रशिक्षित धनाढ्य देशों में काम करना पंसद करते हैं, क्योंकि वहाँ उन्हें अच्छा वेतन मिलता है, काम की परिस्थितियाँ बेहतर होती हैं और सीखे हुए शिल्प-कौशल के तत्काल प्रयोग के अवसर सुलभ होते हैं। इस प्रकार देशज चिंतन का विकास अवरुद्ध हो जाता है जो तीसरी दुनिया की परिस्थितियों के लिए आवश्यक है, और उसकी दुर्लभ प्रशिक्षित जनशक्ति का लाभ किसी दूसरे देश को मिल जाता है। सच्चे अंतर्राष्ट्रीय शैक्षिक प्रयासों को अभी ठोस रूप धारण करना है, जो तीसरी दुनिया की समस्याओं पर केंद्रित हों। इस प्रकार के दर्शन को साकार करनेवाली संस्थाएँ यथाशीघ्र स्थापित की जानी चाहिए और उन्हें धन तथा प्रशिक्षित जनशक्ति दोनों दृष्टियों से विश्वव्यापी संसाधनों के बल पर बनाए रखना चाहिए। वे अधिकांशतः तीसरी दुनिया

की सुविज्ञता पर निर्भर रहेंगी, किंतु अपने शैक्षिक कार्यक्रमों के विकास में तीसरी दुनिया से इतर देशों के सहयोग का भी स्वागत किया जाएगा।

एक और तत्त्व जो तीसरी दुनिया में शिक्षा की अंतःशक्ति को अवरुद्ध करता है, वह है उसकी जड़ता। विकासशील देशों की राष्ट्रीय शिक्षा-प्रणालियाँ किसी-न-किसी पाश्चात्य आदर्श का अनुकरण करती हैं। एक ओर जबकि उस आदर्श में, जिसका अनुकरण किया गया है, अनेक परिवर्तन होते रहते हैं, तीसरी दुनिया में उसकी अनुकृति न्यूनाधिक स्थिर रहती है। उसमें सामाजिक वास्तविकता से उभरी हुई चुनौतियों का रचनात्मक ढंग से सामना करने की क्षमता नहीं है। साहसपूर्ण रुख अपनाने और क्रांतिकारी भाषा के प्रयोग के बावजूद भारतीय शिक्षा-प्रणाली में कोई सार्थक परिवर्तन नहीं आ पाया। हमें अनेक उच्च शक्ति-प्राप्त आयोगों और समितियों के प्रतिवेदनों में उल्लिखित विवेकपूर्ण परामर्श और बुद्धिमत्तापूर्ण शब्दों का स्मरण करना चाहिए, जो क्रांतिकारी सूत्रपात करने में सहायक हो सकते थे। इस परामर्श पर या तो ध्यान ही नहीं दिया गया या फिर उस पर अमल संकोचपूर्वक किया गया। ये प्रयत्न आज की भारतीय शिक्षा के गढ़ को हिला नहीं सके। विश्वविद्यालय अनुदान आयोग ने अनेक नवाचारों का समर्थन किया, लेकिन उनका क्या हश्र हुआ, यह किसी से छिपा नहीं है। हम इस सोए हुए कुंभकर्ण को किस तरह जगाएँ ? यह प्रणाली कोई सार्थक कार्य इसलिए नहीं कर पायी कि इसके अंदर ही ऐसे तत्त्व मौजूद थे जो निरंतर उसका मार्ग अवरुद्ध करते रहते थे।

कुछ चर्चा अब तुलनात्मक शिक्षा की कर ली जाए, विशेषतः उसकी कतिपय समकालीन तथा भावी प्रवृत्तियों के संबंध में । तुलनात्मक शिक्षा केवल विकासात्मक प्रवृत्तियों, दार्शनिक अभिधारणाओं और शैक्षिक प्रक्रियाओं की तुलना तक सीमित नहीं है। इसमें शैक्षिक समस्याओं में से कुछ के प्रति अपनाए गए राष्ट्रीय दृष्टिकोणों की विविधताओं पर भी विचार किया जाता है। इसमें जिस प्रकार के मुद्दे उठाए जाते हैं, वे निम्नांकित प्रश्नों में देखे जा सकते हैं। अमरीका में किए गए वे महत् प्रयास जिनमें अपार धन लगाया गया था, अमरीकी इंडियनों, नीग्रो , पोर्टोरिकनों और मैस्किकनों का शिक्षा-स्तर ऊँचा क्यों नहीं कर सके ? क्या हम श्रमिक वर्ग के बच्चों की शिक्षा के लिए जर्मन जनवादी गणराज्य द्वारा अपनाए गए दृष्टिकोण की सफलता के कारणों का पता लगा सकते हैं, जिसकी बहुत प्रशंसा हुई थी ? चीन ने शिक्षा-संबंधी अवसरों को समान बनाने और शिक्षा को काम से जोड़ने के लिए जो प्रयत्न किए हैं, उनमें कितना धन खर्च हुआ और उससे क्या लाभ हुआ ? जातीय अल्पसंख्यकों और मुख्यधारा के एकीकरण के लिए सोवियत संघ ने जो प्रयास किए, उनमें शिक्षा की क्या भूमिका थी ? वियतनाम वर्षों तक युद्धरत रहते हुए भी अपने बच्चों की शिक्षा जारी रखने में किस प्रकार सफल हुआ ? ईरान की रूढ़िवादी शिक्षा उसके आधुनिकीकरण पर क्या प्रभाव डालेगी ? क्या पोलिनेशियाई द्वीपों में दूरदर्शन के प्रयोग के माध्यम से दी गई शिक्षा की आवृत्ति अन्यत्र भी की जा सकती है ? क्या जूलियस नियेरेरे द्वारा प्रेरित उजामा ग्रामीण-शिक्षा कार्यक्रम

तनजानियाँ जैसे अन्य देशों में भी कार्यान्वित किए जा सकते हैं ? इनमें से प्रत्येक प्रश्न देश-विशेष को दृष्टि में रखते हुए किया गया है। व्यक्तियों द्वारा किए गए विश्लेषणों में भी सुव्यक्त और प्रच्छन्न उत्तर मिल जाएँगे, जो सिद्धांत और व्यवहार दोनों ही दृष्टियों से महत्त्वपूर्ण हैं। इस संबंध में उचित रूप से किए गए तुलनात्मक अध्ययन से उनमें विस्तार और गहराई दोनों बातें आएँगी। इस प्रकार के शैक्षिक अध्ययनों का अंतर्राष्ट्रीयकरण एक प्रकार से राष्ट्रीय और राष्ट्रों से बाहर शैक्षिक समस्याओं के लिए एक कारगर साधन सिद्ध होगा।

नयी अंतर्राष्ट्रीय व्यवस्था के प्रवर्तन की दिशा में शिक्षा की क्या भूमिका हो सकती है ? अब तक जो पूर्वानुमान किए गए हैं, वे बड़े निराशाजनक हैं और स्थिति भी वास्तव में ऐसी है कि जिसके संबंध में अधिक आशाजनक धारणा बना लेना संभव प्रतीत नहीं होता। आज ऐसी परिस्थितियाँ नहीं हैं जिनमें एक ऐसी कारगर अंतर्राष्ट्रीय शिक्षा की व्यवस्था की जा सके जो विश्व-समाज के सिद्धांत का समर्थन करे और विकट तथा असाध्य प्रतीत होनेवाली समस्याओं के समाधन के प्रति समर्पित हो। शिक्षा कम-से-कम यह तो कर ही सकती है कि शिक्षार्थियों को सत्ता और धन के असमान वितरण के दुष्परिणामों से अवगत करा दे, जिससे विश्व-समाज में भारी असंतुलन पैदा हो गया है। अपनी दुर्दशा को समझ लेना उसके समाधान की दिशा में पहला कदम हो सकता है। भुखमरी तनावों और हिंसा को बढ़ाती रहेगी और इस आग को सबल अग्निशामक भी नहीं बुझा सकेंगे। मानवजति के दो-तिहाई भाग के सामने जो मूल समस्या है, वह है अतिविकास तथा अल्पविकास की, अति समृद्धि और भयानक दरिद्रता की। यह बात समझ ली जानी चाहिए कि संसार में जो खलबली मची हुई है, उसका मूल कारण बहुसंख्यकों का अल्पविकास ही है। यदि हम विश्वव्यापी संतुलन खोजने की कोशिश अभी नहीं करेंगे तो यह खलब ी और छटपटाहट आगामी दशकों में न केवल बार-बार महसूस की जाएगी बल्कि उत्तरोत्तर तीव्र भी होती जाएगी। शिक्षा-शास्त्रियों के लिए सबसे अधिक महत्त्व की बात यह है कि वे सजग, जिज्ञासु और विवेकपूर्ण मानस और ऐसे स्वतंत्र वृत्ति के व्यक्तियों के निर्माण पर अपना ध्यान केंद्रित करें जो समसामयिक समस्याओं की जटिलताओं को समझने और उनके समाधान के लिए कुछ करने में समर्थ हों।

मानव ने स्वयं को 'बुद्धिमान मानव' की संज्ञा दी है, जिसमें उसकी कुछ धृष्ठता परिलक्षित होती है, परंतु वह एक दृष्टि से इस सम्मान का पात्र अवश्य है, क्योंकि उसी ने इस विराट् सभ्यता का निर्माण किया है। उसकी उपलब्धियाँ निश्चय ही विस्मयकारी हैं, किंतु उसकी अनेक मूर्खताओं को भी नज़रअंदाज नहीं किया जा सकता। हमारा भू-नक्षत्र एक ऐसे कगार पर खड़ा है कि कोई ज़रा-सी भी गलत चाल उसे विनाश के गर्त्य में गिरा सकती है। आज की समस्याएँ इतनी अधिक और जटिल हैं कि कोई नहीं जानता, कब क्या हो जाए। इसके लिए चेतावनी के संकेत एक लम्बे अर्से से स्पष्ट और तीव्र स्वर में दिए जाते रहे हैं, लेकिन ऐसा आशाजनक प्रमाण कोई नहीं मिल रहा, जिससे

यह पता चले कि मानवजाति ने उस संदेश को सुन लिया है और उसमें अंतर्निहित भयावह संभावनाओं को भी भली प्रकार समझ लिया है। इसके बावजूद यह भी सच है कि प्राणियों में सबसे अधिक शिक्षा योग्य प्राणी मानव ही है। यदि समय रहते हमें अपनी दुर्दशा का अहसास हो जाए तो परिस्थिति में सुधार संभव है। अनेक विकट और उलझी हुई समस्याओं का हल अब भी मनुष्य के हाथ में है।

सोवियत संघ और पूर्वी यूरोप में हुए नाटकीय परिवर्तनों ने दुनिया के सत्ता-समीकरण को एकदम बदल दिया है। आज का संसार एक धुव्रीय हो गया है। 'आर्थिक खुलापन'और 'बाजार का तर्क' आज के नारे बन गए हैं। क्या यह नयी व्यवस्था संसार के वंचितों को सामाजिक न्याय दिलाने में समर्थ होगी ? क्या शिक्षा को इसमें व्यापक जनाधर मिल सकेगा ? परिदृश्य अधिक आशाजनक नहीं है। सशक्त राज्य विकासशील देशों की समस्याओं के प्रति प्रायः उदासीन हैं, वे अपने हितों और जीवन-स्तर को अधिक महत्त्व दे रहे हैं। इस स्थिति में सामाजिक न्याय एक सुखद स्वप्न ही रहेगा। अंतर्राष्ट्रीय श्रम-विभाजन का रूप भी विकृत रहेगा। शोध और आविष्कार प्रभु देशों के क्षेत्र में होंगे, श्रम मात्र विकासशील देशों की भूमिका होगी। संपन्न देश बौद्धिक संपदा पर अपना एकाधिकार बनाए रखना चाहेंगे और उसके उपयोग को शोषण का माध्यम बनाएँगे। इस स्थिति में विकासशील देशों में व्यापक और उच्च गुणवत्तावाली शिक्षा और भी आवश्यक होगी। उन्हें अपनी समस्याएँ खुद ही सुलझानी हैं, दूसरों पर अवलंबित रहना एक कष्टकर अनुभव होगा। वैसे यह एकांगी व्यवस्था स्थायी नहीं होनेवाली। राष्ट्रीय अस्मिताएँ अधिक सम्मानजनक स्थिति की माँग करेंगी और फिर सामाजिक दबाव फिर व्यवस्था को अस्थिरता की दिशा में ले जाएँगे। प्रासंगिक राष्ट्रीय शिक्षा-नीति का कोई विकल्प नहीं है।

11

आधुनिकीकरण और शिक्षा

आधुनिकीकरण की जटिल प्रक्रिया में ऐसे अनेक परिवर्तन आते रहते हैं जो एक-दूसरे में व्याप्त भी होते हैं और अन्योन्याश्रित भी। जहाँ तक व्यक्तित्व के स्तर का प्रश्न है, यह सर्वमान्य है कि उन परिवर्तनों में चरित्र-संबंधी वे परिवर्तन भी आ जाते हैं जिनके फलस्वरूप तर्कबुद्धि, परानुभूति, गतिशीलता और व्यापक स्तर पर सहभागिता का संवर्धन होता है। आधुनिकीकृत व्यक्तित्व के इन गुणों को सामाजिक तथा सांस्कृतिक स्तरों पर संस्थागत तथा मूल्यपरक परिवर्तन से न केवल बढ़ावा मिलता है और उसमें स्थिरता आती है, वरन् यही गुण उन परिवर्तनों को बढ़ाते और शक्ति भी प्रदान करते हैं। इस प्रकार सामाजिक तथा सांस्कृतिक वातावरण में कार्य-सिद्ध, सार्वभौमता तथा विशिष्टता की ओर अधिकाधिक बल दिए जाने की प्रवृत्ति उभर आती है। उनमें नए-नए परिवर्तन न केवल स्वीकृत किए जाते हैं, वरन् लाए भी जाते हैं, संस्थागत क्षमता उत्पन्न की जाती है और समस्या-समाधान की उनकी योग्यता में भी निखार लाया जाता है। आधुनिकीकृत व्यक्तित्व और सामाजिक-सांस्कृतिक संरचना में यदि सामंजस्य न हो तो उससे एक भारी असंतुलन पैदा हो जाता है। यही कारण है कि व्यक्तित्व तथा सांस्कृतिक और सामाजिक व्यवस्थाओं के बीच परिवर्तनों का सामंजस्य होना आवश्यक है। आधुनिकीकरण के संदर्भ में इस परिवर्तन या रूपांतर को जटिल संगठनों के विकास के लिए आवश्यक शर्त माना जाना चाहिए, जिससे अचेतन साधनों से प्राप्त ऊर्जा को पर्याप्त तथा प्रभावकारी रूप से प्राप्त करके हम मानव-कल्याण और उसकी समृद्धि के लिए प्रयुक्त कर सकें।

आधुनिकीकरण की इस संकल्पना के लिए तीन अवधारणाओं का मूलभूत महत्त्व है : एक, ऊर्जा के अचेतन साधनों को मानव-समस्याओं के समाधान के लिए अधिकाधिक प्रयोग में लाना और एक न्यूनतम स्वीकार्य जीवन-स्तर को सुनिश्चित करना, जिसकी अधिकतम सीमा धीरे-धीरे बढ़ती जाए; दो, इसे व्यक्तिगत प्रयास की अपेक्षा सामूहिक प्रयास से अधिक सफलता के साथ संपन्न किया जा सकता है। इस प्रकार सामूहिक

सहयोग की क्षमता का होना आधुनिकीकरण के मध्यवर्ती तथा उच्चतर विस्तार की अनिवार्य शर्त है, ताकि वह दिन-ब-दिन जटिल होते जा रहे संगठनों का कार्य सफल बना सकें; और तीन, इस प्रकार के जटिल संगठनों का निर्माण और संचालन तब तक संभव नहीं है जब तक व्यक्तित्व में क्रांतिकारी परिवर्तन न लाया जाये और सामाजिक ढाँचे तथा सांस्कृतिक संरचना में आवश्यक परिवर्तन न किए जाएँ।

ऐसा कोई जादू नहीं है जो पलक झपकते ही पत्थर की कुल्हाड़ी को भाप के इंजन में परिवर्तित कर दे। मानव की प्रविधि के विकास का मार्ग बड़ा उलझनों-भरा रहा है और उसकी गति बहुत मंद रही है। कुछ समूहों ने अधिक प्रगति की है, क्योंकि उनका पारिस्थितिक, सांस्कृतिक और अभिप्रेरक परिवेश अधिक अनुकूल और हितकर था; दूसरे कुछ ऐसे समूह भी हैं जो नयी प्रविधि को आरंभ में एक सीमित मात्रा में ही आत्मसात् और स्वीकार कर पाए और आगे चलकर उन्होंने उसे स्वतंत्रता के साथ विकसित करने का प्रयास किया ; और इनके अतिरिक्त कुछ ऐसे समूह भी थे, जिन्होंने शिल्पविज्ञान के संगठन और तकनीकों की जटिलताओं को समझे बिना ही उसके उत्पादों को स्वीकार किया। अंतिम श्रेणी के अंतर्गत दो-तिहाई मानवजाति आती है जो अब आधुनिकीकरण की आकांक्षी है। इनमें से अधिकांश समाज ऐसे हैं जो रचनात्मक नवाचार का मार्ग तो क्या अपनाते, अभी इस स्थिति में भी नहीं हैं कि आधुनिक शिल्पविज्ञान को ही अपना सकें। इसका आंशिक कारण यह है कि उनमें दृष्टिकोण तथा संस्था-संबंधी न्यूनताएँ हैं और अंशतः सामूहिक सहयोग क्षमता का अभाव है। वे आधुनिकीकरण के लाभ उठाने के तो इच्छुक हैं, किंतु उनकी सांस्थानिक, संगठनात्मक और सैद्धांतिक-प्रेरणात्मक संरचना आधुनिक प्रविधि को व्यापक पैमाने पर अपनाने के लिए तैयार नहीं है। विदेशी प्रविधि को अपनी विशिष्ट आवश्यकताओं के अनुरूप बनाने और बढ़ती हुई अपेक्षाओं की क्रांति की चुनौती को स्वीकार करने के लिए अपने को अनुकूल बनाने के लिए जिस आधारिक संरचना की आवश्यकता है, वह भी उनमें नहीं है।

आधुनिकीकरण के लिए जिस युक्तियुक्त कार्यनीति की आवश्यकता है, उसमें निम्नलिखित बातें सम्मिलित हैं: एक, अभिवृत्ति, विश्वास और मूल्य-प्रणाली, साथ ही संस्थागत संरचना में निर्दिष्ट परिवर्तन, जिससे आधुनिक प्रविधि और उसके संगठनात्मक तथा परिचालन संबंधी ढाँचे की स्वीकार्यता को बढ़ाया जा सके; दो, विदेशजन्य प्रविधि को अपनी विशिष्ट राष्ट्रीय आवश्यकताओं के अनुरूप ढालने के लिए आवश्यक आधारिक संरचना का विकास ; और तीन, ऐसी संस्थाओं और संगठनों की आधारशिला बनाना जो समय आने पर स्वतंत्र नवाचार और प्राविधिक अभिवृद्धि का दायित्व ग्रहण कर सके और जो देश की आवश्यकताओं और समस्याओं के लिए प्रासंगिक हो।

यह निर्विवाद है कि शिक्षा आधुनिकीकरण का एक सशक्त साधन हो सकती है। प्रत्यक्षतः उसका लक्ष्य ज्ञानवर्धन करना और साथ ही कौशल का विकास करना है और ये दोनों ही आधुनिकीकरण के लक्ष्यों की सिद्धि के लिए आवश्यक हैं। इसके अतिरिक्त

इसके कुछ परोक्ष परिणाम भी सामने आते हैं, जैसे मूल्यों और दृष्टिकोणों में परिवर्तन और इन दोनों का महत्त्व भी कम नहीं है। इस प्रकार आधुनिकीकरण के कार्यक्रमों में यदि शिक्षा को प्राथमिकता दी जाती है तो वह उचित ही है। यह और बात है कि शिक्षा को कितने प्रभावी ढंग से संगठित किया जाता है और उसे कौन-सी दिशा दी जाती है।

आधुनिकीकरण के कार्यक्रमों में शिक्षा किस प्रकार से सहायक या बाधक बनती है, इसका भी अब हमें स्पष्ट अनुमान है।

शिक्षा ज्ञान के सीमांतों का विस्तार कर परंपरा के विकल्प प्रस्तुत करती है, उन विकल्पों में निहित लाभों को सामने लाती है और स्थूल रूप से ही सही, उन मार्गों का निर्देशन करती है जिनके माध्यम से नए लक्ष्य और उनसे संबद्ध प्रतिफल प्राप्त किए जा सकते हैं। वह मानसिक क्षितिजों का विस्तार करती है, आकांक्षाओं को बढ़ाती है और लोगों को नए प्रयोग करने के लिए तैयार करती है। वह समाजीकरण के एक साधन के रूप में नए सांस्कृतिक प्रतिरूप तथा मान्यताएँ प्रस्तुत करती है। यदि उसका उपयोग सप्रयोजन किया जाए तो वह उन दृष्टिकोणों और व्यवहार-स्वरूपों को नष्ट करने में भी सहायक सिद्ध होती है जो आधुनिकीकरण के कार्यक्रम के मार्ग में बाधक होते हैं। वह सैद्धांतिक आधार-भूमि प्रदान करके राष्ट्रीयता का भाव जगाती है और लोगों को अपनी आवश्यकताओं तथा समस्याओं को राष्ट्रीय परिप्रेक्ष्य में देखने में सहायता प्रदान करती है। वह कम-से-कम प्रमुख मुद्दों पर राष्ट्रीय सहमति स्थापित कर सकती है।

शिक्षा गुणवत्ता के विकास का मार्ग भी प्रशस्त करती है। वैसे गुणवत्ता-प्राप्ति या उच्चवर्ग में प्रवेश का वही एकमात्र साधन नहीं है, किंतु यह भी निर्विवाद है कि शायद ही कोई ऐसा विकासशील समाज हो जिसमें शिक्षितजनों को विशेष प्रतिष्ठा न दी जाती हो। सुशिक्षित लोग सामान्यजन के लिए एक आदर्श प्रस्तुत करते हैं और उनका अनुकरण कर परंपरा से हटकर पहली बार अपनी नयी राह बनाते हैं। आधुनिकीकरण के पक्षधर बहुधा आधुनिक अथवा अर्द्धआधुनिक स्कूल/ विश्वविद्यालय व्यवस्था में दीक्षित लोग ही हुआ करते हैं। समस्याओं का समाधान करनेवाले नेता भी—वैज्ञानिक, यंत्रविद् और प्रबंधन विशेषज्ञ— जिनमें अपेक्षित ज्ञान और कौशल है— सामान्यतः शिक्षा-प्रणाली द्वारा ही तैयार किए जाते हैं। आधुनिकीकरण के व्यापक कार्यक्रमों के लिए विभिन्न स्तरों पर अनेक प्रकार के विशेषज्ञों की आवश्यकता होती है और यह शिक्षा-प्रणाली ही इन कार्यक्रमों को संचालित करने के लिए प्राविधिज्ञ, योजनाकार और प्रबंधक प्रदान करती है।

शिक्षा सक्रियता को बढ़ाती है। यद्यपि आंरभ में इसका प्रभाव चिंतन-प्रणाली को निष्क्रिय बनाता है, परंतु अंततोगत्वा वह सामाजिक स्तरीकरण के कठोर रूपों को निश्चय ही परिवर्तित करती है। आधुनिकीकरण के लिए दोनों प्रकार की गतिशीलता अपेक्षित है।

संक्षेप में, यदि शिक्षा की समुचित योजना बनायी जाए और उसे कुशल दिशा-निर्देश

दिया जाए तो वह आधुनिकीकरण के लक्ष्यों की प्राप्ति में सार्थक योगदान कर सकती है। उसका उपयोग उन दृष्टिकोणों और सिद्धांतों के विस्तार के लिए किया जा सकता है जो आधुनिक प्रविधि और उससे संबद्ध मूल्यों तथा संगठनात्मक आधार के लिए आवश्यक हैं। उसका आधुनिकीकरण के कार्यक्रमों को संचालित करने तथा उन्हें जारी रखने के लिए और नए शिल्पविज्ञान को अपनाने और उसे अपनी आवश्यकता के अनुकूल बनाने की क्षमता विकसित करने में भी उपयोग किया जा सकता है।

शिक्षा केवल एक यंत्र है और यंत्र अंततः उस व्यक्ति पर अवलंबित होता है, जो उसे चलाता है। शिक्षा आधुनिकीकरण के एक साधन के रूप में कितनी कार्यक्षम हो सकती है, इसका दारोमदार उसके अभिविन्यास और विषयवस्तु तथा उन व्यक्तियों पर है जो उसे देते तथा प्राप्त करते हैं। वास्तव में वह एक दो धारोंवाला अस्त्र है; उससे यदि परंपरावादियों के लक्ष्य सिद्ध हो सकते हैं, तो आधुनिकतावादियों के उद्देश्यों की भी पूर्ति हो सकती है। कतिपय परिस्थितियों में वह जोर-दबाव के द्वारा ऐसी स्थिति भी उत्पन्न कर सकती है जिस पर नियंत्रण रख सकना कठिन हो जाता है और जिनके कारण आधुनिकता की ओर बढ़ते हुए कदम रुक जाते हैं। इसलिए उसके कुछ दुष्क्रियात्मक चक्रों पर ध्यान देना भी उपयोगी होगा। शिक्षा ज्ञान-परिधि का विस्तार कर सांस्कृतिक लक्ष्यों की पुनः परिभाषा करती है और उन्हें पुनः स्थापित करती है। एक सीमा तक यह आवश्यक भी है, किंतु सांस्कृतिक लक्ष्यों का संस्थागत साधनों के साथ कुछ संबंध अवश्य होना चाहिए। जब भी शिक्षा अपने सांस्कृतिक लक्ष्य समाज के संस्थागत साधनों से परे निर्धारित करती है, वह दुष्क्रियात्मक हो जाती है। संस्था के गठन की अपर्याप्तता का परिणाम होता है निराशा और आक्रोश, और वही आगे चलकर विद्रोह और विनाश का रूप धारण कर लेते हैं।

शिक्षा यदि एक ओर नयी प्रतिभाएँ प्रस्तुत करती हैं और नए मूल्यों की स्थापना में सहायक होती हैं तो दूसरी ओर उसे एक ऐसे साधन के रूप में भी प्रयुक्त किया जा सकता है, जो उन पारंपरिक मूल्यों को बनाए रखता है जो आधुनिकीकरण के लक्ष्यों के प्रतिकूल है। शिक्षा केवल आधुनिकतावादी ही नहीं, परंपरावादियों को भी जन्म दे सकती है। इनमें कुछ परंपरावादी, जिन्होंने सोच-समझकर परंपरावादिता को अपनाया है, उनकी तुलना में अधिक सुस्पष्ट और परिष्कृत होते हैं, जो ऐसे परंपरावादी हैं जो अपनी संस्कृति और मूल्यों के अलावा कुछ जानते ही नहीं।

परंपरावादी कई प्रकार के हो सकते हैं। एक, वे जो परंपरा के ही अभ्यस्त हैं क्योंकि उससे श्रेष्ठतर स्तर का उन्हें ज्ञान नहीं है और जिनकी सरल तथा एकांगी परंपरावादिता अपने-आपमें अनूठी होती है। दो, वे जिनका अवबोधन अत्यंत चयनात्मक होता है जो अपनी संस्कृति को केवल उन महान उपलब्धियों से जोड़कर देखते हैं जो विशिष्ट क्षेत्रों में प्राप्त हुई है। वे कठोर और कष्टकर अनुभवाश्रित वास्तविकताओं की—चाहे वे प्राचीन हों अथवा अर्वाचीन—उपेक्षा करते हैं; तीन, संस्कृति-प्रेम में आसक्त

परंपरावादी जिनमें अतीत के प्रति असीम और अविवेकपूर्ण ललक है और जो परंपरा में हर उस कमी की पूर्ति देखते हैं जो आज समाज में नहीं है या उसे नहीं दी गयी है। चार, वे लोग जिनके लिए परंपरावाद एक मुद्रा, एक मुखौटा और एक सुविचारित जीवन शैली है और जो स्वयं को दूसरों से अलग दिखाना चाहते हैं; और इस श्रेणी में वे भी शामिल हैं जिनके लिए परंपरावाद एक सुविधाजनक राजनीतिक चाल है। पाँच, वे जिनके परंपरा में निहित स्वार्थ हैं और जो उससे इसलिए जुड़े रहना चाहते हैं क्योंकि उन्हें उसी से लाभ मिलता है। और छह, व्यावहारिक परंपरावादी जो आधुनिकीकरण की अनिश्चितताओं से भयभीत हैं और उसे समकालीन विश्व की कुरीतियों से जोड़ते हैं। अंतिम पाँच श्रेणियों के परंपरावादी अपनी मूल्य दृष्टि बड़ी आसानी से शिक्षा पर लाद सकते हैं। राजनीतिक कारणों से वे जान-बूझकर पहली श्रेणी के अविवेकपूर्ण विश्वासों को भी बढ़ावा दे सकते हैं। इस प्रकार शिक्षा परस्पर विरोधी लक्ष्यों का प्रचार कर सकती है।

शिक्षा में निरंतर खींचतान चलती रहती है। उससे केंद्रपसारी (सेंट्रीफ्यूगल) और केंद्राभिसारी (सेंट्रीपीटल)—दोनों ही प्रकार की शक्तियों को एकसाथ बढ़ावा मिलता है। शिक्षा की विषयवस्तु में सैद्धांतिक अंतर्विरोध, आंशिक रूप में ही सही, संकीर्णता का समर्थन करके राष्ट्रत्व और सहमति की भावना को क्षीण कर सकते हैं।

शिक्षा निर्विवाद रूप से प्रतिष्ठा का मार्ग प्रशस्त करती है, परंतु जब वह आवश्यकता और प्राप्ति के बीच उचित अनुपात बनाने में असफल रहती है तो ऐसे अनेक लोग प्रतिष्ठा-पदों से वंचित रह जाते हैं जो स्वयं को उनके पात्र और उनके योग्य मानते हैं। इससे प्रतिष्ठा-पद के प्रति ऐसी आकांक्षाएँ भी पैदा हो सकती हैं जिनमें समाज की आवश्यकताओं तथा महत्त्वाकांक्षी के गुणों और योग्यता का कोई आकलन नहीं होता।

शिक्षा के विदेशी आदर्शों और उसकी भाषा से प्रायः ऐसी शास्त्रीय और वैज्ञानिक पद्धतियाँ जन्म लेती हैं जो समस्याओं को राष्ट्रीय आवश्यकताओं के परिप्रेक्ष्य में देख सकने में असमर्थ रहती हैं। अंतर्राष्ट्रीय पद्धतियों का— जिनमें वर्तमान फैशन और भूखें भी शामिल हैं— अंधानुकरण किया जाता है, जबकि राष्ट्रीय समस्याओं के लिए उनकी प्रासंगिकता संदेहास्पद क्या, व्यर्थ होती है। अतः बौद्धिक क्रियाकलाप में इस बात का खतरा बना रहता है कि वे अंत में बेकार और निरर्थक अभ्यास बनकर न रह जाएँ। ऐसी स्थिति में समस्या-समाधान के उद्देश्य न केवल धूमिल पड़ जाते हैं, कुंठित भी हो जाते हैं।

निहित स्वार्थ शिक्षा का उपयोग प्रायः स्तरीकरण के परंपरागत रूपों को बनाए रखने और पुष्ट करने के लिए भी कर सकते हैं। ऐसे भी अनेक उदाहरण देखे जा सकते हैं, जिनमें शिक्षा विभिन्न वर्गों और विभिन्न सामाजिक कोटियों के बीच अंतराल को बढ़ाती है।

जब शिक्षा को कतिपय उद्देश्यों की पूर्ति के समाधान स्वरूप न देखकर स्वयं

साध्य मान लिया जाता है तो वह उपभोग की वस्तु बनकर रह जाती है और इस प्रक्रिया में जो खर्च आता है, वह भी काफी भारी होता है। जो दुर्लभ संसाधन इस पर लगाए जाते हैं, उन्हें आर्थिक विकास के अन्य क्षेत्रों में अधिक सार्थक और उपयोगी ढंग से लगाया जा सकता है।

शैक्षिक विस्फोट पर नियंत्रण कर पाना दुष्कर होता है। इस प्रणाली के साथ जो जोर-दबाव के तत्त्व जुड़े हुए हैं, उनसे बहुत ही विस्फोटक और उत्तेजक स्थिति उत्पन्न होती है जो समस्याओं को सुलझाने के बजाय उनकी संख्या में वृद्धि करती है और उनकी जटिलता को बढ़ाती है।

इस प्रकार यह स्पष्ट हो जाता है कि यदि शिक्षा का संचालन समुचित ढंग से न किया जाए तो वह समाजों को उन्नति के बजाय अवनति की ओर ले जाती है। इससे संबद्ध जो खतरे हैं और जिनसे बचना आवश्यक है, वे हैं शिक्षा का परंपरावाद को बढ़ावा देनेवाला साधन बन जाना, शिक्षा द्वारा ऐसी आकांक्षाएँ बढ़ाना जिनकी पूर्ति निकट भविष्य में न तो संभव है और न व्यावहारिक। शिक्षा का ऐसे लक्ष्य और उद्देश्य ग्रहण कर लेना जिनका आधुनिकीकरण से दूर का भी वास्ता नहीं और जो समाज को विपरीत दिशा में ले जाते हैं, तथा शिक्षा द्वारा ऐसा असंतोष और विषम परिस्थितियाँ उत्पन्न करना जो आधुनिकीकरण के मार्ग में बाधक हों।

आधुनिकीकरण के लिए शैक्षिक योजना की कार्यनीतियों के मार्ग में अनेक ऐसे विवादास्पद उभय पक्ष हैं, जिनका समाधान नहीं हो पाया है—राष्ट्रीय आवश्यकता बनाम सामाजिक न्याय अथवा विस्तृत अवसर, गुणवत्ता बनाम परिमाण, कुशल तथा चयनात्मक योजना बनाम बाजार की माँग और पूर्ति के नियमों का पालन, कुछ के लिए अच्छी शिक्षा बनाम सभी के लिए कुछ शिक्षा, और शिक्षा में उपभोग-उन्मुखता बनाम उत्पादन-उन्मुखता होता, यह है कि अपर्याप्त संसाधनों को थोड़ा-थोड़ा करके फैला दिया जाता है और आवश्यक शिल्प-कौशल के विकास को जनता के जोर-दबाव से समर्थित उपभोगवादी शिक्षा की अपेक्षाओं के नीचे कर दिया जाता है। अवमानक संस्थाओं में कार्यरत अवमानक अध्यापक अपने ही जैसे अवमानक विद्यार्थी पैदा करते हैं। इस प्रकार शिक्षा की आधुनिकीकरण लाने की क्षमता का पूरी तरह उपयोग नहीं हो पाता। जब तक इन समस्याओं का संतोषजनक ढंग से समाधान नहीं किया जाता, तब तक यह संदेहास्पद है कि शिक्षा आधुनिकीकरण में अपना उचित योगदान दे सकेगी।

12

सार्वजनिक शिक्षा और सामाजिक विकास

पिछले चार दशकों के दौरान तीसरी दुनिया में विकास की समस्याओं और संभावनाओं के संबंध में जो चिंतन किया गया है, उसमें कुछ नाटकीय और मूलभूत परिवर्तन हुए हैं। विकास के उस प्रतिरूप को, जो मुख्यतः अर्थशास्त्र की अभिधारणाओं से जन्मा था, और जिसका यह अटूट विश्वास था कि आर्थिक वृद्धि ही विकासशील देशों के सामाजिक तथा सांस्कृतिक रोगों की रामबाण औषधि हो सकती है, अब अस्वीकार किया जा रहा है। विगत तीन दशकों का अनुभव बताता है कि पूँजी-वर्धन से यह आवश्यक नहीं कि मानव-विकास हो ही जाए। साथ ही प्रौद्योगिकीय आधुनिकीकरण स्वयमेव उन समस्याओं का समाधान प्रस्तुत नहीं करता जो समाज में असंतुलन और असंगतियों के कारण जन्म लेती हैं। आर्थिक वृद्धि संबंधी कार्यनीतियों से, जो पहले के चिंतन द्वारा अभिप्रेरित थीं, अधिसंख्य लोगों के जीवन-स्तर में सुधार की दिशा में कोई प्रभावशाली लाभ नहीं हुए हैं, बेरोजगारी बढ़ी है, पोषण, स्वास्थ्य, आवास और शिक्षा के स्तर में गिरावट आयी है और राष्ट्रीय तथा अंतर्राष्ट्रीय स्तर पर तनावों में वृद्धि हुई है। एक ओर यदि आर्थिक वृद्धि के इस दृष्टिकोण के फलस्वरूप आर्थिक शक्ति के कुछ सबल केंद्र निर्विवाद रूप से उभरकर आए हैं तो दूसरी ओर इससे सामान्य आर्थिक स्थिति बिगड़ी भी है। विश्व-व्यवस्था तथा तीसरी दुनिया के देशों में प्रभावी और पराश्रयी के रिश्तों के स्वरूपों में भी कठोरता आ गयी है। पराश्रयी देश बाहरी कर्ज़ का बोझ बढ़ने से विकसित देशों पर अधिकाधिक आश्रित रहने लगे हैं और अब वे यह अनुभव करते हैं कि विकास के मार्गों में परिवर्तन करने के विकल्प भी कम रह गए हैं।

विकासशील देशों के बीच भी इस प्रकार के प्रभावी-पराश्रयी रिश्ते बहुत स्पष्ट हो गए हैं। परिणामस्वरूप, तीसरी दुनिया के देश विकास की ऐसी नयी कार्य-नीतियों की खोज में हैं जिनमें जीवन-यापन के वैकल्पिक स्वरूप हों; अधिक आत्मनिर्भरता के साथ विकास करने की रूपरेखाएँ हों; न्याय सहित विकास को सुनिश्चित करने की योजनाएँ

हों, स्वयं विकासशील देशों के बीच भी अधिक सहयोग और परस्पर-निर्भरता तथा विश्व-अर्थव्यवस्था के ढाँचे के पुनर्निर्माण पर आधारित परियोजनाएँ शामिल हों। अब महत्त्व सकल राष्ट्रीय उत्पाद से हटकर सकल राष्ट्रीय कल्याण पर दिया जाने लगा है और सामाजिक सेवाओं को यदि धन से अधिक नहीं तो कम-से-कम उनके बराबर का स्थान दिया जाता है। परिणाम यह हुआ है कि विकास के लाभों का समाज के सभी वर्गों में समान वितरण का सिद्धांत स्वीकृत हो गया है। सामाजिक व्यय तथा लाभों के प्रति चिंता बढ़ गयी है।

तीसरी दुनिया के देशों में विकास की जो नयी कार्य-नीतियाँ अपनायी जा रही हैं या जिन पर विचार किया जा रहा है, उनमें सार्वजनिक शिक्षा पर अधिक बल दिया गया है। इसकी प्रेरणा शिक्षा के अंगभूत तथा साधक मूल्यों को दी गई मान्यता से प्राप्त हुई है। यह मान लिया गया है कि शिक्षा के द्वारा मनुष्य की दृष्टि और चेतना का विस्तार कर, उसके व्यक्तित्व को एक नया आयाम दिया जा सकता है। अतः शिक्षा में किया गया निवेश प्रत्यक्ष अथवा परोक्ष रूप से मानव-विकास में योगदान करता है। शिक्षा की साधक भूमिका का भी महत्त्व है, क्योंकि वह ऐसा ज्ञान और शिल्प-कौशल प्रदान करती है जिससे मानव को दैनिक जीवन की और अनिश्चित भविष्य की चुनौतियों का सामना करने में सहायता मिलती है। शिक्षा में किए गए निवेश को मानव के लिए किया गया निवेश ही समझना चाहिए, क्योंकि एक ओर यदि वह जीवन-स्तर में परिवर्तन लाता है तो दूसरी ओर आर्थिक वृद्धि और शिल्प-वैज्ञानिक आधुनिकीकरण के लिए आधारभूत ज्ञान की व्यवस्था भी करता है।

अधिकांश देश जो दूसरे विश्वयुद्ध के बाद स्वतंत्र हुए हैं, शिक्षा की इस क्षमता से किसी-न किसी सीमा तक अवगत थे। शुरू-शुरू में उन्होंने अपने लिए जो विकासात्मक लक्ष्य निर्धारित किए थे और राष्ट्रीय नीतियाँ अपनायी थीं, उनमें शिक्षा को महत्त्वपूर्ण स्थान दिया था। वस्तुतः इनमें से अनेक देशों के संविधानों में कुछ विनिर्दिष्ट शैक्षिक स्तर की प्राप्ति का लक्ष्य अंकित था, किंतु उस स्थिति में जो कल्पना कुछ अस्पष्ट-सी थी, अब उसे स्पष्ट रूप से मान लिया गया है। यह अहसास अंशतः तो देशी अनुभव के विश्लेषण से उभरा है और अंशतः इस तथ्य से सामने आया है कि विभिन्न अंतर्राष्ट्रीय संस्थाएँ, विशेषकर युनेस्को शिक्षा के महत्त्व पर बल देती रही हैं। जब आर्थिक विकास की योजनाओं के वे परिणाम नहीं निकले जिनकी उनसे आशा की गई थी, तो यह अनुभव किया गया कि शिक्षा के पर्याप्त मानकों की उपलब्धि के अभाव से न केवल तेज आर्थिक विकास और तकनीकी परिवर्तन का मार्ग अवरुद्ध होता है, वरन् उससे जीवन-स्तर सुधारने की दिशा में बनायी गयी कल्याण-नीतियों के कार्यान्वयन की गति भी मंद हो जाती है। इस संबंध में आगे विचार करने से यह धारणा भी पुष्ट हुई कि शिक्षा इन देशों को दरिद्रता से विकास और पर-निर्भरता से मुक्ति की ओर ले जाने में भी सहायक होती है। सार्वजनिक शिक्षा को इस सशक्त समतावादी विचार ने और

अधिक प्रोत्साहन दिया। इस तरह जनसाधारण को आत्म-छवि और विश्वदृष्टि को नया रूप मिला और धीरे-धीरे ऐसी परिस्थितियाँ उत्पन्न हुईं जिनसे जीवन की अच्छी वस्तुओं का अधिक न्यायपूर्ण भाग उनके लिए सुनिश्चित हो सके। शिक्षा को एक ऐसा हितकर तत्त्व माना गया जिससे जनसाधारण को अब तक वंचित रखा गया था, यद्यपि उसे भ्रमवश उपभोग की ही वस्तु मान लिया गया था। जनता द्वारा अपनी सरकारों के सम्मुख प्रस्तुत माँग-पत्रों में अधिक तथा बेहतर शिक्षा की माँग हमेशा रहती थी। ग्रहणशील योजनाकारों ने जल्दी ही यह जान लिया कि प्रौढ़ साक्षरता और वृत्तिमूलक सार्वजनिक शिक्षा के कार्यक्रमों में यदि कुछ अधिक निवेश किया जाए तो उससे उच्चशिक्षा में किए गए निवेश की तुलना में अधिक लाभ होगा, क्योंकि उच्चशिक्षा तो केवल स्नातक पैदा करती है, जिनमें से अधिकांश न केवल बेरोजगार रहते हैं बल्कि रोजगार के योग्य भी नहीं होते।

सार्वजनिक शिक्षा की आवश्यकता की जो नयी चेतना जागी है, उसका यह अर्थ नहीं है कि इस उद्देश्य को सामने रखकर बनायी गयी सभी योजनाएँ सुचारु रूप से क्रियान्वित होती रहेंगी और उनसे संबंधित सभी लक्ष्य सिद्ध हो जाएँगे। कई विकासशील देश प्रौढ़ शिक्षा के माध्यम से सार्वजनिक निरक्षरता के उन्मूलन के लिए यदा-कदा कुछ कार्यक्रम बनाते रहे हैं। विगत दशकों में सार्वजनिक शिक्षा संबंधी संकल्पनाओं और दृष्टिकोणों में महत्त्वपूर्ण परिवर्तन हुए हैं, किंतु कहीं भी उन्हें संतोषजनक सफलता नहीं मिल पायी है। विकासशील देशों में भारत ही ऐसा देश है जिसमें सार्वजनिक शिक्षा के समर्थकों की सबसे अधिक संख्या रही है और उन्होंने इस विषय पर बड़े प्रभावशाली विचार प्रस्तुत किए हैं, परंतु नेतृत्व, संकल्पनाओं और प्रयत्नों के बावजूद देश की इस क्षेत्र में कोई उल्लेखनीय उपलब्धि नहीं है। निरपेक्ष संख्या की दृष्टि से देखा जाए तो निरक्षरता वास्तव में बढ़ रही है। भविष्य-वेत्ताओं का अनुमान है कि इक्कीसवीं सदी के आरंभ में विश्व के आधे निरक्षर भारत में होंगे। यदि हम भारत की स्थिति पर विचार करें तो कुछ हद तक उन कारणों का पता चल जाएगा जिन्होंने तीसरे विश्व के देशों में सार्वजनिक शिक्षा की प्रगति को अवरुद्ध किया है और जिनकी स्थिति भारत-जैसी ही है।

विकासशील देशों में शिक्षा का स्तर और शिक्षित लोगों का अनुपात समाज का शक्ति-समीकरण दर्शाते हैं। शिक्षा-प्रणाली का अध्ययन समाज के स्तरीकरण के स्थूल स्वरूप को समझने की कुंजी है। भारत में स्वतंत्रता-प्राप्ति के बाद के चार दशकों में शिक्षा के क्षेत्र में कई गुना विस्तार हुआ है। यदि केवल आँकड़ों को ही आधार मान लिया जाए तो इस क्षेत्र में हुई प्रगति वास्तव में बड़ी उल्लेखनीय रही है, लेकिन इसके अधिकांश लाभ सुविधाभोगी वर्ग ने ही हथिया लिए हैं। देश की फैलती हुई शिक्षा-प्रणाली के लाभार्थियों की दूसरी श्रेणी में जो लोग आते हैं, वे हैं उभरते हुए उच्चवर्ग के लोग तथा अन्य ऊपर की ओर उठते हुए गतिशील समूह। देश की श्रेष्ठ तथा सामान्यतः अच्छी शिक्षा-संस्थाओं में, जिन्हें उनके संसाधनों, सुविधाओं और शिक्षा-स्तर की दृष्टि

से इस कोटि में रखा जाता है, समाज के इसी स्तर के बच्चों को शिक्षा दी जाती है। कम सुविधा प्राप्त समूहों के लिए कुछ साधारण कोटि की संस्थाएँ हैं, जिनमें नाममात्र की शिक्षा ही दी जाती है। स्कूल जाने योग्य आयु वर्ग के सभी बच्चों को इन निम्न कोटि के स्कूलों में भी प्रवेश नहीं मिल पाता। शिक्षा अधूरी छोड़नेवाले और अनुत्तीर्ण रहनेवाले छात्रों की संख्या भयावह है। असंख्य छात्र ऐसे स्कूलों से अर्द्ध-साक्षर होकर निकल आते हैं और कुछ ही समय बाद यह अर्द्ध-साक्षरता निरक्षरता में बदल जाती है। ऐसे छात्रों की संख्या बहुत ही थोड़ी होती है जो उन अदृश्य सीमाओं को पार कर पाते हैं जो अल्प सुविधा-प्राप्त समूहों को सुविधा-प्राप्त वर्ग से अलग करती हैं। सार्वजनिक निरक्षरता पर आक्रमण के जो प्रयास पहले किए गए थे, उनमें संकल्प तथा संसाधन—दोनों का अभाव था। इस दिशा में कुछ सदाशयतापूर्ण परंतु दुर्बल प्रयास समय-समय पर किए जाते रहे हैं, लेकिन आरंभिक उत्साह के ठंडे पड़ने पर उन्हें जंग खाने के लिए छोड़ दिया गया।

शिक्षा संबंधी आवश्यकता को जन-स्तर पर न समझने का परिणाम यह हुआ है कि उसका विकास संकुचित और खंडित रहा। भारत में असंख्य निरक्षर और अर्द्ध-साक्षर लोग शताब्दियों तक ऐसे अल्पसंख्यकों के साथ रहते आए हैं जो बहुत सुशिक्षित, सुसंस्कृत और विचारशील थे। जीवन का यह एक ऐसा सत्य था जिसे लगता है लोगों ने सामान्य रूप से स्वीकार कर लिया था। भारत में ब्रिटिश शासनकाल में जिस प्रकार की शिक्षा विकसित हुई और जिसकी स्वतंत्र भारत में भी प्रबलता रही, उसने शिक्षा की भूमिका को एक ऐसे साधन के रूप में रेखांकित किया जिससे आर्थिक अवसर और सामाजिक प्रतिष्ठा प्राप्त हो सकें। वास्तविक शिक्षा की अपेक्षा औपचारिक अर्हताओं—प्रमाणपत्रों, डिप्लोमाओं तथा डिग्रियों—की प्राप्ति को अधिक महत्त्व दिया जाने लगा। जिन लोगों का जीवन परंपरा द्वारा बनायी गयी लीक पर चलता था, उन्होंने कभी शिक्षा की आवश्यकता का तीव्रता से अनुभव नहीं किया, बल्कि इसके विपरीत एक वर्ग ऐसा भी था जो उसके समाज में अस्थिरता लानेवाले दुष्परिणामों से भयभीत रहता था। जो नए आर्थिक अवसर पा लेते थे या जिन्होंने अपारंपरिक व्यवसाय और धंधे अपना लिए थे, वे सामान्य समाज से पृथक एक विशिष्ट श्रेणी के रूप में व्यवहार करने लगे। उनका अपने पैतृक समाज से केवल औपचारिक नाता रह गया था। इन अपवादों को छोड़कर बहुमत उन्हीं लोगों का था जो परंपरा-प्रदत्त सुरक्षा से चिपके रहे, चाहे उससे उन्हें रोटी-कपड़ा भर मिलता हो या थोड़ा-बहुत कुछ और भी मिल जाता हो। उनकी दृष्टि में शिक्षा से इस सुरक्षा को खतरा हो सकता था। इसी के फलस्वरूप इस प्रकार के घिसे-पिटे नारे उभरकर आए, जैसे—'शिक्षा से बच्चे अवज्ञाकारी बन जाते हैं', 'यदि नारी-शिक्षा को बढ़ावा दिया गया तो स्त्रियाँ हठधर्मी बन जाएँगी', या 'शिक्षित लोग अपने परिवार और रिश्तेदारों के प्रति अपने दायित्व को भूल जाते हैं। जाहिर है, शिक्षा की आवश्यकता और उसके परिणामों के प्रति इस प्रकार की धारणा से उसका प्रचार-प्रसार अवरुद्ध ही होता रहा। बहुत-से

लोगों को यह सुनकर ही हँसी आती थी कि कोई प्रौढ़ व्यक्ति भी पढ़ना, लिखना और हिसाब सीख सकता है। औपचारिक शिक्षा बचपन से लेकर किशोरावस्था तक की पढ़ाई समझी जाती थी और इस वयोवर्ग से ऊपर का कोई व्यक्ति यदि शिक्षा प्राप्त करने की बात करता था, तो वह उपहास का न सही, परिहास का विषय अवश्य बन जाता था।

ऊपर जिन धारणाओं की चर्चा की गयी है, यदि उनमें निहित प्रतिबंध दूर भी हो जाएँ तो जनसाधारण के पास ऐसे अवसर कहाँ हैं कि वे अपने को शिक्षित कर सकें। शिक्षा-संस्थाओं के कार्यक्रम एक विशिष्ट वयोवर्ग के साथ जोड़ दिए गए और उनमें एक विशेष धरातल पर ही प्रवेश संभव था। ऐसे प्रौढ़ों के लिए जो या तो स्कूल-प्रणाली का लाभ नहीं उठा सके या जिन्हें किसी-न-किसी कारण से अपेक्षित प्रवीणता प्राप्त किए बिना ही स्कूलों से संबंध तोड़ना पड़ा, शिक्षा-प्राप्ति का एकमात्र साधन साक्षरता-अभियान ही थे, परंतु ये अनमने और प्रेरणाविहीन प्रयास थे जो प्रौढ़ों से वैसी ही कवायद कराना चाहते थे जो स्कूलों में छोटे बच्चों को करनी पड़ती थी। इस शिक्षण-अनुभव की अवधि बहुत ही अल्प थी और उससे जिस मात्रा में ज्ञान तथा शिल्प-कौशल अर्जित किया जा सकता था, वह इतना कम होता था कि कोई भी व्यक्ति उसी के आधार पर आगे स्वयं कुछ नहीं सीख सकता था। यदि कोई उस दिशा में कुछ करना भी चाहता तो उसके लिए आवश्यक सुविधाएँ उपलब्ध नहीं थीं।

इन तथ्यों को देखते हुए यह बहुत कठिन था कि जनता में शिक्षा के प्रति सच्ची रुचि जगायी जाए, चाहे वह शिक्षा स्कूलों में दी जाती हो अथवा प्रौढ़ शिक्षा-कार्यक्रमों में। पढ़ने-लिखने और सामान्य गणित की अधिकांश ग्रामीणों यहाँ तक कि शहरी लोगों के काम और रहन-सहन में भी कोई प्रासंगिकता नहीं थी। जो प्रौढ़ इन कक्षाओं में जाते थे उन्हें केवल यही सिखाया जाता था। उन्हें अपनी प्रवेशिकाओं और अन्य साधारण-से चार्टों और पाठ्य-पुस्तकों से पढ़ना सिखाया जाता था, और कुछ सरल वाक्य लिखने का अभ्यास कराया जाता था। उन्हें अंकों से भी परिचित कराया जाता था। किंतु उनसे उन्हें गणित का जो ज्ञान प्राप्त होता था, वह गिनती और सामान्य जोड़ने-घटाने से आगे शायद ही जाता हो। इस बात का कभी प्रयास नहीं किया गया कि इस शिक्षा को उनके जीवन की रोज़मर्रा की आवश्यकताओं और समस्याओं से जोड़ा जाए। प्रौढ़ शिक्षार्थी पढ़ना सीखने के बाद यह महसूस करते थे कि उनके पास पढ़ने को कुछ है ही नहीं। लिखकर अपनी बात कहने के उन्हें थोड़े ही अवसर मिलते थे। उन्हें जितना गणित सिखाया जाता था, उतना तो वह पहले भी जानते थे। अगर उनके ज्ञान में कोई वृद्धि होती भी थी तो इतनी कि वे अंकों का प्रतीकात्मक प्रदर्शन समझ जाते थे। इस बात की पुनरावृत्ति के अतिरिक्त कि साक्षरता का अपने-आप में बहुत महत्त्व है, लोगों को यह समझाने का कोई प्रयास नहीं किया गया कि उनके लिए साक्षर होना आवश्यक क्यों है। परिणाम यह हुआ कि साक्षर बनने के लिए उन्हें कभी सबल

अभिप्रेरणा नहीं दी जा सकी। लोग प्रायः कार्यक्रम संचालित करनेवालों की इच्छाओं का पालन ही करते रहे। आगे चलकर जो शिक्षा-सिद्धांत बनाए गए, उनमें इस प्रकार के कार्यक्रमों में वृत्तिमूलकता के महत्त्व पर बल दिया गया, लेकिन इस पक्ष को वास्तविक कार्यक्रमों में ठीक ढंग से उतारा नहीं गया। वे प्रारंभिक व्यवस्था में स्थापित घिसी-पिटी प्रक्रिया का ही अनुसरण करते रहे।

कोई भी नवाचार जिस प्रत्यक्ष कारण से किया जाता है, उसी के लिए शायद ही कभी स्वीकार किया जाता हो। लोग उस नवाचार के अनुभव का विश्लेषण करते हैं और उससे होनेवाले लाभों को आँकते हैं। साक्षरता-प्राप्ति को एक शिल्प मान लिया गया, जिसकी कोई विशेष और व्यावहारिक आवश्यकता नहीं थी। यह सच है कि उससे लोगों की प्रतिष्ठा बढ़ जाती है, किंतु शिक्षा द्वारा किसी भी परिस्थिति से निपटने की क्षमता लोगों में नहीं आ पाती।

शिक्षा पर व्यय का भी अपना महत्त्व था। यह सच है कि प्राथमिक तथा माध्यमिक स्कूलों में फीस नाममात्र की थी, लेकिन गरीबों के पास तो उतना भी देने के लिए नहीं था। पाठ्य-पुस्तकों और लेखन-सामग्री पर अलग खर्च आता था। बच्चे को स्कूल भेजने का अक्सर यह मतलब होता था कि उसे ऐसे काम से दूर कर दिया जाए, जहाँ वह कुछ उत्पादन कर सकता है या कुछ कमा सकता है। इस प्रकार शिक्षा में नष्ट होनेवाले समय का मतलब था रोजगार से प्राप्त आय का कम होना, चाहे वह रोजगार परिवार का परंपरागत शिल्प हो या मजदूरी का अन्य काम। इस कारण अनेक लोगों ने शिक्षा का विरोध किया। शिक्षा का लाभ बहुत देर में जाकर मिलता है और उसके अंतर्गत जीवन के वे क्षेत्र आते हैं, जिनकी माता-पिता को न समझ है और न उनकी दृष्टि में उसकी कोई कद्र है।

सार्वजनिक शिक्षा के कार्यक्रम शिथिल रहे, क्योंकि उस दिशा में सुसंगत प्रयास नहीं किए गए। अनुकूलतम समय में भी उन प्रयासों के पीछे सबल सामाजिक इच्छा शक्ति नहीं रही। जब उनका प्रारंभिक जोश ठंडा पड़ा तो वे प्रायः अनुष्ठान मात्र बनकर रह गए। इन कार्यक्रमों के सशक्त आंदोलन का रूप धारण करने के लिए जो कल्पनाशक्ति, नवाचार, नम्यता तथा गत्यात्मकता आवश्यक थी, उसका उनमें सामान्यतः अभाव रहा। व्यवहार में सार्वजनिक शिक्षा की इस रूप में भी कल्पना ही नहीं की गयी कि वही शिक्षा के भव्य प्रासाद की आधारशिला है। उसे तो अधिक-से-अधिक सतही दिलचस्पी का विषय या किसी मुख्य कार्य से जुड़ा हुआ एक गौण कार्य ही माना गया था। अतः यह स्वाभाविक ही था कि इस प्रकार के बेमन प्रयत्नों का अपेक्षित प्रभाव नहीं पड़ सका।

लेकिन भविष्य में क्या होगा ? क्या राष्ट्रीय प्रौढ़ शिक्षा कार्यक्रम, जो बड़े जोर-शोर से शुरू किया गया था, असफल हो जाएगा ? या यह एक सशक्त और आत्मनिर्भर आंदोलन बन सकेगा ?

नयी चिंतनधारा में प्रौढ़ तथा प्राथमिक शिक्षा को जो महत्त्व दिया गया है, वह

उपयुक्त ही है। यही होना भी चाहिए। उनके लिए जो वित्तीय व्यवस्था की गई है, वह भी पर्याप्त लगती है, लेकिन नेकनीयती ही किसी कार्यक्रम को सफल नहीं बना देती और न ही भारी धन-निवेश के हमेशा इच्छित परिणाम निकलते हैं। इसका दारोमदार राजनीतिक इच्छाशक्ति, उद्देश्यों की स्पष्टता, संगठन का प्रबंधन, कल्पनाशक्ति और संसाधनों पर है जिनके सहारे परियोजना का संचालन होता है। अंतिम विश्लेषण में इसके परिणाम ज्यादातर इस बात पर निर्भर होंगे कि उसमें दफ्तरशाही दृष्टिकोण और कार्यपद्धति से पिंड छुड़ाने की कितनी क्षमता है तथा समुदाय को व्यापक पैमाने और भरपूर शक्ति के साथ शामिल कर लेने की कितनी योग्यता है। इसमें संदेह नहीं है कि वांछनीय दिशा में कुछ कदम उठाए गए हैं, लेकिन ऐसे अनेक कारक हैं जो इसके मार्ग में बाधा डाल रहे हैं और जिन पर विशेष ध्यान देने की आवश्यकता है।

अतीत में—और आज भी—हम शिक्षा को थोड़ी-बहुत स्वायत्तता देने की बात करते रहे हैं, किंतु वास्तव में वह उसे दी नहीं गयी। शिक्षा को समाज-व्यवस्था से अलग करके नहीं देखा जा सकता। शिक्षा-व्यवस्था का स्वास्थ्य समाज के सामान्य स्वास्थ्य पर निर्भर होता है, उसका नैतिक ताना-बाना भी उतना ही सबल या दुर्बल होता है, जितना समाज का। आंतरिक तनाव और विरोध तथा वे प्रतिस्पर्धात्मक खींचतान, जिसके कारण समाज में असंतुलन, असंगति तथा खलबली पैदा होती है, शिक्षा-व्यवस्था को भी उतनी ही ताकत से प्रभावित करती है। जीवन के अन्य क्षेत्रों में जो शक्तियाँ निर्णयक्रिया—लक्ष्यों का निर्धारण और कार्यपद्धति को विधि-सम्मत बनाने—का नियंत्रण करती हैं, वही शिक्षा के क्षेत्र को भी नियंत्रित करती है। ऐसे समाज में जो मूलतः असमतावादी है, सच्चे अर्थ में समतावादी शिक्षा-प्रणाली हो ही नहीं सकती। समाज में जो घटक अनेक सुस्थापित निहित स्वार्थों में संतुलन पैदा करने के लिए प्रयासशील होता है, वह ऐसी शैक्षिक कार्यनीति के लिए अनुकूल वातावरण नहीं बना पाता, जिसमें किसी प्रकार की क्रांतिकारी संभावनाएँ हों। यह भी याद रखना चाहिए कि एक ओर यदि कुछ विशेष परिस्थितियों में शिक्षा-परिवर्तन का एक सशक्त साधन सिद्ध हो सकती है तो वही कुछ भिन्न परिस्थितियों में परंपरागत समाज-व्यवस्था ही नहीं, बल्कि रूढ़िवाद और पुराणपंथ की समर्थक भी बन सकती है। समाज की सबल और अग्रगामी प्रवृत्तियाँ शिक्षा-नीति के पुनर्निर्माण में महत्त्वपूर्ण योगदान देती हैं।

यदि ये अभिधारणाएँ ठीक हैं तो भारत के राष्ट्रीय प्रौढ़ शिक्षा-कार्यक्रम के मार्ग में अनेक बाधाओं के आने की संभावना है। समाज का धनाढ्य वर्ग प्रतिष्ठित पब्लिक स्कूलों का समर्थन करता रहेगा। इसमें संदेह नहीं कि जनता साहसी, समतावादी और क्रांतिकारी दृष्टिकोण अपनाएगी और प्रतिष्ठा के इन दुर्गों की सबल ढंग से भर्त्सना की जाएगी, किंतु इस सबसे उन महत्त्वाकांक्षियों की संख्या में कमी नहीं आ जाएगी जो उन पब्लिक स्कूलों में प्रवेश के लिए भले-बुरे सभी उपाय अपनाते रहेंगे। इस समय स्थिति यह है कि सुस्थापित पब्लिक स्कूल अपनी नयी शाखाएँ खोलते जा रहे हैं और

इसी प्रकार की कुछ और संस्थाएँ स्थापित करने के लिए उनके पास धन की कोई कमी नहीं है। यह भी निश्चित है कि ऊपर की ओर उठता हुआ मध्यवर्ग पब्लिक स्कूलों की शिक्षा की निरंतर माँग करता रहेगा और शिक्षा के उन ठेकेदारों के चक्कर में फँस जाएगा जो पैसा कमाने के लिए ऐसे स्कूलों को चलाते हैं। बड़ी संख्या में ऐसी संस्थाएँ खुल रही हैं, जिनमें पब्लिक स्कूलों की तड़क-भड़क तो है, पर गुणवत्ता नहीं है। यह निश्चित है कि इस प्रकार की अवमानक और औसत श्रेणी की संस्थाएँ आगामी वर्षों में भी स्थापित होती रहेंगी। इनके काल्पनिक लाभों के लिए माता-पिता फीस के रूप में भारी रकम खर्च करते रहेंगे और इस बात से संतोष प्राप्त करेंगे कि वे अपनी संतान के उज्ज्वल तथा समृद्ध भविष्य के लिए अपनी वर्तमान सुख-सुविधाओं की बलि दे रहे हैं। इन स्कूलों से पढ़कर निकलनेवालों पर परिष्कृति और पाश्चात्यीकरण का कुछ मुलम्मा भले ही चढ़ जाए, लेकिन इससे अधिक शायद उन्हें कुछ नहीं मिलेगा। उभरते हुए ग्रामीण उच्चवर्ग के लोग और सामान्यतः ग्रामीण भद्रजन इस बात पर जोर देंगे कि ग्रामीण क्षेत्रों में भी अच्छे स्कूल कायम किए जाएँ। अपनी नयी प्रतिष्ठा और शक्ति के सहारे वे इस प्रकार की बहुत-सी संस्थाओं के लिए राज्य से आर्थिक सहायता भी प्राप्त कर लेंगे। देश के कुछ अधिक समृद्ध क्षेत्रों में इस प्रकार के स्कूल खुलने शुरू भी हो चुके हैं, लेकिन यह निश्चित है कि जनसाधारण के पुत्र-पुत्रियों को, जिनके प्रति भाषणों में भारी चिंता दिखायी जाती है, इस प्रकार की शिक्षा नहीं मिल पाएगी। इन स्कूलों में आम तौर से तो परंपरागत तथा नए ग्रामीण उच्चवर्ग के बच्चों को स्थान दिया जाएगा और अधिक-से-अधिक कुछ स्थान उन गरीब बच्चों के लिए भी आरक्षित कर दिए जाएँगे, जिनमें योग्यता है। अतः सामान्य स्कूल-प्रणाली में सुधार करने तथा उसे सुदृढ़ बनाने के लिए राजकोष से धन की व्यवस्था करानी होगी। यदि इन स्कूलों को धनी तथा प्रभावशाली लोगों का समर्थन न मिला तो उनके सीमित विकास की ही संभावन रहेगी।

यदि इससे वर्तमान समाज-व्यवस्था को होनेवाला लाभ उच्चवर्ग की अपेक्षाओं के प्रतिकूल हो और उससे राजनीतिक, आर्थिक तथा सामाजिक निहित स्वार्थों को क्षति पहुँचती हो तो प्रौढ़ शिक्षा-कार्यक्रम को निरंतर समर्थन मिलते रहने की संभावना नही है। वर्तमान पर्यावरण नए शिल्पविज्ञान और कृषि उद्योग — दोनों के लिए अनुकूल व्यवसाय और धंधों की संख्या निरंतर बढ़ती जा रही है, जिनके लिए शिक्षा आवश्यक है, लेकिन इससे सरकार को शत-प्रतिशत साक्षरता कार्यक्रम चलाने के लिए प्रोत्साहन मिलने की संभावना नहीं है। इस प्रकार के कार्यक्रम को सफल बनाने के लिए भारी सांगठनिक प्रयास की आवश्यकता होगी। प्रत्येक व्यक्ति और संस्थागत सुविधा का उपयोग इस प्रकार करना होगा एवं शिक्षा संबंधी प्रयत्नों को वास्तविक आवश्यकताओं के साथ इस प्रकार जोड़ना होगा कि लोग अपने-आप शिक्षा की ओर प्रेरित हो सकें। यह एक बड़ा काम है और यह देखना है कि हमारे देश में इतनी राजनीतिक और सामाजिक इच्छाशक्ति

कब आएगी कि इसे कुछ वर्षों तक जारी रखा जा सके। यह संभव है कि विभिन्न प्रकार के लोग प्रौढ़ शिक्षा-कार्यक्रम का इस्तेमाल अपने प्रभावक्षेत्र का विस्तार करने और अपनी शक्ति को सुदृढ़ बनाने के एक साधन के रूप में करें। यह संभव है कि यदि कार्यक्रम के चेतना बढ़ानेवाले घटक से निहित स्वार्थों को खतरा बढ़ता नजर आएगा तो इसे जो समर्थन मिल रहा है, वह भी धीरे-धीरे समाप्त हो जाए।

सार्वजनिक निरक्षरता-उन्मूलन की दृष्टि से जनता में सामाजिक प्रतिबद्धता की सच्ची भावना जगाने के लिए आवश्यक है कि उस समग्र सामाजिक यथार्थ को —सामाजिक, आर्थिक और राजनीतिक संदर्भों में —भली प्रकार समझा जाए, जिसमें प्रौढ़ शिक्षा-कार्यक्रम चलाए जाएँगे। प्रौढ़ शिक्षा की यह समझ शैक्षिक कार्यक्रम की विषयवस्तु के निर्धारण में बहुत उपयोगी होगी और उसे संगत तथा वृत्तिमूलक बनाएगी। इस बात पर बल देने की आवश्यकता इसलिए है कि अन्य विकासशील देशों की भाँति भारत में भी सामान्यतः ऐसे ही कार्यक्रम चलाए जाते हैं, जिनके नियोजन और निर्देशन में केंद्र का बड़ा अधिकार होता है। इस प्रकार के कार्यक्रमों में प्रायः क्षेत्रीय तथा स्थानीय आवश्यकताओं के प्रति उदासीनता दर्शाई जाती है। प्रौढ़ शिक्षार्थियों के शिक्षा-अनुभव को अधिक सार्थक बनाने के लिए यह जरूरी है कि प्रौढ़ शिक्षा-क्षेत्र में हुए पिछले तमाम अनुभवों का मूल्यांकन किया जाए। जाना जाए कि इस प्रकार की शिक्षा के लिए मुख्य प्रेरक और अवरोधक कौन से थे ? लोगों ने उसे किस प्रकार समझा है ? उन्हें इस ओर प्रवृत्त होने के लिए किस प्रकार की प्रेरणाएँ दी गयीं ? यह समझने का गंभीर प्रयत्न करना चाहिए। इस प्रकार के मूल्यांकन को मात्र बौद्धिक विलासिता नहीं समझना चाहिए, बल्कि इससे जो जानकारी प्राप्त हो, उसका उपयोग कार्यक्रम के सफल कार्यान्वयन के लिए किया जाना चाहिए।

भारत की ही क्या, किसी भी विकासशील देश की जनता से यह अपेक्षा करना बेकार है कि क्योंकि उनके देश के संविधान-निर्माताओं ने अपनी विवेकशीलता का परिचय देते हुए निरक्षरता-उन्मूलन और शिक्षा के कुछ निश्चित मानकों की प्राप्ति को राज्य-नीति के एक उद्देश्य के रूप में निर्धारित कर दिया है, इसलिए वह साक्षरता-कार्यक्रमों में बड़े उत्साह के साथ भाग लेगी। लोग साक्षरता के सैद्धांतिक महत्त्व को भले ही मान लें, किंतु यदि उन्हें साक्षर बनने और बने रहने के लिए सतत प्रयास करने पड़ें तो उसके लिए यह आवश्यक है कि उन्हें उसमें व्यक्तिगत और सामूहिक लाभ मिलने की संभावना भी दिखे। शिक्षा-अनुभव में सामाजिक प्रतिष्ठा देने के अतिरिक्त आर्थिक लाभ, कार्यचालन में दक्षता, नीरसता में कमी और रोज़मर्रा के काम में सुगमता या निपुणता प्रदान करने का भी स्पष्ट आश्वासन होना चाहिए। इन सबसे बढ़कर जनसाधारण में इसे ऐसी क्षमता पैदा करनी चाहिए, जिससे कि वह सामाजिक पर्यावरण और उसमें अपनी स्थिति पर विचार कर सके, इस योग्य हो जाए कि अपने हितों की रक्षा स्वयं करे और अपने अधिकारों के लिए लड़ सके। यदि विकास और मुक्ति के दोहरे उद्देश्य के साथ अधिक व्यावहारिक

लाभ की संभावनाओं को जोड़ दिया जाए, तो शिक्षा को सबल प्रोत्साहन मिल सकता है।

यहाँ जिस प्रकार की शिक्षा की कल्पना की जा रही है, वह सुस्थापित संस्थाओं की क्षमता से परे है। निरक्षर लोगों की संख्या इतनी अधिक और उनकी समस्याएँ इतनी जटिल हैं कि औपचारिक पद्धतियों और परंपरागत संस्थाओं की सहायता से उनसे निबटना संभव नहीं है। इस प्रयोजन से संस्थाओं का जाल बिछा सकने के लिए देश के पास न वित्तीय संसाधन हैं और न निकट भविष्य में उनके उपलब्ध होने की संभावना है। अतः हम इस चुनौती का सामना अनौपचारिक पद्धतियों और माध्यमों से करने के लिए विवश हैं। ये पद्धतियाँ विभिन्न स्तरों और श्रेणियों की निरक्षर जनता की आवश्यकताओं और समस्याओं के प्रति व्यावहारिक, बहुपक्षीय और बहुआयामी दृष्टिकोण पर आधारित होनी चाहिए। इस कार्यक्रम का संचालन करने के लिए ऐसे अनेक व्यक्तियों का सहयोग प्राप्त करना होगा जो व्यावसायिक दृष्टि से प्रशिक्षित शिक्षक नहीं हैं। दृष्टिकोण में नम्यता लाकर नवाचार को प्रोत्साहन देना होगा, परंतु साथ ही यह भी सुनिश्चित करना होगा कि उनका अनियंत्रित उत्साह दुष्क्रियात्मक न बन जाए या उसके प्रतिकूल परिणाम न निकलने लगें। कार्यक्रम चलाने के लिए उपयुक्त अभिकरणों का चयन भी महत्त्वपूर्ण है। इस बात का उल्लेख पहले भी किया जा चुका है कि औपचारिक शिक्षा-संस्थाएँ अधिक से अधिक एक सीमित भूमिका का निर्वाह कर सकती हैं, साथ ही यह चेतावनी भी दी जा चुकी है कि यह कार्यक्रम कल्पनाविहीन और भावशून्य दफ्तरशाही के हाथों में नहीं पड़ना चाहिए। स्वैच्छिक संस्थाएँ, जिनके नेताओं में उच्च लक्ष्य है और समर्पणभाव से काम करनेवाले कार्यकर्ताओं की टोलियाँ हैं, इस कार्यक्रम को चलाने के लिए उपयुक्त सिद्ध होंगी। इस संबंध में दिए जानेवाले वित्तीय प्रोत्साहन बहुत साधारण ही होंगे और इसमें संलग्न कार्यकर्ताओं को केवल इस पुरस्कार से संतोष करना होगा कि उन्होंने एक श्लाघ्य उद्देश्य की सफलता में अपना योगदान दिया है। विद्यार्थियों से इस कार्यक्रम में एक महत्त्वपूर्ण भूमिका निभाने की अपेक्षा की जा सकती है। देश की युवाशक्ति के लिए भी यह एक चुनौती होगी जो यह दिखा सकती है कि यदि उसे अवसर दिया जाए तो वह अपनी ऊर्जा, जिसका उपयोग उसने अब तक दिशाहीन आंदोलनों और ध्वंसात्मक कार्यों में किया है, रचनात्मक कार्यों में किस प्रकार लगा सकती है। देखना यह है कि विद्यार्थी इस महान राष्ट्रीय महत्त्व के कार्य में पर्याप्त संख्या में भाग लेते हैं या नहीं, क्योंकि यह ऐसा कार्य है जिसमें एक लंबी अवधि तक सतत प्रयास की आवश्यकता होगी। हमें इस बात का भी निश्चय ही ध्यान रखना होगा कि संकीर्ण संप्रदायवादी दल इस कार्यक्रम का दुरुपयोग न करें। प्रौढ़ शिक्षा की प्रक्रिया पर भी विशेष ध्यान देना होगा। यह प्रायः एक अज्ञात क्षेत्र है। इस क्षेत्र में प्राप्त अनुभव सीमित है और पिछले अनुभव से उपलब्ध जानकारी की प्रामाणिकता को अभी सिद्ध होना है। इस बात को अब अधिकाधिक अनुभव किया जा रहा है कि जिन उपकरणों का प्रयोग बच्चों

और किशोरों की शिक्षा के लिए किया गया है, वे प्रौढ़ शिक्षार्थियों के लिए न कारगर हैं और न पर्याप्त। हमारे पास फिलहाल कोई वैकल्पिक कार्यनीति नहीं है। हमें सीमित देशी तथा विदेशी अनुभव को ही आधार बनाकर चलना होगा और सार्वजनिक शिक्षा की कारगर कार्यनीति खोजने के लिए अनेक प्रयोग करने होंगे। यद्यपि विभिन्न प्रकार के माध्यमों का प्रयोग किया जाएगा, परंतु हमें तब तक दृश्य-श्रव्य तथा अन्य शिक्षा-साधनों का काम-चलाऊ प्रबंध करना होगा जब तक कि कोई अन्य संतोषजनक प्रारूप प्राप्त न हो जाए। शिक्षकों के प्रशिक्षण-कार्यक्रम भी गत्यात्मक और परिवर्तनशील होने चाहिए। विभिन्न स्तरों पर उनका कड़ाई के साथ विश्लेषण किया जाना चाहिए और क्षेत्र में हुए पुनर्निवेशन के द्वारा उन्हें पुष्ट किया जाना चाहिए।

साक्षरता-पाठ्यक्रम के पूरा होने के बाद अनुवर्ती कार्यक्रमों की ओर बहुत कम ध्यान दिया गया है। यह सर्वविदित है कि बहुत-से ग्रामीण, जो प्राथमिक स्तर की पढ़ाई सफलतापूर्वक पूरी कर लेते हैं, कुछ ही वर्षों बाद पुनः निरक्षर हो जाते हैं क्योंकि उन्हें उपयुक्त पठन-सामग्री उपलब्ध नहीं हो पाती। जो साहित्य गाँवों तक पहुँचता भी है, उसमें मुख्यतः धार्मिक और सस्ते रोमांस की पुस्तकें ही होती हैं। नव-साक्षरों के लिए पुस्तकें न तो पर्याप्त संख्या में लिखी जा रही हैं और न ही प्रकाशित हो रही हैं। थोड़े-बहुत जो छपती हैं, वे बहुत महँगी और उनकी पहुँच से परे होती हैं। इस समस्या का कल्पनाशील और कर्मठता के साथ समाधान करना होगा। यदि नव-साक्षरों को अपनी नव-अर्जित साक्षरता बनाए रखने के लिए उपयुक्त पठन-सामग्री नहीं दी जाएगी तो राष्ट्रीय स्तर पर किए गए प्रयत्न और संसाधन बेकार चले जाएँगे। सार्वजनिक शिक्षा न केवल भारत के लिए, वरन सभी विकासशील देशों के लिए एक बड़ी चुनौती है। स्पष्ट रूप से कहा जाए तो हम नहीं समझते कि इस समय भारत में इसकी सफलता की संभावनाएँ बहुत उज्ज्वल हैं, क्योंकि समाज में जो शक्ति-समीकरण इस समय मौजूद है, उसका झुकाव ऐसी शिक्षा-नीति की ओर है जो सुविधाभोगी लोगों के पक्ष में है। फिर भी सही दिशा में कदम उठा लिया गया है और उसकी सफलता के लिए अब कुछ दृढ़ता की आवश्यकता है। भारत में लोकतंत्र की सफलता और सामान्य जनता के जीवन-स्तर में गुणात्मक सुधार अधिकांशतः इस बात पर निर्भर होगा कि इस क्षेत्र में हमें कितनी सफलता मिल पाती है।

13

शिक्षा के नए संकट

साम्यवादी व्यवस्था के विघटन और विश्व-व्यवस्था में नए सत्ता-समीकरणों के उदय ने समसामयिक समाज में गंभीर सांस्कृतिक संकट उत्पन्न कर दिया है। आश्चर्य तो यह है कि कई विचारक इस स्थिति को भविष्य का स्थायी प्रारूप और इतिहास का अंत मानने लगे हैं। नयी समाज-व्यवस्था का यह पूर्वाभास संभवतः चपल तात्कालिक प्रतिक्रिया ही सिद्ध हो, क्योंकि उभरती व्यवस्था अंतर्विरोधों से मुक्त नहीं है और उसमें इतनी शक्ति भी नहीं है कि वह विश्व के विराट फलक पर काल के प्रवाह की प्रक्रिया को रोक सके। यह अवश्य है कि हम आज ऐसी स्थिति में नहीं हैं कि पूरे आत्मविश्वास से यह कह सकें कि इतिहास कब और किस दिशा में नया निर्णायक मोड़ लेगा। बीसवीं सदी के अंतिम दो दशकों में विचारधारा (आइडियालॉजी) पर कठोर प्रहार हुए हैं, जिनसे वह प्रायः संज्ञाशून्य हो गयी है और आज वह भविष्य का प्रारूप या विकल्प प्रक्षेपित कर सकने में असमर्थ है। इस अनिर्णय की स्थिति ने शिक्षा को संवेदनाशून्य और भ्रमित कर दिया है। वह नहीं जानती कि उसका गंतव्य क्या है और उस तक पहुँचने के लिए कौन-सा मार्ग सबसे अधिक सुगम होगा।

'उदारीकरण', 'उत्पादकता' और 'बाजार का तर्क' आज की परिचर्चा के बीज-शब्द बन गए हैं। उदारीकरण का उपयोग आर्थिक नीतियों के संदर्भ में ही किया जाता है, उच्च गुणवत्तावाली शिक्षा के लोकव्यापीकरण के अर्थ में नहीं। यदि शिक्षा को इस परिदृश्य में नयी भूमिका दी जाती है तो निश्चित रूप से उसके लक्ष्य बदलेंगे और उसे नयी प्राथमिकताएँ स्वीकार करनी होंगी। मानव के पूर्ण और बहुआयामी विकास का आदर्श तब शायद शिक्षा-दर्शन की पाठ्य-पुस्तकों की शोभावस्तु रह जाए, आर्थिक और प्रौद्योगिक मानव की एकआयामी संकल्पना नए परिवेश में अधिक व्यावहारिक और उपयोगी सिद्ध हो। उत्पादक मानव की संकल्पना अधूरी और अव्यावहारिक रहेगी, यदि उसके साथ उपभोक्ता मानव की संकल्पना को भी न जोड़ा जाए। बिना उपभोक्ताओं के बढ़ते हुए

उत्पादन का होगा क्या ? जन-संचार माध्यम निर्बाध गति से भोगवादी उपभोक्तावाद का प्रसार कर रहे हैं और करते रहेंगे। यह उपभोक्तावाद न जीवन की मूलभूत आवश्यकताओं से जुड़ा है और न सामाजिक न्याय की दृष्टि से उत्पादन के वितरण के बारे में चिंतित है। कृत्रिम रूप से एक विशिष्ट जीवन शैली को पोषित किया जा रहा है, जो नए-नए उत्पादनों को मानसिक और सामाजिक रूप से अपने स्तर की आवश्यकताएँ मान लेती है। शिक्षा-व्यवस्था इन प्रवृत्तियों पर अंकुश रखने और उन्हें नियंत्रित करने के संबंध में कुछ भी कर सकने में असहाय और असमर्थ है। सच तो यह है कि अभिजात वर्ग की शिक्षा-संस्थाएँ उपभोक्तावाद को प्रत्यक्ष और अप्रत्यक्ष रूप से बढ़ावा देती हैं और सामान्य वर्ग की संस्थाएँ सीमित रूप में उनका अनुकरण करती हैं। आज की शिक्षा-व्यवस्था न अपने सामाजिक लक्ष्य निर्धारित कर सकी है और न सामाजिक न्याय के क्षेत्र में सार्थक हस्तक्षेप कर सकती है। लक्ष्य-विभ्रम शिक्षा का ऐसा संकट है, जिसके परिणाम विकासशील देशों में आनेवाले दो-तीन दशकों में स्पष्ट होंगे।

आज की दुनिया में ज्ञान के महत्त्व को समझा जा रहा है; सच तो यह है कि ज्ञान को शक्ति के रूप में स्वीकृति मिल चुकी है। ज्ञान आर्थिक, राजनीतिक, सांस्कृतिक और बौद्धिक क्षेत्रों में निर्णायक भूमिका प्राप्त कर चुका है। शिक्षा ज्ञान की प्राप्ति का मुख्य साधन है। इस क्षेत्र में अंतर्राष्ट्रीय श्रम-विभाजन की प्रवृत्ति स्पष्ट रूप से लक्षित हो रही है। आधुनिक शिक्षा और अनुसंधान इतने महँगे हो गए हैं कि उच्च गुणवत्तावाली शिक्षा और स्तरीय शोध केवल अत्यंत संपन्न केंद्रों में ही संभव हैं। विकासशील देशों में शिक्षा को पूरक और गौण भूमिका दी जा रही है। कहा जा रहा है कि आधारभूत अनुसंधान में भारी निवेश अल्प-विकसित और विकासशील देशों की वित्तीय क्षमता से परे है; विकसित देशों से प्रगत प्रौद्योगिकी का क्रय अपेक्षाकृत सस्ता है। सांस्कृतिक और बौद्धिक उपनिवेशवाद के परिवेश में विकासशील देशों का संपन्न, प्रबुद्ध और अभिजात वर्ग बिना तर्क और विश्लेषण के इस धारणा को स्वीकार कर लेता है। इसके तीन कारण हैं। पहला, इस वर्ग का एक भाग अपने प्रतिपाल्यों को सीधे विदेशों के प्रगत अध्ययन केंद्रों में भेजने में समर्थ है; वह उनकी शिक्षा-दीक्षा के खर्च को सुखद भविष्य में निवेश मानता है। दूसरा, विकासशील देशों में योजनाबद्ध ढंग से ऐसे शिक्षा केंद्र विकसित किए हैं जो अंतर्राष्ट्रीय स्तर की ऐसी शिक्षा देते हैं जिसका उपयोग देश में नहीं, विदेशों में अधिक अच्छी तरह किया जा सकता है। उनमें प्रशिक्षित विद्यार्थी उच्चतर-अध्ययन और शोध के लिए आकर्षक अध्ययन वृत्तियाँ पाकर विदेश चले जाते हैं, जहाँ उन्हें अपने काम के लिए सब सुविधाएँ मिलती हैं जो उन्हें अपने देश में सहज ही उपलब्ध नहीं होतीं। इनमें से अधिकांश विदेशों में ही बस जाना चाहते हैं क्योंकि वहाँ उन्हें अच्छा वेतन मिल जाता है, उच्च जीवन-स्तर संभव होता है। उनमें से कुछ अपने देश लौटना चाहते हैं, लौटते भी हैं, परंतु न्यूनतम सुविधाओं का अभाव, घुटन-भरा वातावरण, और पग-पग पर नौकरशाही का हस्तक्षेप उन्हें निष्क्रिय बनाकर हताश कर देता है। प्रतिभा

के इस पलायन से अंततः विकासशील देशों को हानि होती है और उन्नत देशों को लाभ। तीसरा, विकासशील देशों के बौद्धिक विज्ञानकर्मी ललचायी निगाहों से अंतर्राष्ट्रीय केंद्रों की ओर देखते रहते हैं और उनसे आमंत्रण पाकर कृतकृत्य हो जाते हैं। ऐसे केंद्र उन्हें ख्याति दे सकते हैं; कुछ थोड़े-से लोगों को पद, प्रतिष्ठा और पैसा भी। अंतर्राष्ट्रीयता का मोह उनकी शोध प्राथमिकताओं को प्रभावित करता है; खोज के लिए वे ऐसे विषय चुनते हैं जो विदेशों के लिए अधिक प्रासंगिक होते हैं और इस कारण वहाँ के प्रगत केंद्रों में उनपर ही अधिक काम होता है। विकासशील देशों में बौद्धिक दासता का ऐसा माहौल है कि वहाँ विदेशी और विदेशों में ख्याति पा चुके देशी शोधकर्त्ताओं और विचारकों की तो पूजा-वंदना होती है और देशज चिंतन और राष्ट्रीय हित में प्रासंगिक कार्य की अवज्ञा और उपेक्षा। इससे इन देशों के बौद्धिकों को गलत संकेत मिलते हैं और वे ऐसे अनुकरणात्मक शोध की ओर प्रवृत्त होते हैं, जिसका स्वयं उनके देश में बहुत थोड़ा उपयोग संभव होता है। स्थिति चिंताजनक है। आसार कुछ ऐसे हैं कि बाजार का तर्क प्रतिभा के पलायन को और अधिक प्रोत्साहित करेगा। विकासशील देशों से प्रशिक्षित शक्ति तो संपन्न पश्चिमी देशों में जा ही रही थी, अब उसकी भीड़ में विघटित सोवियत संघ और पूर्वी यूरोप के बौद्धिक भी शामिल हो गए हैं। विकासशील देश अपने करदाताओं के भारी खर्च पर प्राप्त प्रशिक्षित योग्यतासंपन्न देशों को भेंट कर देते हैं, विकसित देश अपेक्षाकृत सस्ते मूल्य पर विदेशी प्रतिभा पा लेते हैं। यदि हरगोविंद खुराना, चंद्रशेखर, अमरत्य कुमार सेन और जगदीश भगवती जैसे थोड़े-से अपवादों को छोड़ दें तो हम विकसित देशों की उस भेद-नीति से साक्षात्कार करेंगे जिसके अंतर्गत विकासशील देशों से आए लोग अपनी योग्यता के अनुरूप वेतन भी नहीं पाते। उनकी खोजें तथा नवाचार उन्नत देशों की बौद्धिक संपदा बन जाती हैं, जिसके लिए विकासशील देशों को ऊँची कीमतें चुकाने के लिए बाध्य होना पड़ता है। डंकेल प्रस्ताव और विशेष 301 के प्रावधान विकासशील देशों को जकड़ लेने के लिए तैयार हैं। इन देशों को आर्थिक और राजनीतिक क्षेत्रों में परावलंबी स्थिति स्वीकार करने की मजबूरी है। वैचारिक और बौद्धिक पराक्रम तो वे स्वीकार कर ही चुके हैं। उनकी ऊर्जाहीन शिक्षा-व्यवस्था की भूमिका केवल अनुषंगिक होगी। यह स्थिति शिक्षा पर आए दूसरे बड़े संकट की द्योतक है जिससे राष्ट्रीय स्वायत्तता और अस्मिता के विराट प्रश्न जुड़े हैं।

समसामयिक संवाद में उत्तर-आधुनिकता का प्रश्न बहुचर्चित है। विकासशील देश इस इंद्रधनुषी परिकल्पना से अभी बहुत दूर हैं। सच तो यह है कि उन्नत देशों में भी उत्तर-आधुनिकता ने जीवन के सभी पक्षों का स्पर्श नहीं किया। एक समय था जब समाज अधिकांशतः अपनी आवश्यकताओं की पूर्ति के लिए उत्पादन अपनी श्रम-शक्ति से करता था। आधुनिकता की दिशा में पहला चरण था मानव द्वारा मशीनों का निर्माण और मशीनों द्वारा उत्पादन। दूसरे चरण में मशीनें दूसरी मशीनें बनाने लगीं। समाज कच्चे माल का

उत्पादन करता था, मशीनें उपभोक्ता वस्तुओं में उसका रूपांतरण करती थीं। उत्तर-आधुनिकता के काल में मानव, भविष्य में, अगला कदम बढ़ाएगा और उसके द्वारा निर्मित संयत्र और प्रविधियाँ कच्चे माल के उत्पादन में समर्थ होंगे। श्रम-शक्ति का उपयोग घटेगा, बौद्धिक शक्ति का महत्त्व बढ़ेगा। प्रौद्योगिकी के इस रूप के साथ सामाजिक संरचना और मूल्य-विधान के अनेक प्रश्न उठेंगे। समाज-व्यवस्था का अधिकाधिक विकेंद्रीकरण होगा, साथ ही इस व्यवस्था को बिखराव से बचाने के लिए समाकलन के सूत्र विकसित करना भी आवश्यक होगा। मूल्यों से जुड़े प्रश्न भी उठेंगे। उत्पादन संबंधी निर्णय कौन करे ? उत्पादन और वितरण में न्यायपूर्ण सामंजस्य और समरसता लाने के लिए कार्यनीति क्या हो ? उच्च प्रतिभा और सामान्य योग्यता के अंतर्संबंध कैसे हों ? आशा की जाती है कि यह खुला और पारदर्शी समाज होगा, जिसमें संप्रेषण और संचार की गहनता सामाजिक समरसता की अभिवृद्धि करेगी। ऐसे समाज की शिक्षा-व्यवस्था भी अनिवार्यतः विकेंद्रित होगी। उसके औपचारिक पक्ष क्रमशः क्षीण होंगे, संचार-माध्यमों की भूमिका महत्त्वपूर्ण होती जाएगी और अंततः स्वाध्याय उच्चगुणवत्तावाली उपलब्धियों का प्रमुख माध्यम बनेगा।

स्वप्न भी कभी-कभी साकार हो जाते हैं, युटोपियाओं में भविष्य का प्रतिरूप अंतर्निहित हो सकता है। उत्तर-आधुनिकता को आनेवाले समाज की अनिवार्यता के रूप में प्रक्षेपित किया गया है, पर है वह अब भी एक सुंदर संभावना ही। उसके फलित होने में शिक्षा की भूमिका बहुत अहम होगी, पर आज की शिक्षा-व्यवस्था उत्तंर-आधुनिकता की प्रकार्यात्मक आवश्यकताओं के लिए पर्याप्त और अनुकूल नहीं होगी। यह तो निश्चित है कि ज्ञान का विस्फोट होगा और चुने हुए केंद्रों में उसके विपुल कोष उपलब्ध होंगे। असमितीय ज्ञान-विभाजन की समस्या विकासशील देशों के लिए संकट बन सकती है। इससे भी अधिक कुछ महत्त्वपूर्ण प्रश्न हैं जो शिक्षा की प्रविधि से जुड़े हैं। आज की शिक्षा-व्यवस्था अधिकांशतः ज्ञान के अंतरीकरण पर जोर देती है, ज्ञान-कोषों की वृद्धि के साथ एक बड़ी सीमा तक उसका बाह्यीकरण अनिवार्य हो ज.एगा। आज व्यक्ति ज्ञान को आत्मसात करता है और उसके पूरक साधनों का दोहन करना भी सीखता है। नयी स्थिति में उसे ज्ञान के विराट कोषों का उपयोग करने की क्षमता विकसित करनी होगी। नए ज्ञान के विकास में संगणकों—कंप्यूटरों—की कृत्रिम बुद्धिमत्ता का उपयोग व्यापक पैमाने पर किया जाएगा। मानव की मेधा, सृजनशीलता और नवाचार-क्षमता पर इन प्रवृत्तियों का प्रभाव क्या होगा ? ज्ञान-कोष एक नयी भाषा में बनेंगे—ऐसी भाषा जो संगठनों को स्वीकार हो। यह भाषा मानव की विचार-प्रक्रिया को किस तरह प्रभावित करेगी ? संचार-साधनों द्वारा दी गयी ऐसी अप्रत्यक्ष शिक्षा, जिसमें व्यक्तिगत और सामूहिक संबंधों की ऊष्मा न हो; नयी पीढ़ी में किस तरह की मानसिकता उत्पन्न करेगी ? शिक्षा और शोध के वैधिक आधार निर्धारित करने का उत्तरदायित्व किस पर होगा ? ये गंभीर प्रश्न हैं और इनका अनुत्तरित रहना या इनके अपर्याप्त उत्तरों के आधार पर

नीति निर्धारित करना भी संकट उत्पन्न कर सकता है। संक्रमण काल में इससे विघटनकारी दिशाहीनता आ सकती है।

मानवता आज इतिहास के एक प्रभावी मोड़ पर खड़ी है। शिक्षा की दिशा और दशा की भूमिका इतिहास के नए अध्यायों की सृष्टि में निर्णायक होगी। श्रेयस्कर तथा वैकल्पिक भविष्य की कार्य-योजनाओं के लिए शिक्षा के संकटों का पूर्वानुमान और समाधान आवश्यक है।

14

इक्कीसवीं सदी की चुनौतियाँ

मानवजाति का प्रबुद्ध और चिंतनशील वर्ग आशा और आशंका के मिश्रित भाव से इक्कीसवीं सदी की ओर देख रहा है। एक ओर यदि नयी सदी के तिलिस्म में भोला विश्वास है तो दूसरी ओर मानवता पर गहराते संकट का चिंताजनक बोध भी है। क्या 1 जनवरी, 2000 का विश्व 31 दिसंबर, 1999 के विश्व से नाटकीय ढंग से भिन्न होगा—शांत, समस्याहीन और सामूहिक रूप से प्रगतिपथ पर अग्रसर ? कुछ क्षणों का गंभीर चिंतन स्पष्ट कर देगा कि ऐसी धारणा इच्छाजनित विचारमात्र है। समस्याएँ और संकट, जहाँ थे और जैसे थे, वहीं और वैसे ही रहेंगे, नयी सदी की रहस्यमय शक्ति चमत्कारिक ढंग से उनका विलोप नहीं कर देगी। 'इक्कीसवीं सदी' का मुहावरा आज के संवाद में लाक्षणिक रूप में ही प्रयुक्त होता है—नयी सदी में नयी शुरुआत के अर्थ में। समय की भूमिका, इस संदर्भ में, उतनी महत्त्वपूर्ण नहीं है, जितनी सार्थक मानवीय हस्तक्षेप की। इतिहास की प्रक्रिया को नया मोड़ देने के लिए आज के संकट की समझ और आनेवाले संकटों का पूर्वानुमान आवश्यक है। यह समझ भविष्य के लिए दूरगामी योजनाएँ बनाने और उनके क्रियान्वयन के लिए प्रशिक्षित योग्यता तैयार करने की आधारभूमि प्रस्तुत करेगी।

आज मानवजाति तीन प्रकार के संकटों का सामना कर रही है। पहला, उसका भौतिक अस्तित्व ही संदिग्ध हो गया है। लुप्त होते जीवों को रक्षा के अभियान चलानेवाला मानव स्वयं संकटग्रस्त जीवन बन गया है। दूसरा, उसकी संस्कृति का आंतरिक और बाह्य संकट है। संस्कृति की जीवनदायिनी ऊर्जा अनेक कारणों से अप्रभावी हो रही है और सांस्कृतिक सहअस्तित्व विनाशक संघर्ष का रूप लेता जा रहा है। तीसरा, नए संदर्भ में व्यक्तित्व का विघटन और विभाजित व्यक्तित्व का उदय एक गहन समस्या के रूप में उभर रहा है। स्थिति ऐसी हो रही है कि व्यक्ति को न अपने गंतव्य का बोध होता है और न वह अपने व्यवहार-प्रकारों का व्यापक सामाजिक परिप्रेक्ष्य में मूल्यांकन ही कर पा रहा है। इन तीनों प्रकार के संकटों के उलझन-भरे अंतर्संबंधों से परिदृश्य

अत्यंत भयावह बन जाता है।

पहले एक दृष्टि भौतिक अस्तित्व के संकट पर। शीतयुद्ध के दौर में चिंता थी कि कहीं मानव अपने आयुधों से अपनी संपूर्ण जाति को ही विनष्ट न कर दे। सैन्य विशेषज्ञों का अनुमान था कि मानव समुदायों ने इतनी मारक शक्ति संचित कर ली है, जिससे वे समूची मानव जाति का सोलह से अठारह बार नाश कर सकते हैं। यह संकट तो फिलहाल टल गया है, परंतु विश्वभर में निम्न घनता के अनेक युद्ध अब भी चल रहे हैं, जिनके अंत की कोई संभावना दिखाई नहीं पड़ती। नाभिकीय और जैविकीय अस्त्रों का एक बड़ा जखीरा अब भी शेष है और चोरी-छिपे उसमें अभिवृद्धि भी की जा रही है। विवेक का बाँध कभी भी टूट सकता है, विशेषकर ऐसी स्थिति में जब शासन-तंत्र पर कट्टरतावाद, आतंकवाद और माफियावाद का प्रभाव प्रच्छन्न रूप से बढ़ रहा है। शांति और सहअस्तित्व की मानसिकता का विकास जरूरी तो माना जा रहा है, परंतु इस दिशा में किए गए प्रयत्नों की कोई उल्लेखनीय और स्थायी उपलब्धियाँ नहीं हैं। युनाइटेड नेशंस और युनेस्को का भी राजनीतिकरण हुआ है और उन राज्यों ने, जो इन संस्थाओं को अधिक आर्थिक अनुदान देते हैं, इन्हें अपने राष्ट्रीय हित-साधन का माध्यम बनाने का प्रयास किया है। संसार के गरीब देश आज भी अपने राष्ट्रीय बजट के एक बड़े भाग का व्यय अस्त्र-शस्त्र और अन्य युद्ध-सामग्रियों पर करते हैं जिनके निर्माता और विक्रेता वे ही राष्ट्र हैं जो विश्व-व्यवस्था और विश्व-शांति के रक्षक बनने का दावा करते हैं। उनका औद्योगिक और सुरक्षा तंत्र अपने स्वार्थों की पूर्ति के लिए इस प्रवृत्ति को बढ़ावा देता है। विध्वंसकारी युद्ध से मानवजाति के एक बड़े भाग के उन्मूलन की भयावह संभावना अस्तित्व के संकटों की सूची में शीर्ष स्थान पर है।

अस्तित्व का संकट अन्य दिशाओं से भी उठा है। जनसंख्या के विस्फोट ने यदि एक ओर मानव-समूहों को प्राकृतिक संसाधनों के अंधाधुंध दोहन की ओर प्रवृत्त किया है तो दूसरी ओर गंभीर पारिस्थितिकीय असंतुलन को भी जन्म दिया है। संसार के अनेक भागों में भयानक खाद्य असुरक्षा है। इथियोपिया, सोमालिया, दक्षिण सूडान और कुछ अन्य अफ्रीकी देशों में भुखमरी का तांडव मानवीय अस्मिता पर धब्बा है। इक्कीसवीं सदी के पूर्वार्द्ध में दक्षिण एशिया के सघन जनसंख्यावाले देशों में भी ऐसी ही स्थिति उत्पन्न होने की चेतावनी दी जा रही है। भूमि की उर्वराशक्ति अबाध गति से बढ़ती जनसंख्या का भार वहन करने में असमर्थ होगी। अनेक संसाधनों — खनिज, तेल, कोयला, लोहा तथा अन्य धातुएँ आदि—का भंडार बड़ी तेजी से समाप्त हो रहा है। ये आज की सभ्यता का आधार हैं, परंतु न इनका पुनर्नवीकरण किया जा सकता है, न इनके विकल्प उपलब्ध हैं। ऊर्जा का संकट एक गंभीर चुनौती होगा। प्राकृतिक संसाधनों का अदूरदर्शी और विवेकहीन उपयोग भविष्य की संभावनाओं पर गंभीर प्रश्न चिह्न लगाएगा। पारिस्थितिक असंतुलन उत्पन्न करेगा और पर्यावरण को प्रदूषित करेगा। पृथ्वी का वायुमंडल गरमा रहा है और ओजोन की परतें फटने से उसकी जीवन-वहन करने की

क्षमता संदिग्ध होती जा रही है। भविष्यवेत्ताओं के आकलन के अनुसार मानवजातिनिरंतर विनाश के पथ पर आगे बढ़ रही है। अस्तित्व के संकट का एक नया आयाम है अपरिचित जीवाणु (बैक्टीरिया), विषाणु (वाइरस) और फफूँदों का उद्‌भव इनमें से कुछ मानव के मित्र सिद्ध हो सकते हैं, परंतु अनेक का प्रभाव अत्यंत संहारक है। एक दशक से अधिक की अवधि में एड्स का विश्वसनीय उपचार विकसित नहीं किया जा सका है। यह संभव है कि एड्स से भी अधिक भयानक बीमारियों से साक्षात्कार मानवजाति को करना पड़े।

आज के अनिश्चय की स्थिति को बढ़ाने में सांस्कृतिक कारकों का योगदान भी महत्त्वपूर्ण है। सांस्कृतिक-सामाजिक विकास और वैज्ञानिक प्रौद्योगिकीय विकास में सुसंगति का न होना अनेक जटिल समस्याओं को जन्म दे रहा है। परंपरा और आधुनिकता की प्रतिस्पर्धी भूमिकाएँ कई उलझनें पैदा कर रही हैं। उनका अघोषित युद्ध लक्ष्यभ्रम उत्पन्न करता है, जिससे सामाजिक तनाव और संघर्ष बढ़ते हैं। परंपरा और सांस्कृतिक मूल्यों की अवज्ञा विकास-कार्यक्रमों को महँगी पड़ती है; उनकी तीव्र प्रतिक्रिया इन कार्यक्रमों को डगमगा देती है। जातीय भावना का उत्कर्ष सांस्कृतिक अस्मिता की पुनरस्वीकृति की माँग है। धार्मिक कट्टरवाद प्रगति और विकास की नीतियों की अपर्याप्तता पर तीखी टिप्पणी है। यह सच है कि उग्र जातीय भावना और धार्मिक उन्माद आज की जटिल समस्याओं का कोई संतोषजनक समाधान प्रस्तुत नहीं करते, परंतु यह भी उतना ही सच है कि विकास-कार्यक्रम परंपरा की अवहेलना नहीं कर सकते। विकास की धीमी गति राष्ट्रीय धरातल पर असंतोष को बढ़ाती है। धीरज का बाँध टूटने पर विध्वंसकारी विस्फोट होते हैं। संवेदनशील सांस्कृतिक प्रश्नों के विवेकहीन और अदूरदर्शी समाधान भी विनाशक प्रतिक्रिया को जन्म देते हैं। न विकास की उपेक्षा की जा सकती, न परंपरा की, पर दोनों में सामंजस्य भी स्थापित नहीं किया जा रहा। अंतर्राष्ट्रीयकरण का बढ़ता दबाव सांस्कृतिक प्रश्नों को नए आक्रामक मोड़ दे रहा है।

तीसरा संकट व्यक्तित्व के विघटन का है। आज के समाज की व्यक्ति-केंद्रिकता, धर्मनिरपेक्षता (या धर्मविमुखता) और आत्मनिर्णय की स्वतंत्रता ने सामाजिक अनुशासन और नियंत्रण के तंत्र को जर्जर कर दिया है। व्यक्ति अपनी स्वाधीनता से त्रस्त है। स्वयं चयन के अधिकार और प्रयोगात्मक नवाचारों की आजादी ऐसे अनुज्ञात्मक समाज को जन्म दे रहे हैं, जिसमें लक्ष्यों और साधनों की व्याख्या धुँधली हो गयी है। हिप्पी संस्कृति, मादक पदार्थों का बदला प्रसार, बंधनमुक्त यौन-व्यवहार, समलैंगिकता आदि समाज को कहाँ ले जा रहे हैं ? नयी नैतिकता दृढ़ सामाजिक आधार नहीं पा रही है। विभाजित मानसिकता एक विचित्र-से भोगवाद को समर्थन दे रही है। संचार-माध्यम भी इस दृष्टि को प्रश्रय दे रहे हैं। व्यापक धरातल पर समाज की सृजनात्मक ऊर्जा का अपव्यय हो रहा है। ये लक्षण सामाजिक व्याधिकी के हैं, जो धीरे-धीरे समाज को विशृंखलित कर रही है।

इक्कीसवीं सदी की सबसे बड़ी चुनौती और आवश्यकता है उत्तर-जीविता की कुशल और कारगर रणनीति। युद्ध तथा बढ़ती प्रच्छन्न हिंसा, खाद्य-सुरक्षा, जनसंख्या विस्फोट, प्राकृतिक संसाधनों का अबाध दोहन, पारिस्थितिकीय असंतुलन, पर्यावरण का प्रदूषण, ऊर्जा स्रोतों का ह्रास आदि से उत्पन्न अस्तित्व के संकट के निराकरण के लिए राष्ट्रीय प्रयत्न मात्र पर्याप्त नहीं होंगे। ये अंतर्राष्ट्रीय समस्याएँ हैं और संगठित अंतर्राष्ट्रीय प्रयत्नों के बिना इनका हल संभव नहीं है। सांस्कृतिक पुनर्गठन की समस्या और भी गंभीर है। मानव-समूहों का बढ़ता आकार नए दबाव उत्पन्न कर रहा है। इस स्थिति का सामना करने के लिए संस्कृति के वर्तमान रूप की शक्ति पर्याप्त नहीं है। तीव्र गति की परिवर्तन-प्रक्रिया के प्रबंधन की उपयुक्त प्रविधि भी अभी विकसित नहीं हुई। इससे समाज में विसंगति और विरोधाभास उभर रहे हैं। व्यक्ति पर उनका प्रभाव चिंताजनक है; उसकी खंडित मानसिकता वर्तमान के लिए तो समस्याएँ उत्पन्न कर ही रही हैं, उससे मानव-समाज के भविष्य पर बड़ा प्रश्न चिह्न लग रहा है। जड़ों से कटा, दिशाहीन, आत्मशक्तिहीन और अध्यात्मशून्य व्यक्ति समाज का संकट ही हो सकता है।

मानव में ऐसे सुषुप्त अभिलक्षण हैं कि वह आनेवाले संकटों को पहचान सके, उनके कारणों का अध्ययन कर सके और उनसे बचने के सार्थक उपाय कर सके। वह उपयुक्त विकल्प भी खोज सकता है और उन्हें प्रवर्तित करने की प्रविधि भी विकसित कर सकता है। आवश्यकता है इन अभिलक्षणों को दिशा, गति और तीक्ष्णता देने की। इक्कीसवीं सदी के लिए यही शिक्षा की सार्थक भूमिका हो सकती है।

□□